Tobias Scheidacker

Als sich mein Mandant in die Richterin verliebte

riva

Tobias Scheidacker

Als sich mein Mandant in die Richterin verliebte

Etwas andere Geschichten
aus meinem Leben als Anwalt

riva

Bibliografische Information der Deutschen Nationalbibliothek:
Die Deutsche Nationalbibliothek verzeichnet diese Publikation in der Deutschen Nationalbibliografie; detaillierte bibliografische Daten sind im Internet über http://d-nb.de abrufbar.

Für Fragen und Anregungen:
anwaltsgeschichten@rivaverlag.de

1. Auflage 2013

Nymphenburger Straße 86
D-80636 München
Tel.: 089 651285-0
Fax: 089 652096

Redaktion: Caroline Kazianka, München
Umschlaggestaltung: Kristin Hoffmann, München
Umschlagabbildung: privat
Satz: Georg Stadler, München
Druck: CPI – Ebner & Spiegel, Ulm
Printed in Germany

ISBN Print: 978-3-86883-269-3

ISBN E-Book (PDF): 978-3-86413-266-7
ISBN E-Book (EPUB, Mobi) 978-3-86413-267-4

Inhalt

Einleitung

Ich schreibe dieses Buch nicht freiwillig. Mila zwingt mich dazu. Sie liegt gerade auf dem Fußboden und beißt in den Teppich. Dabei wird sie von Lachkrämpfen geschüttelt.

Der Grund ist, dass ich ihr von meinem trockenen, langweiligen Arbeitstag im Büro erzählt habe. Das hilft mir beim Abschalten. Ich bin Anwalt.

Natürlich sind alle Geschichten hier rein fiktiv. Alles ausgedacht, nichts davon ist wirklich passiert. Ehrlich.

Schlüppergröße

»Herr Scheidacker, welche Schlüppergröße ha'm Sie?« Der Frage folgt ein abschätzender Blick auf mein Hinterteil. »Fünf? Oder eher sechs?«

Wir stehen auf dem Parkplatz vor dem Landgericht Berlin, schräg gegenüber vom Alexanderplatz, nach einer anderthalbstündigen Gerichtsverhandlung. Ich trage meinen Armani-Anzug, schwarz, hellblaues Hemd, dunkle Krawatte, schwarze Lederschuhe, meine Robe leger über den Arm geworfen, zwei Leitz-Ordner in der Hand. Ich sehe teuer aus, die Mandanten erwarten das. Aber dieser hier ist gnadenlos. Er meint es ernst. Kein Grinsen im Mundwinkel, kein hintergründiges Lächeln in den Augen, er will wirklich meine Schlüppergröße wissen. »Ach komm' Se schon, könn' Se mir doch sagen«, fordert er, während er die Hinterntür, Entschuldigung: Hintertür seines Autos öffnet und dabei ein Karton zum Vorschein kommt.

Herr Sänger ist nämlich Großhandelstextilvertreter. Er leidet sehr unter der Konkurrenz von Billiganbietern, die ihn zu verstärktem Marketingaufwand zwingt, und so fällt gelegentlich etwas Präsentationsware ab, die er dann verteilt. Meine Kinder haben im Laufe der Jahre schon Bodys erhalten, Mila einen Plüschbademantel und rosa Unterwäsche auf Verdacht (diverse Größen), nun bin ich dran und ich weiß nicht auf Anhieb, wie ich reagieren soll. Aus beruflichen Gründen bin ich ja gewohnt, Fragen kompetent zu beantworten. Solche, die nicht in mein Fachgebiet fallen, verweise ich in der Regel an einen entsprechenden Experten. In diesem Fall wäre das Mila, aber das möchte ich nicht. Also sage ich nur möglichst spontan: »Aber Herr Sänger, ich sage Ihnen doch nicht, welche Schlüppergröße ich habe!«

Das irritiert ihn keineswegs, mittlerweile steht der Karton auf der Heckklappe. Ich sehe vor meinem inneren Auge, wie er ihn öffnen und dann einzeln Unterwäsche hochhalten wird, um mich zu fragen, ob sie mir gefällt, und um die Größe abzugleichen. Dies wird in aller Öffentlichkeit geschehen, im juristischen Epizentrum Berlins, vor den Augen aller meiner Kollegen, die jetzt hier einen Termin haben, sowie der Richter, die das Haus verlassen oder aufsuchen. Wem ich bisher noch nicht aus Gründen meiner überragenden Fachkompetenz aufgefallen bin, der wird spätestens heute einen bleibenden Eindruck von mir erhalten – und weitererzählen. Herr Sänger ist schon dabei, den Karton zu öffnen. Ich muss jetzt dringend entscheiden, wie ich das verhindern kann! Ich mag ihn, er ist ein durch und durch herzlicher Mensch, hat ein tiefes Gerechtigkeitsempfinden, zahlt zwar nicht immer gleich, aber ist langfristig nichts schuldig geblieben und er denkt an mich und daran, dass ich untenrum warm bleibe, obwohl er das nicht muss. Ich beschließe also, mich zu freuen und das Geschenk dankbar entgegenzunehmen. Inzwischen ist der Karton offen. Ich springe näher, blicke kompetent hinein, stöbere etwas durch den Inhalt, ohne ihn jedoch herauszunehmen, und sage, dass ich mich sehr freue und das in Ruhe zu Hause mit meiner Frau ansehen werde. Wenn etwas nicht passt, haben wir sicher Freunde und Bekannte, die uns das gern abnehmen.

Meine Strategie ist erfolgreich, nichts verlässt den Karton. Herr Sänger gibt ihn mir vollständig mit. Abends eruieren wir den Inhalt und Mila besteht auf einer Anprobe mit Modenschau. Neben anderen Sachen sind fünf verschiedene Unterhosen darin, davon vier mit aufgedruckter Fahne (USA, Schweiz, Deutschland und Großbritannien) und eine mit schwarz-rot-goldenem Schriftzug »Deutschland«. Sie passen. Ich bin nicht besonders patriotisch und auch kein Fußballfan, sie gefallen mir nicht. Aber Mila amüsiert sich köstlich und meint, dass ja niemand sieht, was ich unter meinem Armani-Anzug trage. Also sagen Sie es bitte nicht weiter.

Wie kommt man möglichst teuer nach Dessau?

Wenn es um Immobiliensachen geht, ist grundsätzlich das Gericht zuständig, in dessen Bezirk die Immobilie liegt, und kein anderes. Manchmal lebt der Vermieter in Berlin oder die Verwaltung eines Hauses ist hier, das Objekt aber ganz woanders. Zum Beispiel in Dessau. Dann muss ich in Dessau klagen, wenn der Mieter nicht zahlt. So war es in diesem Fall.

Viele berühmte Leute kommen aus Dessau, zum Beispiel der Astronom und Botaniker Samuel Heinrich Schwabe (1789–1875). Herr Schwabe entdeckte 1843 die elfjährige Sonnenfleckenperiodizität, die jetzt Schwabe-Zyklus heißt. Er muss die Sonne dafür sehr lange und genau beobachtet haben. Ebenso genau hat er sich auf dem Erdboden umgesehen und 1838 ein umfassendes Werk über die Pflanzenwelt seines Heimatlandes Anhalt veröffentlicht, die *Flora Anhaltina*. Auf solche Informationen stößt ein Anwalt, wenn er im Internet nach einem weiteren Grund sucht, nach Dessau zu fahren, weil dort ein Gerichtstermin stattfindet.

Eine andere Möglichkeit, einen entfernten Prozess zu führen, besteht darin, einen Kollegen vor Ort mit dem Termin zu beauftragen – den sogenannten Prozessanwalt. Das ist natürlich nicht umsonst. Der Kollege muss sich schließlich die Akte und alle Schriftsätze ansehen, wissen, worum es dem Mandanten geht, was die wesentlichen rechtlichen Aspekte des Falles sind, und er muss in der Lage sein, ad hoc in der mündlichen Verhandlung die richtige Position zu vertreten, um sie mit dem Gericht und dem Gegenanwalt diskutieren zu können. Deshalb bekommt der Prozessanwalt eigene Gebühren neben denen des sogenannten Verkehrsanwalts, der den Mandanten betreut und den ganzen Schriftverkehr führt.

In meinem Dessauer Mietfall terminierte das Gericht die Verhandlung auf einen Tag, an dem mein Kalender schon voll war. So entschied ich, nicht selbst dorthin zu fahren. Stattdessen bat ich eine Kollegin vor Ort, als Prozessanwalt tätig zu werden. Das hat sie dann auch sehr gut gemacht, und so haben wir gemeinsam haushoch gewonnen. Danach begann das Kostenerstattungsverfahren. Im deutschen Recht gilt: Wer verliert, muss zahlen, jedenfalls so viel, wie nötig war, damit der andere gewinnen konnte. Man teilt dem Gericht also mit, wie hoch die Kosten waren, und beantragt, dass der Gegner sie erstatten muss. Das Gericht prüft das und setzt dann den richtigen Betrag fest.

Die Prüfung hier bezog sich unter anderem auf die Frage, ob es nötig war, dass unser gemeinsamer Mandant zwei Anwälte beschäftigte. War es nicht nötig, erhält er nur die Kosten für einen erstattet und muss den anderen selbst bezahlen. Nicht nötig wäre es zum Beispiel gewesen, einen Berliner Anwalt zu beauftragen, wenn der Mandant selbst in Dessau wohnt. Denn dann kann er gleich zu einem Anwalt in Dessau gehen. Das war hier aber nicht der Fall, unser Auftraggeber saß in Berlin. Daher durfte er in Berlin zum Anwalt gehen. Also haben wir die zusätzlichen Kosten der Kollegin mit beantragt. Sie beliefen sich auf 393,90 Euro netto.

Statt unserem Antrag stattzugeben, sandte das Landgericht in Dessau nach einigen Wochen ein Schreiben mit folgendem Hinweis:

»Es wird Bezug genommen auf Ihren Kostenfestsetzungsantrag. Sie werden gebeten, die Reisekosten mitzuteilen, welche entstanden wären, wenn der Termin durch Sie selbst wahrgenommen worden wäre, um einen Vergleich mit den beantragten Kosten des Unterbevollmächtigten vornehmen zu können. Hierzu ist eine Frist von zwei Wochen notiert.«

Hinweise sind eine wichtige Sache. Das Gericht signalisiert, worauf es ihm ankommt, sodass man sich darauf einstellen und entsprechend reagieren kann. Vorliegend war das allerdings nicht so schön. Der Hinweis bedeutete, dass die Kosten der Kollegin nicht einfach festgesetzt wurden, sondern erst damit »verglichen« werden sollten, ob es nicht billiger gewesen wäre, wenn ich selbst gefahren wäre. Also schaute ich auf die Webseite der Deutschen Bahn. Eine Fahrt nach Dessau kostet 21,30 Euro, hin und zurück 42,60 Euro, man ist etwa anderthalb Stunden unterwegs. Das ist deutlich weniger als die 393,90 Euro, die durch die Doppelvertretung entstanden waren. Wir hatten also ein Problem – es war nicht teuer genug, mit der Bahn nach Dessau zu fahren.

Zum Glück fiel mir ein, dass für diesen ganzen Kostenkram eigentlich das Sekretariat zuständig ist. Und so kam es, dass Anna die Aufgabe erhielt herauszufinden, wie man möglichst kostspielig nach Dessau kommt. Denn wenn Anna etwas ganz besonders gut kann, dann ist es Geld ausgeben. Da ist sie wie Mila.

Als Erstes rechnete sie aus, welches Kilometergeld anfiele, wenn ich mit dem eigenen Auto führe. Es waren ungefähr 79 Euro: zwar mehr als die Deutsche Bahn, aber immer noch deutlich zu wenig. Diese Möglichkeit entfiel also. Dann schaute sie sich die Bahnpreise etwas genauer an und ihr fiel auf, dass es unterschiedliche Tarife gibt: Wenn man eine direkte, schnelle Verbindung wählt, zahlt man pro Strecke 21,30 Euro. Wenn man hingegen die langsamen Verbindungen mit Umsteigen wählt, wird es teurer – ist ja klar, man sieht ja auch mehr vom Land. Man kann dann bis zu 34 Euro pro Strecke ausgeben, für eine Hin- und Rückfahrt zusammen also immerhin schon 68 Euro. Wenn man dann noch erster Klasse bucht, verdoppelt sich das und es kostet satte 136 Euro. Eine Sitzplatzreservierung schlägt mit weiteren 6 Euro zu Buche (Zwischensumme 142 Euro).

Damit war sie aber noch nicht fertig: Da die Deutsche Bahn nicht vom Büro aus abfährt, sondern vom Bahnhof, muss man irgendwie da hinkommen. Ein Anwalt fährt natürlich mit dem Taxi. Die Uhrzeit des Gerichtstermins hätte erfordert, dass ich ausgerechnet im morgendlichen Berufsverkehr hier losfahre und im nachmittäglichen Berufsverkehr zurückkomme. Die Fahrt vom Büro zum Hauptbahnhof hätte daher mindestens weitere 20 bis 30 Euro pro Strecke verursacht (Mittelwert 25 Euro x 2 für Hin- und Rückfahrt = 50 Euro). Damit sind wir schon bei Gesamtkosten von 192 Euro. Die verdoppelte sie schwungvoll: Weil man nicht von vornherein weiß, ob man mit einem Termin hinkommt, sondern es auch zwei oder drei werden können, müssten wir bei der Entscheidung, die Vor-Ort-Vertretung selbst zu übernehmen oder einen Kollegen damit zu beauftragen, damit rechnen, dass der ganze Aufwand mindestens zwei Mal anfällt. Immerhin hatten beide Seiten diverse Zeugen angeboten, die zu dem ersten Termin nicht geladen waren. Hätte es das Gericht nach der ersten Verhandlung für erforderlich gehalten, die Zeugen zu hören, wäre mindestens ein weiterer Termin angefallen. Daher drohten fiktive Reisekosten von (192 Euro x 2 =) 384 Euro – nur noch 10 Euro weniger als die Kollegin. Abschließend waren 2 x 35 Euro sogenanntes Abwesenheitsgeld hinzuzusetzen, die mir das Gesetz zuspricht, wenn ich zweimal eine Dienstreise von vier bis acht Stunden Dauer unternehme, summa summarum 454 Euro.

Um das Ergebnis abzusichern, recherchierte unsere ausgabengestählte Anna schließlich, ob man nach Dessau auch fliegen kann. Es gibt zwar keinen Flughafen, aber, wie sie alsbald herausfand, ein Flugfeld für private und für Chartermaschinen. Sie kontaktierte also einen regionalen Anbieter, der mich für 600 Euro mit einer Cessna ein- und ausgeflogen hätte. Sein schriftliches Angebot beinhaltete den Hinweis, dass die Flugzeit bei guten Witterungsverhältnissen etwa drei Stunden beträgt – aber darauf, besonders schnell zu sein, kam es hier ja nicht an.

Das alles übersandte Anna dem Gericht und legte dar, dass die Vertretung durch die Kollegin offensichtlich die günstigste Variante gewesen sei.

Das Gericht ist dem leider nicht ganz gefolgt. Immerhin hat es 191 Euro an fiktiven Reisekosten anerkannt und damit das Honorar der Kollegin hälftig erstattet. Seitdem traue ich mich nicht mehr, Kostennoten zu schreiben, wenn Anna nicht da ist. Denn es könnte ja sein, dass ich ganz erhebliche Beträge übersehe.

Herr Gibh freut sich, mich zu sehen, oder: Cynthias Rache

Am Freitag, den 11. Dezember 2009, hatte ich meinen letzten Arbeitstag vor einem lange ersehnten und hart erarbeiteten Urlaub, der bis in den Januar hinein andauern sollte. Alle Mandanten waren informiert, alle Akten bis auf zwei vorbereitet, mein Kollege war in sämtliche wichtigen Vorgänge eingeweiht und mein Sekretariat schob Überstunden, um rechtzeitig fertig zu werden.

Alle Akten bis auf zwei! Bei der einen handelte es sich um eine Architektenhaftung. Erst seit Mittwoch stand fest, dass ich hier eine Klage einreichen musste, und zwar aus Verjährungsgründen vor dem Jahresende, also bis Freitag. Für die Klage waren zwei Jahre Bauvorhaben nachzuvollziehen, sie bekam einen Leitz-Ordner Anlagen. Ich musste alles lesen, richtig zuordnen, durfte nichts vergessen, nichts übersehen, eine Heidenarbeit über mehrere Dutzend Seiten. Immerhin hatte ich alle Unterlagen schon am Mittwoch.

Bei der anderen Sache war das nicht so. Hier stand bereits seit zwei Wochen fest, dass ich Klage einreichen musste, aus Verjährungsgründen ebenfalls vor dem Jahresende, also bis zum Freitag. Allerdings fehlten mir die Unterlagen, weil der Mandant noch nicht damit fertig war, sie aufzubereiten. Es ging um mehrere Dutzend Leitz-Ordner an detailreichem Material – im Ergebnis so viel, dass sich ein Prozess nur sinnvoll von der äußeren

Schale her beginnen ließ. Von dort konnte man sich dann nach und nach dem Kern nähern, bis alle Einzelheiten in ihrer Tiefe durchleuchtet waren. Für den Mandanten bedeutete es, dass er zu jedem einzelnen Vorgang aus der Vielzahl seiner Papiere Zusammenfassungen erstellen musste und ich die Klage dann auf der Basis dieser einreichen würde.

Mit der Sichtung und Aufbereitung der Akten hatte ein Team aus mehreren Leuten bereits vor Monaten begonnen. Als im November feststand, dass sich eine Klage nicht vermeiden ließ, vereinbarte ich mit dem Teamleader des Mandanten, Herrn Gibh, dass mir alle nötigen Ergebnisse bis zum Freitag in der Woche vor meiner Abreise vorliegen sollten, also bis zum 4. Dezember 2009.

Zu dieser Besprechung kam zwar Herr Gibh, allerdings ohne Unterlagen, denn sie waren noch nicht fertig. Wir erörterten Fragen zum Fall und vereinbarten, dass ich dann jedenfalls bis Mittwoch, den 9. Dezember 2009, alles erhalten sollte. Am Mittwoch war Herr Gibh erneut bei mir – mit der Hälfte der für die Klage benötigten Unterlagen. Er sagte, sie arbeiteten mit Hochdruck an der Sache und er habe seit Montag nicht geschlafen, bis spätestens Donnerstagabend hätte ich alles. Ich antwortete Herrn Gibh, dass alles, was bis Freitag früh um 9.00 Uhr nicht auf meinem Schreibtisch liege, angesichts der Komplexität der Sache nicht mehr berücksichtigt werden könne, weil ich nach Freitag schlicht nicht mehr da wäre. Herr Gibh sicherte mir zu, dass ich bis Donnerstagabend, spätestens Freitag früh 8.00 Uhr alles hätte. Ich begann also, auf Basis dessen, was ich hatte, den Schriftsatz schon einmal vorzubereiten.

Am Freitag kam Cynthia, unsere für den Fall zuständige Sekretärin, extra eine Stunde früher ins Büro, kurz vor 8.00 Uhr. Allerdings erschien niemand aus dem Team und auch die versprochenen

Dokumente waren nicht da. Gegen 9.30 Uhr telefonierte sie mit Herrn Gibh, welcher beteuerte, dass er bis 11.00 Uhr mit allen Papieren erscheinen werde – was nicht geschah. Auch um 11.30 Uhr lag uns immer noch nichts vor. Ich war derweil mit anderen Dingen beschäftigt.

Gegen 11.45 Uhr klingelte es an der Bürotür. Ich bekam mit, wie Cynthia die Tür zu meinem Arbeitszimmer schloss und die Tür zum Hausflur öffnete, dann war es einen Moment lang still. Als Nächstes hörte ich ein Geräusch ähnlich einem »Klonk« und es war wieder still. Nach einer weiteren halben Minute ging ich nachsehen – und fand einen völlig zerstörten Herrn Gibh. Als er mich sah, ging ein Aufleuchten durch sein Gesicht und ich traf auf einen Mandanten, der so glücklich wie noch keiner vor ihm war, dass ich persönlich ihm die Hand reichte.

Es stellte sich heraus, dass Cynthia ihm mit todernster Miene gesagt hatte, dass es ihr sehr leidtue, er aber zu spät und Herr Scheidacker nicht mehr im Hause sei. Auf seine Nachfrage, ob sie scherze, hatte sie verneint und ihm erklärt, dass sein Fall dieses Jahr nun eben nicht mehr abschließend bearbeitet werden könne. Den völlig übermüdeten Herrn Gibh – er hatte, wie er mir später erklärte, diese Woche zusammengerechnet nur eine Stunde und 45 Minuten geschlafen – traf diese Auskunft schutzlos. Ihm fiel die Kinnlade herunter und die vier Leitz-Ordner fertig aufbereitete Unterlagen aus der Hand (das »Klonk«). Dann zog er sein Mobiltelefon heraus und hielt es in einem Akt der Verzweiflung Cynthia hin: »Rufen Sie ihn an.« Noch immer spielte sie voller Ernst den Unglücksboten, eine gnadenlose weibliche Revanche für die unnötige frühe Überstunde.

An diesem Punkt kam ich aus der Tür und es stellte sich heraus, dass alles doch nur ein Scherz gewesen war. Herr Gibh erklärte daraufhin Cynthia nach einem ersten Luftholen, dass er mit ihr nie pokern würde, denn er hätte ihr die Auskunft uneingeschränkt geglaubt.

Zurück in meinem Büro, haben wir hierüber gemeinsam sehr gelacht – er aus Erleichterung und ich etwas ungläubig aus der Perspektive des Arbeitgebers. Die Vorbereitung war letztendlich dann so exzellent, dass ich den Fall am gleichen Tag tatsächlich fertig bearbeiten und die Klage bei Gericht einreichen konnte. Ich hoffe, Herr Gibh hat nach seiner Rückkehr aus meinem Büro seinen wohlverdienten Schlaf ohne weitere Schrecken nachholen können. Und ich hoffe, ich ziehe mir nie den Unmut meines Sekretariats zu.

Justizkasse

Herr Sänger ist hartnäckig. Wenn er bei mir anruft und nicht sofort von meinem Sekretariat durchgestellt wird – weil ich bei Gericht bin, an einer Fristsache arbeite, auf einer anderen Leitung telefoniere oder aus anderen Gründen gerade nicht kann –, dann bleibt er am Ball. Er ruft in unregelmäßigen Abständen von 30 Minuten bis zwei Stunden immer wieder an, bis ich seinen Anruf schließlich annehme. Wenn das den ganzen Tag dauert, habe ich abends zusätzlich mindestens drei handgeschriebene Faxe von je einer DIN-A4-Seite Länge von ihm vorliegen, alle mit »EILT!« überschrieben und neben Sachverhaltsinformationen eine Ankündigung beinhaltend, wann er das nächste Mal anruft und meine Anrufannahme erwartet.

Zu Beginn unserer Beziehung haben sich unsere Sekretärinnen davon leiten lassen, dass Herr Sänger mitteilte, dass es eile und sehr wichtig sei. Ich habe auch mehrmals täglich meine Arbeit unterbrochen und halbstündige Telefonate, häufig über immer wiederkehrende Fragen, geführt, die von ihm emotional zwar als sehr virulent empfunden wurden, im Rechtssinne aber nicht wirklich »dringend« waren. Nach einigen Monaten dieser Telefonpraxis habe ich dann dem Sekretariat die Anweisung erteilt, Herrn Sänger zunächst nach dem genauen Inhalt seines Anliegens zu fragen, mir das Ergebnis mitzuteilen und erst bei mir nachzufragen, ob ich ihn annehmen möchte, bevor man ihn zu mir durchstellt. Wenn es sich nicht um eine eilige Sache handelt und es gerade nicht passt, nehme ich ihn nicht sofort an, sondern lasse einen Termin mitteilen, zu dem ich ihn sprechen kann. Das klappt in der Regel ganz gut.

Problematisch wird es, wenn ich nicht im Hause bin, sondern beispielsweise bei Gericht. Wie lange so ein Termin dauert, lässt sich im Vorfeld nicht immer genau sagen. Auch weiß man nie, ob man pünktlich anfängt. Manche Richter terminieren ihre Verhandlungen grundsätzlich so eng, dass sich schon nach der ersten alle weiteren des Tages nach hinten verschieben. Je später man dran ist, desto größer ist dann die Verzögerung. Das hat für den Richter den Vorteil, dass er nicht auf einzelne Anwälte warten muss, wenn die sich mal verspäten. Für alle versammelten Anwälte hat es aber den Nachteil, dass sie unbezahlt bei Gericht herumsitzen und einfach nur warten, während im Büro die Arbeit aufläuft – und ungeduldige Mandanten anrufen.

Bin ich bei Gericht, können die Sekretärinnen jedenfalls nicht oder nur ganz ungefähr sagen, wann ich wieder zurück ins Büro komme. Das hat zur Folge, dass Herr Sänger vorsorglich in kurzen Abständen anruft, um den entscheidenden Moment ja nicht zu verpassen. Zwecks Begründung der Dringlichkeit erklärt er bei jedem Anruf erneut ausführlich, was er mit mir besprechen möchte. Es ist sehr schwer und auch unhöflich, ein Gespräch zu beenden, wenn sich der Gesprächspartner mitten in einem ausführlichen Absatz befindet. Wenn ich hereinkomme, kann ich Sänger-Tage fühlen, denn meine Ankunft wird von meinen Mitarbeitern sonst nie so innig ersehnt. Manchmal muss ich die Damen freilich enttäuschen, weil ich eine andere Sache vorziehen muss oder gleich wieder gehe – zum Mittagessen oder zu einem nächsten Termin.

Heute hatten wir allerdings einen außerordentlichen Anruf, der keinen Aufschub mehr erlaubte. Er kam von einer völlig verzweifelten Mitarbeiterin der Justizkasse, welche mich bat, endlich Herrn Sängers Anruf entgegenzunehmen, damit er aufhören würde, bei ihr anzurufen. Er wollte von meinem Büro, dass wir prüfen, ob Gerichtskostenrechnungen richtig waren, die die Justizkasse ihm gestellt hatte. Hierzu mussten einzelne Unterlagen aus sechs Leitz-Ordnern Papier herausgesucht werden. Da ich zwei Tage lang auf auswärtigen Terminen unterwegs war, hatte ich das Ergebnis noch nicht freigegeben und Herr Sänger demnach also noch keine Antwort vorliegen. Daher wandte er sich in der ihm typischen Weise an die Justizkasse, bis die Nerven der Damen dort so aufgebraucht waren, dass sie keine andere Möglichkeit mehr sahen, als ebenfalls bei mir anzurufen. Wir haben der Sache dann Priorität eingeräumt – ich hoffe, die Justizkasse ist mir dankbar.

Eine kurze Frist

Es gibt Verträge, die man nicht ohne Weiteres sofort kündigen kann, sondern erst zum Laufzeitende oder nach einer bestimmten Frist. Dazu gehört zum Beispiel die Mitgliedschaft in einem Fitnessstudio, Ihre Ehe oder der Vertrag über die Verwaltung eines Hauses für eine bestimmte Zeit. Hier können sich beide Seiten darauf verlassen, dass der jeweils andere so lange durchhält, bis die vereinbarte Dauer erreicht ist. Häufig sieht das Kleingedruckte sogar automatische Laufzeitverlängerungen vor, denen man rechtzeitig widersprechen muss, wenn der Vertrag nach Ablauf der vereinbarten Dauer enden soll. Eine Ausnahme gilt nur, wenn eine Seite derart schwere Vertragsverletzungen begeht, dass man der anderen Seite nicht weiter zumuten kann, bis zum Laufzeitende an den Vertrag gebunden zu bleiben (früher galt das auch für Scheidungen, heute nicht mehr).

Problematisch wird das, wenn einer vorfristig nicht mehr will, beispielsweise weil er einen besseren Partner gefunden hat, der andere aber keine Vertragsverletzungen begeht. Dann kann man nicht kündigen. Das führt häufig dazu, dass der Mandant »Kündigungsgründe sucht«, also Vertragsverletzungen erfunden oder provoziert werden. Hierüber wird dann überaus ernsthaft gestritten in der Hoffnung, dass der andere im Laufe der Auseinandersetzung irgendwann einmal einen formalen Fehler begeht oder die Nerven verliert und etwas tut, das dann doch eine außerordentliche Kündigung rechtfertigt.

Jemanden, der sich juristisch nicht auskennt, vor eine unmögliche Situation zu stellen, fällt nicht weiter schwer. Anstrengen muss man sich erst, wenn auch der Gegner anwaltlich vertreten ist. Denn der Kollege kennt ja die Tricks und Fallen und weiß, sie zu vermeiden. Da hilft mitunter nur, ihn auf »technische« Weise auszuschalten.

Manche Kollegen haben hierin eine tiefe Virtuosität entwickelt. Einer aus Potsdam zum Beispiel versendet in solchen Fällen grundsätzlich kein Schreiben unter 60 Seiten, durchgeschrieben einzeilig ohne jeden Absatz in Courier Größe 10, Seitenränder links wie rechts 2 Zentimeter. In mehreren Zehntausend Wörtern wechselt er zwischen der ausführlichen Erörterung von Urteilen und Rechtsansichten einerseits und dem von ihm gerade bearbeiteten Fall andererseits, wobei er sich in einzelnen Punkten nach einigen Seiten gezielt widerspricht oder zumindest unklar ist. Seinen Sprachstil hält er dabei so langweilig und spröde, dass es mir partout nicht gelingt, das zu lesen, ohne nach kurzer Zeit gedanklich abzudriften. Wesentlich von all dem Text sind nur rund drei Sätze und eine Fristsetzung, gut versteckt mittendrin. Da kann es schon passieren, dass man das übersieht. Hieran knüpft der Kollege dann natürlich gewaltige Rechtsfolgen.

Andere Kanzleien halten Standardschriftsätze nebst Anlagenbänden vorrätig, die man je nach Bedarf nur noch auf den konkreten Fall anpassen und auffüllen muss. Wenn Sie zum Beispiel über eine rote Ampel gefahren sind und Ihre Fahrerlaubnis entzogen zu werden droht, dann sind die entsprechend spezialisierten Kollegen in der Lage, binnen kürzester Zeit die gesamte hundertjährige Historie der technischen Entwicklung von Ampelsystemen einschließlich ihrer jeweiligen Fehleranfälligkeiten vorzutragen und dies mit Zitaten aus der Fachliteratur, technischen Normen und Zeichnungen zu ergänzen. Am Ende haben

Sie so viele Zweifel daran, dass eine Ampelschaltung überhaupt richtig funktioniert und der Blitzer exakt gemessen hat, dass Sie niemanden mehr verurteilen können. Aber allein schon um das nicht alles lesen zu müssen, sind die Sachbearbeiter in der Verwaltungsbehörde oder vielleicht der Richter, der darüber entscheiden soll, geneigt, das Verfahren einzustellen. Natürlich ist das Ganze nicht billig, denn die überproportionale Vorbereitung lassen sich die Kollegen gut bezahlen.

Ein weiteres Mittel ist hoher Zeitdruck. Die Akten, die man als Anwalt bearbeitet, sind ja nicht immer einfach. Daher ist man gut beraten, erst einmal über ein erhaltenes Schreiben nachzudenken und es gegebenenfalls mit dem Mandanten zu besprechen, bevor man darauf reagiert. Ich habe mir angewöhnt, nicht immer sofort auf alles zu antworten, sondern vorher zu überlegen. Denn insbesondere wenn viele Fälle gleichzeitig auf dem Schreibtisch liegen und ein hoher Termin- und Fristendruck herrscht, geschehen leicht Fehler. Diese kann der Gegner natürlich in seinem Sinne ausnutzen. Also versuchen manche Kollegen, einen solchen hohen Zeitdruck beim Gegner zu verursachen in der Hoffnung, dass dieser unbedacht reagiert.

So war es auch in dieser Sache. Meine Mandantin verwaltete ein Haus für die Eigentümerin Frau E. Der Vertrag lief auf fünf Jahre, von denen erst zwei um waren. Kündigungsgründe gab es nicht, aber Frau E. wollte wohl nicht mehr, ohne zu sagen, warum. Also engagierte sie den Kollegen Dr. M. und beauftragte ihn, es irgendwie zu bewerkstelligen, den Vertrag zu beenden.

Am 25. September 2007 schrieb Dr. M. einen Brief, in dem er den Verwaltungsvertrag für das Haus »aus wichtigem Grund« fristlos kündigte. Welcher wichtige Grund vorliegen sollte, sagte er nicht, aber er forderte auf, innerhalb von drei Tagen alle Hausverwaltungsunterlagen sowie alle das Objekt betreffenden Dinge wie Schlüssel etc. herauszugeben. Am nächsten Tag schrieb der Kollege den nächsten Brief, in dem er darauf hinwies, dass meine Mandantin nach der Kündigung auch nicht mehr berechtigt sei, das Haus betreffende Gelder zu bewegen oder auf die Konten zuzugreifen. Weder dürfe sie weiter Mieten einziehen noch Stromrechnungen oder Handwerker bezahlen und so weiter. Dr. M. bat um Bestätigung all dessen bis zum 28. September 2007 um 12.00 Uhr mittags.

Hätte sie das bestätigt, hätte sie die fristlose Kündigung akzeptiert. Selbst wenn kein Grund vorlag, wäre der Vertrag damit zum 28. September 2007 einvernehmlich beendet gewesen. Dadurch hätte sie drei Jahre Verwaltungshonorar verloren. Zum Glück hat sie nicht selbst geantwortet, sondern die Unterlagen mir überlassen und um Prüfung gebeten, ob das alles so richtig sei.

Natürlich war es so nicht richtig. Eine fristlose Kündigung aus wichtigem Grund kann nämlich nur wirksam sein, wenn der wichtige Kündigungsgrund darin genannt wird. Ohne eine solche Angabe ist sie formell unwirksam. Da der Kollege keinen Grund genannt hatte, konnten wir auch nicht überprüfen, ob dieser so gravierend ist, dass Frau E. ein Festhalten am Vertrag unzumutbar sei, sodass ausnahmsweise eine vorzeitige Beendigung gerechtfertigt wäre. Eine andere Frage ist allerdings die Arbeit mit den Hauskonten. So etwas kann der Eigentümer jederzeit ohne Grund untersagen, es ist ja sein Geld. Und es ist seine Entscheidung, ob er der Verwaltung für das Honorar, das er zahlt, ermöglicht, ihre Arbeit zu tun, oder ob er die Arbeit lieber selbst erledigt.

Damit hatten wir die Situation, dass der Vertrag zwar weiterlief, aber meine Mandantin das Haus wirtschaftlich nicht mehr verwalten durfte. Am 1. Oktober 2007 schrieb ich dem Kollegen ein kurzes Fax und wies ihn darauf hin, dass seine Kündigung unwirksam ist, dass meine Mandantin aber wunschgemäß keine Mieten mehr einziehe, keine Rechnungen mehr bezahle und auch sonst die Konten nicht mehr anrühre. Das Fax übermittelte ich ihm um 12.45 Uhr mittags.

Gegen 16.00 Uhr fuhr ich nach Hause. Seit einer Woche warteten wir auf die Geburt unseres ersten Sohnes. Alle Akten waren vorbereitet, alle Fristen erledigt, alle Termine weiträumig verlegt, und so blieb im Büro nicht viel zu tun. Jeden Morgen kam ich in dem Bewusstsein zur Arbeit, dass ich vielleicht sofort wieder weg muss, um Mila ins Krankenhaus zu begleiten, denn ich wollte auf jeden Fall bei der Geburt dabei sein! Sobald im Büro alles erledigt war, fuhr ich also schnell nach Hause. Aber Jonah ließ sich Zeit. Auch am 1. Oktober passierte nichts weiter und gegen Mitternacht gingen wir ins Bett.

20 Minuten später meldete Mila, dass ihre Fruchtblase geplatzt sei. Jetzt also los: Fünf Minuten bis zum Auto, zehn Minuten bis zum Krankenhaus und nach weiteren zehn Minuten setzten die Wehen ein. Wir durchlebten eine schlaflose Nacht fast ohne Hebamme – es gab zwar vier Kreißsäle, aber in dieser Nacht kamen hier 13 Kinder zur Welt. Die armen Hebammen waren daher überall und nirgends. Und da ich ja dabei war, besuchten sie Mila eher selten. Morgens um 8.00 Uhr war Jonah dann endlich da und wir todmüde, erschöpft und glücklich. Ab 9.00 Uhr kamen Besucher, zwischendurch fuhr ich nach Hause Katzen füttern, Sachen holen, die Mila auf der Wochenstation brauchte, und schnell wieder zurück zu ihr und dem Kind. Am liebsten wollte ich Jonah nicht aus der Hand legen. Zugleich wagte ich kaum, ihn anzufassen, so zart und zerbrechlich kam er mir vor. Irgendwann vor Mitternacht fuhr ich wieder nach Hause und legte mich schlafen. Auch

der nächste Tag war angefüllt mit Organisation, Besuchern und meinen Liebsten. Eigentlich konnte nicht viel passiert sein, aber vorsichtshalber schaute ich abends gegen 19.00 Uhr doch im Büro vorbei, nur um zu sehen, ob etwas Eiliges zu tun war. Hier fand ich zwei Faxe des Kollegen Dr. M. Das erste war noch am 1. Oktober um 16.48 Uhr eingegangen. Darin schrieb Dr. M., dass er die Begründung für die fristlose Kündigung gesondert nachholen werde, und dann:

> »Wir weisen darauf hin, dass die Verhaltensweise Ihrer Mandantin, auf der einen Seite die fristlose Kündigung nicht akzeptieren zu wollen, sich aber auf der anderen Seite auf die Umsetzung des aus der fristlosen Kündigung resultierenden Verfügungsverbots zu berufen und damit sehenden Auges unserer Mandantin Schaden zufügen zu wollen, nicht akzeptabel ist. Nie war die Rede davon, dass Mieten nicht eingeholt werden dürfen oder sollen. Wir fordern Sie auf, selbstverständlich zur Vermeidung von Schäden unserer Mandantin die offenen Mieten bis auf Weiteres einzuholen und ordnungsgemäß weiterzuleiten. Wir bitten unverzüglich um Bestätigung dieser Verfahrensweise bis zum morgigen Dienstag, den 2. Oktober 2007, 15.00 Uhr.«

Post bleibt manchmal einen Tag liegen, insbesondere wenn der Chef im Kreißsaal steckt. Außerdem hatte sich meine Mitarbeiterin einen Brückentag gegönnt, sodass niemand so schnell reagierte. Konsequenterweise ging das zweite Fax am 2. Oktober um 16.18 Uhr ein. Darin kündigte der Kollege den Verwaltervertrag erneut fristlos und begründete das damit, dass die Rückbestätigung bis 15.00 Uhr ausgeblieben sei. Trotz meiner familiären Situation blieb mir nichts anderes übrig, als darauf zu antworten. Ich schrieb:

> »Die mit Schreiben vom 1. Oktober 2007 gesetzte Frist war zu kurz. Ich habe um 16.00 Uhr, also vor Eingang Ihres Schreibens, das Haus verlassen. In der Nacht zum 2. Oktober 2007 war ich mit meiner Frau im Kranken-

haus und am Morgen kam unser erster Sohn zur Welt. Den Tag über war ich in völlig übermüdetem Zustand damit befasst, alle Angelegenheiten zu Hause zu regeln. Ich wäre ohnehin nicht in der Lage gewesen, zu arbeiten, und komme erst jetzt, am 3. Oktober abends, dazu, hier im Büro nach dem Rechten zu sehen. Statt schleunigst wieder zu meiner Familie zu eilen, sitze ich nun hier und schreibe Ihnen ein Fax.

Ihre Fristsetzung war unangemessen kurz. Vom Abend des einen Tages zum Mittag des anderen kann niemand eine Reaktion erwarten, schon gar nicht von einem Anwalt, der vormittags i. d. R. Gerichtstermine wahrzunehmen hat. Zumindest war es in der geschilderten Situation nicht schuldhaft, Ihnen nicht sofort zu antworten oder das Fax nicht sofort an den Mandanten weiterzuleiten. Ich musste nicht erwarten, dass eine derart eilige Sache mit derart kurzer Fristsetzung ausgerechnet dann hier eingeht. Eine so kurze Fristsetzung habe ich während meiner bisherigen Anwaltstätigkeit auch noch nicht erlebt. Eine Kündigung kann m. E. hierauf nicht gestützt werden.

Selbstverständlich wird meine Mandantin gern die Mieten weiter einziehen. Ihr Verhalten war nicht widersprüchlich, da sie sich strafbar macht, wenn sie gegen die ausdrückliche Untersagung durch Ihre Mandantin weiterhin Vermögensverwaltungshandlungen ausführt. Ihr blieb schlicht nichts anders übrig, als solche Aktivitäten vorerst zu unterlassen.

Ich bin mir nun unschlüssig, was jetzt nach Ihren weiteren Schreiben gilt. Einerseits entrüsten Sie sich darüber, dass meine Mandantin Ihrer Untersagung weiterer Vermögensverwaltung nachkommt, andererseits geben Sie durch erneute Kündigungserklärung zu erkennen, dass Sie ihr die weitere Vermögensverwaltung weiterhin untersagen. Das ist so widersprüchlich, dass ich meiner Mandantin nicht sagen kann, ob sie sich nun immer noch strafbar machen würde, wenn sie die Mieten jetzt einzieht oder nicht. Ich bitte daher um eine eindeutige Erklärung, ob meine Mandantin die Mieten nun einziehen und das Vermögen weiterverwalten soll oder nicht.«

Eine Antwort darauf blieb zunächst aus. Nicht ganz eine Woche später schrieb der Kollege dann zurück. Er gratulierte mir zunächst zur Geburt von Jonah, führte ein paar Absätze zu der zu kurzen Frist aus und kündigte unter ausführlicher Darlegung von Gründen sowohl außerordentlich als auch vorsorglich fristgemäß. Abschließend unterbreitete er einen »Kompromissvorschlag« und bat um Mitteilung binnen drei Tagen, ob man sich einigen könne. Der Vorschlag beinhaltete allerdings ebenfalls nur, dass der Vertrag endet und alle Unterlagen herausgegeben werden. Ich habe das alsbald darauf abgelehnt und die weiteren Kündigungen diesmal ausführlich inhaltlich zurückgewiesen.

Danach meldete sich Dr. M. nicht mehr. Meine Mandantin erhielt ihre Verwalterhonorare weiterhin, ohne dafür jedoch arbeiten zu können, denn das Verbot, die Konten anzurühren, bestand durch die erneuten Kündigungen ja weiter. Eine andere Gesellschaft hat die Verwaltung ebenfalls nicht übernommen, das Haus war also eine Zeit lang unbetreut.

Ob das nun das Ergebnis war, das Frau E. erreichen wollte? Ich bezweifle es. Aber man kann in die Köpfe der Leute nicht hineingucken.

Fernheilung

Ich habe verschiedene Gründe, ein Mandat anzunehmen, das mir angetragen wird. Der erste und häufigste ist der trivialste von allen: Ich muss den Lebensunterhalt für meine Familie verdienen. Ist das sichergestellt, erlaube ich mir gelegentlich den beruflichen Luxus von Akten, die finanziell vielleicht nicht recht Sinn ergeben, aber eine besonders interessante Rechtsfrage aufwerfen. Das kostet zwar Zeit, die mir beim Verdienen des Lebensunterhaltes fehlt, ist aber intellektuell herausfordernd und bringt mich fachlich häufig weiter. Und dann gibt es noch den privaten Luxus von Fällen, an denen ich nichts verdiene und die auch nicht aus beruflichen Gründen spannend sind – die ich aber einfach kurios finde. Die möchte ich manchmal aus Lust an der Freude eine Weile begleiten und sehen, was passiert. Um so einen Fall geht es hier.

Meine überaus attraktive Mandantin Dyna ist ein Medium. Sie kann Geister und Energie sehen und fühlen, auch über Distanzen. Als ich einmal Kopfschmerzen hatte, stellte sie sich hinter mich und zog die schlechte Energie einfach aus mir heraus. Hierzu griff sie beherzt in die Luft über und hinter mir und warf das, was sie dann mit ihren Händen gegriffen hatte, energisch weg, wobei sie sich jedes Mal ausschüttelte. Ich schwöre, es hat geholfen, nach fünf Minuten waren meine Kopfschmerzen weg!

Dyna lebt davon, andere zu heilen. Nicht immer wird das allerdings so bezahlt wie vereinbart, und so beauftragte sie mich eines Tages, ein Honorar einzutreiben. Der Auftrag war in diesem Fall ausschließlich telefonisch erteilt worden und sie kannte die betreffenden Personen nur von Fotos. Vorliegend hatte sich eine Gastwirtin bei ihr gemeldet und um eine Fernbehandlung von ihr und ihrer Familie, also Ehemann, Tochter und Sohn, gebeten. Die Gastwirtin sandte Bilder und Dyna konzentrierte sich meditativ auf die Leute, fixierte ihre störenden Geister und begann, sie mental zu verscheuchen. Das half offenbar, denn die Gastwirtin berichtete im Rahmen der kontinuierlichen telefonischen Behandlungsbegleitung, dass es bei allen allmählich besser werde. Nach zwei Monaten bat sie Dyna, auch noch den Koch des Restaurants in die Behandlung einzubeziehen, und nach weiteren zwei Monaten war dann alles abgeschlossen. Nachträglich vereinbarten die beiden ein Honorar von 400 Euro für alles zusammen, zahlbar binnen zwei Wochen. Doch die Zahlung blieb aus.

Dyna versuchte zunächst selbst in diversen Telefonaten, ihr Geld zu erhalten, was aber erfolglos blieb. Nach einigen Monaten kam sie zu mir und bat mich um eine Beitreibung.

Rechtlich ist das nicht einfach. Ein auf eine unmögliche Leistung gerichteter Vertrag ist nichtig, man kann aus ihm also nichts verlangen. War Dynas Leistung unmöglich? Eine Geisterheilung aus der Ferne ist jedenfalls nichts, das ich für selbstverständlich halte, abgesehen davon, dass ich nicht an Geister glaube. Würde ich das Honorar einklagen, müsste ich allerdings den entgegengesetzten Standpunkt vertreten. Vielleicht fände ich in der Fachliteratur von Astrophysikern ja Ansätze und könnte das Gericht dazu bewegen, ein Sachverständigengutachten einzuholen … ein amüsanter Gedanke. Ein anderer Ansatz wäre, nicht auf den Erfolg abzustellen, sondern auf die Handlung an sich – Konzentration mit Heilungsabsicht. Auch ein Mediziner wird ja nicht nach Erfolg bezahlt, sondern nur für seine Bemühungen, ganz unabhängig von dem Ergebnis und ganz unabhängig davon, ob das gewünschte Resultat möglich war oder nicht.

Ob eine Heilung (= Erfolg) oder nur die Meditation darüber (= erfolgsunabhängige Tätigkeit) geschuldet war, ist eine Frage danach, was die beiden Frauen vereinbarten, also des Vertragsinhalts. Einen Vertrag gab es allerdings nicht bzw. nur mündlich. Das wiederum ließ sich wegen seines telefonischen Charakters ohne Zeugen in keiner Weise beweisen. Würde die Gastwirtin einfach alles abstreiten, hätte eine Klage keine Chance.

Ich sah aber einen anderen Ansatz: ohne Leistung keine Gegenleistung. Also schrieb ich, nach Rücksprache mit der Mandantin, folgenden Brief:

»Sehr geehrte Frau G.,

in vorbezeichneter Angelegenheit hat mich Frau Dyna F. mit der anwaltlichen Interessenwahrnehmung beauftragt.

Meine Mandantin führte aufgrund Vereinbarung mit Ihnen in der Zeit von … bis einschließlich … Fernbehandlungen, energetische Behandlungen und Musterauflösungen für Sie, Ihre Familie (Ehemann, Tochter und Sohn) sowie für den Restaurant-Koch durch. Hierüber vereinbarten Sie ein Honorar i. H. v. 400 Euro, welches bis spätestens zum … zu zahlen war. Ein Zahlungseingang blieb jedoch aus.

Inwieweit eine Klage Erfolg verspräche, mag dahingestellt bleiben. Meine Mandantin hat nicht die Absicht, sich auf weltlicher Ebene mit Ihnen lange auseinanderzusetzen, sondern wird, sollte die Zahlung nicht binnen einer letzten Frist bis zum … hier eingegangen sein, Ihre Geister zurückholen und den energetischen Schutzschild beenden. Sie dürfen sich aussuchen, welches Übel Ihnen genehmer ist.

Mit freundlichen Grüßen

...«

Hierauf darf man alle möglichen Reaktionen erwarten, vom Schweigen über ein generelles Abstreiten bis zu einer Veröffentlichung in der *Bild*-Zeitung mit der Überschrift »Anwalt von allen guten Geistern verlassen!«. Zu meiner Überraschung schrieb Frau G. zurück und erklärte, dass sie den Betrag in voller Höhe anerkenne. Eine Woche später teilte Dyna mir mit, dass das Geld auf ihrem Konto eingegangen ist. Kurios, finden Sie nicht?

Fremdgeld

Wir Juristen benutzen merkwürdige Wörter. »Fremdgeld« ist so eines. Es bedeutet nicht, dass uns das betreffende Geld fremd ist, etwa weil es in Form von Baht oder Guyanas hier eintrifft. Wir meinen damit, dass das Geld nicht uns gehört, sondern dem Mandanten oder einem Dritten. Ein »Fremdgeldkonto« ist demnach ein Bankkonto, auf dem wir solche Gelder aufbewahren, bis wir sie an den Berechtigten weiterleiten können.

Als ich meine Anstellung als Anwalt gekündigt hatte und in Berlin meine erste eigene Kanzlei eröffnete, geschah das im sprichwörtlichen Hinterzimmer einer Kanzlei von anderen Anwälten. Einer von ihnen zog aus und ich ein. Der Kollege hatte einen Prozess auf Zahlung von rund 180 000 Euro gewonnen und an seinem letzten Arbeitstag ging die Zahlung ein, in Form eines Schecks über diese Summe. Mit der Post sendet man so etwas ja nicht weiter, also rief der Kollege seinen Mandanten an, damit der sich den Scheck abholt. Dieser war allerdings nicht in Berlin, und so vereinbarten die beiden, dass der Mandant am nächsten Tag vorbeikommen würde. Sodann erteilte der Kollege mir meinen ersten Auftrag: den Scheck von ihm entgegenzunehmen und am nächsten Tag seinem Mandanten weiterzureichen, wenn der käme.

Haben Sie schon mal 180 000 Euro aufbewahrt? Furchtbar, insbesondere wenn das Geld nicht einem selbst gehört. Als Erstes stellt sich die Frage, ob man das besser am Körper trägt oder irgendwo versteckt. In die Brieftasche wollte ich den Scheck nicht tun, denn wenn man überfallen wird, dann verlangt der Räuber doch meistens die Brieftasche, oder? Ich weiß das zwar nicht so genau, denn ich bin zum Glück noch nie überfallen worden. Aber im Fernsehen sieht man das ja. Jedenfalls war mir das zu riskant. Aus dem gleichen Grund schieden auch die Innentaschen des Jacketts aus. Die Hosentaschen waren mir ebenfalls nicht geheuer: Was, wenn trotz sorgfältiger Suche doch irgendwo ein Loch drin wäre? Oder wenn ich aus Versehen etwas aus der Hosentasche nehmen würde und dabei unbemerkt den Scheck mit herauszöge? Vielleicht käme der Räuber auch auf die Idee, dass ich meine Taschen leeren soll. Viel zu gefährlich!

Weniger naheliegend – aber darüber habe ich ernsthaft nachgedacht – war es, den Scheck in den Schuh zu stecken. Nicht an die Seite, sondern vorn, da, wo die Zehen sind. Dann kann er auch nicht zufällig rausrutschen. Aber ich würde ihn dabei sicherlich zerknittern und vielleicht sogar zerreißen oder durchscheuern. Das wäre blöd, wenn ich dem Mandanten morgen den Scheck geben und dann eine Null fehlen würde, weil mein großer Zeh sie weggeschubbert hätte. Kein guter erster Eindruck von dem neuen Anwalt. Na ja, und in die Unterhose stecken wollte ich ihn irgendwie auch nicht, dort ist ja privat.

Am Körper tragen war also nichts. Als Nächstes dachte ich über die Aktentasche nach. Allerdings kann man die verlieren oder ein mieser Handtaschenräuber auf dem Fahrrad entreißt sie einem, und dann wäre der Scheck weg. Am besten war es also wohl, ihn nicht mit herumzutragen, sondern irgendwo zu deponieren, wo er bis morgen liegen konnte – zwangsläufig im Büro, denn alles andere hätte ja bedeutet, vorher mit ihm unterwegs zu sein, was gerade ausgeschieden war.

Wenn ich den Scheck in meinen Schreibtisch legte und nach Hause ginge, könnte es jedoch passieren, dass im Büro eingebrochen würde. Das war gar nicht einmal so unwahrscheinlich: Die Kollegen hatten mir erzählt, dass sie in den letzten fünf Jahren drei Einbrüche hatten. Zwar fanden die Täter nichts, das der Mühe wert gewesen wäre, weggetragen zu werden, aber die Bürotür war beschädigt und eine Reparatur nicht billig. Wenn ich den Scheck hier ließe, würden die Täter dieses Mal etwas finden, jedenfalls wenn ich ihn irgendwo am Schreibtisch aufbewahrte. Denn dort würde ich als Erstes nach Geld oder wertvollen Dingen suchen, wenn ich ein Einbrecher wäre. Meistens sind die richtig wichtigen Sachen mit Tesafilm von hinten an eine Schublade geklebt oder von unten an die Platte. Kennt man ja auch aus Filmen. Jedenfalls würde ich zu Hause keine ruhige Minute haben, weil ich von dort aus nicht kontrollieren konnte, ob gerade eingebrochen wurde oder nicht.

Letztlich kam ich auf die Idee, die Bibliothek eines der Kollegen zu nutzen. Dort standen – ausgebreitet über mehrere Regale – einige äußert langweilige Sammlungen älterer Zeitschriften, unter anderem die gebundene Fassung des *Berliner Amtsblatts* und des *Bundesgesetzblatts*, beide seit ungefähr 1960. Das war eine mächtig beeindruckende Wand aus hohen Buchrücken und sah sehr kompetent aus. Normalerweise schaute dort nie jemand rein, denn unsere tägliche Recherchearbeit ließ sich, wenn Kommentare nicht ausreichten, viel besser über spezielle Onlinezugänge erledigen. Ich versteckte den Scheck im 1982er-Jahrgang des *Berliner Amtsblatts*, Band 3 zwischen den Seiten 3124 und 3125. Die Fundstelle notierte ich mir rückwärts auf einem unscheinbaren Zettel, den ich zusätzlich noch etwas zerknitterte, wieder glatt strich und dann in mein Portemonnaie steckte. Eine überflüssige Hilfe: Die Fundstelle war so tief in mein Gedächtnis eingebrannt, dass ich mich an diese Zahlen auch ohne den Zettel erinnerte.

Das Risiko, dass über Nacht das Büro und damit auch die Büchersammlung abbrennen oder ein Flugzeug aufs Haus fallen würde, nahm ich in Kauf und ging nach Hause. Am nächsten Tag war alles wie zuvor und gegen Mittag kam der Mandant, knüllte den erhaltenen Scheck wenig sorgfältig in die Tasche seiner modisch löchrigen Jeans, unterschrieb mir den Empfang und schlenderte auf den Markt vor der Tür, wo er im Café draußen in der Sonne saß, seinen Espresso genoss und entspannt den Leuten zusah. Er hatte es offenbar in keiner Weise eilig, zur Bank zu gehen.

Erfolgsaussichten

Natürlich möchten Mandanten vor der Beauftragung eines Anwalts wissen, ob ihr Anliegen Erfolg hat. Wir Anwälte haben dann das Problem, dass wir das nicht wissen. Um einschätzen zu können, ob ein Fall Erfolg versprechend ist, müssen wir uns die Unterlagen dazu ansehen und die eine oder andere Rechtsfrage prüfen. Da davon das gesamte weitere Vorgehen abhängt, ist eine sehr sorgfältige Arbeit vonnöten. Das kostet Zeit und Rechtskenntnis, also das, was unsere Arbeit als Anwälte grundsätzlich ausmacht. Diese muss der Mandant daher beauftragen, bevor er eine Einschätzung erhalten kann. Sollte sich dabei herausstellen, dass seine Sache nur wenig Chancen hat, spart ihm eine entsprechende Auskunft viel Geld. Der Aufwand für die Vorprüfung ist also gut investiert.

Um eine kostenlose Ersteinschätzung zu erhalten, senden uns potenzielle Mandanten gelegentlich Fallbeschreibungen per E-Mail, ohne zugehörige Unterlagen:

»Sehr geehrte Damen und Herren,

im Jahre 1996 kaufte mein Freund eine Eigentumswohnung mit Tiefgarage. Bis 2007 zahlte er für die Tiefgarage Grundsteuer wie auch andere Nebenkosten. Auch in den Eigentümerversammlungen wurde er als Eigentümer der Tiefgarage ausgewiesen. Im Jahr 2003 teilte ihm die Stadt mit, dass er nicht Eigentümer der Tiefgarage sei. Daraufhin rief er bei der Stadt an, und er bekam daraufhin noch ein Schreiben, wo drin stand, dass es außer Frage steht, dass er die Tiefgarage gekauft hat und Eigentümer sei und der Stadt damals wohl ein Fehler unterlaufen sei, die Stadt wollte sich nun um alles Weitere kümmern. Da mein Freund im Ausland war, ging er davon aus, dass alles seinen Gang ging. Bis 2007 die Stadt ihm den Tiefgaragen-Platz einfach wegnahm, er sich einen anderen anmieten musste. Wir gingen vor Gericht. Das Landgericht hat gegen meinen Freund entschieden. Das Oberlandesgericht hat ihm geschrieben, er möge auf die Berufung verzichten. Hat er nicht, daraufhin kippte das Oberlandesgericht den Fall um 180 Grad zugunsten meines Freundes. Nun hat es mit Urteil wieder gegen meinen Freund entschieden. Das Schreiben, auf das Schreiben der Stadt ist das Oberlandesgericht nie wirklich eingegangen. Auch zahlte er damals den höchsten Kaufpreis. Ihm wurde 1996 immer von der Maklerin und dem damaligen Verwalter gesagt, er kauft die Tiefgarage mit. Leider, und dies ist nun das Problem, steht dies nicht extra im Kaufvertrag drin. Mein Freund wusste damals nicht und auch seine Exfrau nicht, dass die Tiefgarage gesondert im Kaufvertrag ausgewiesen sein muss, da ihnen immer wieder gesagt wurde, sie kaufen die Wohnung mit der Tiefgarage! Der derzeitige Rechtsanwalt sieht hier keine Chance mehr, mein Freund möchte jedoch nicht aufgeben und Sie daher fragen, ob Sie hier noch eine Chance sehen. Das Oberlandesgericht hat im Urteil auch geschrieben, dass eine Revision nicht zugelassen sei. Bitte teilen Sie uns mit, welche Chancen noch bestehen, es kann doch nicht sein, dass ein kleiner Bürger so veräppelt werden kann. Zum anderen könnte man aufgrund dieses Urteiles jetzt jedes Schreiben von Behörden anzweifeln, da man nie weiß, ob eine Behörde oder Stadt das wirklich meint, was sie geschrieben hat, oder????

Helfen Sie mir bitte. i.V. Beate Zuck für Achim Sauber«

Solche Darstellungen beinhalten normalerweise, was aus der Sicht des Fragenden für ihn günstig und relevant ist. In der Regel ist das aber nicht deckungsgleich mit der rechtlichen Perspektive. Wäre dem so, wäre es völlig unverständlich, warum Frau Zuck und Herr Sauber hier keinen Erfolg hatten. Es muss also

Gründe geben, warum die beiden Gerichte gegen sie entschieden und warum auch der Anwalt von Frau Zuck keine Chance mehr sieht. Diese Seite des Falles bleibt in Frau Zucks Darstellung jedoch verborgen. Trotz ihrer umfangreichen Sachverhaltsschilderung kann ich die Erfolgsaussichten also nicht inhaltlich beurteilen. Ich müsste erst alle zugehörigen Unterlagen – die Klage, die Schriftsätze im Prozess, die Urteile etc. – lesen und rechtlich bewerten.

Wenn man die nicht beurteilbaren Passagen streicht, liest sich der Fall aus anwaltlicher Sicht etwa so:

> »Zwei Gerichte haben gegen uns entschieden und auch unser Anwalt sagt, dass er keine Chance mehr sieht. Ein weiteres Rechtsmittel gegen das letzte Urteil ist nicht zugelassen. Welche Chancen sehen Sie, ohne dass Sie die Urteile und die Unterlagen kennen?«

Ein normaler Mensch, also kein Anwalt, würde bei einer so gestellten Frage in der Regel meinen, dass die Sache wohl eher schlecht aussieht. Weit gefehlt! Unsere Urteilssammlungen enthalten eine Vielzahl von Prozessen, in denen die Gerichte ein und denselben Fall immer wieder unterschiedlich beurteilten. Hier kommt das Sprichwort »Zwei Juristen, drei Meinungen.« zum Tragen. Kein Witz, es ist wirklich so. Es kann sein, dass das Landgericht (ein Richter, bei voller Besetzung drei) eine Klage abweist und das Oberlandesgericht (ein Richter, bei voller Besetzung ebenfalls drei) auf die Berufung hin das Urteil aufhebt und der Klage doch stattgibt. Der unterlegene Beklagte legt Revision zum Bundesgerichtshof (acht Richter, andere Anwälte) ein, der das zweite Urteil aufhebt und die Klage doch abweist, und der Kläger wendet sich dann an das Bundesverfassungsgericht (noch mal acht Richter), das wiederum den BGH korrigiert und die Sache an ihn zurückverweist. Zugegeben, ein so langer Prozessweg ist selten. Aber er kommt vor. Und selbst »nur« zwei oder drei Instanzen sind schon aufwendig. So etwas kostet viel Zeit, Geld und Nerven. Man kann für alle Beteiligten nur hoffen, dass es dabei dann nicht bloß um einen Maschendrahtzaun geht.

Da ein Anwalt nicht das Urteil spricht, kann er nie sagen, wie ein Fall endet, ganz gleich, worum es geht. Er kann höchstens einschätzen, wie ein solcher Fall normalerweise, auf der Basis der bisherigen Gesetzes- und Urteilslage, enden sollte und ob die betroffenen Rechtsfragen eher einfach sind oder eher umstritten.

Zurück zu Frau Zuck. Ihre E-Mail war nicht an mich persönlich gerichtet und nahm in keiner Weise Bezug auf eine Empfehlung, unsere Webseite oder sonst auf einen Anhaltspunkt, wieso sie ausgerechnet mich anschrieb. Das sah für mich eher danach aus, als habe sich Frau Zuck per Rundmail an alle Anwaltskanzleien gewandt, die sie per Google hatte auftreiben können, in der Hoffnung, dass eine davon das Ruder noch einmal herumreißen würde. Normalerweise antworte ich auf so etwas nicht, aber irgendwie tat mir die Frau leid. Daher habe ich zurückgeschrieben:

»Sehr geehrte Frau Zuck,

wenn so viele versierte Kollegen den Fall anders sehen als Sie, wird es sicherlich schwer, neue Perspektiven zu finden, mit denen sich das Ruder noch mal rumreißen ließe.

...
Eine Revision oder Nichtzulassungsbeschwerde zum Bundesgerichtshof in Karlsruhe kann nur von den dort zugelassenen Kollegen eingereicht werden, und zwar binnen Monatsfrist. Diese beginnt mit Zustellung des Urteils bei Ihnen bzw. Ihrem Anwalt.

Sie sollten daher schleunigst (!) einen BGH-Kollegen mit der Sache betrauen, wobei es helfen könnte, wenn Ihr bisheriger Anwalt das vermittelt.

...

Ihr Tobias Scheidacker«

Meine Handlungsempfehlung ignorierend (Lassen Sie sich schleunigst durch Ihren Anwalt einen BGH-Kollegen vermitteln!), schrieb Frau Zuck mir zurück und appellierte erneut an meine hellseherischen Fähigkeiten:

»Sehr geehrter Herr Scheidacker,

vielen Dank zunächst für Ihre schnelle Antwort.

...

Die Frage ist: hätte mein Lebensgefährte hier eine relativ gute Chance das Ruder noch einmal rumzureißen oder nicht??? Ich denke, wir sind jedoch in dem Fall besser bedient hier einen Fachanwalt zu befragen, oder??? Wären Sie in der Lage (in Bezug auf die Zulassung) beim BGH Einspruch einzulegen?

Mit freundlichen Grüßen, Ihre Beate Zuck«

Was soll man da tun? Ich habe es in einer weiteren Antwort-E-Mail noch etwas kürzer gefasst und hoffe, damit Frau Zuck weitergeholfen zu haben:

»Sehr geehrte Frau Zuck,

nein, beim BGH sind wir nicht zugelassen. Zu Ihren Chancen können wir nichts sagen, wir kennen ja die vollständigen Akten nicht. Bitte wenden Sie sich an einen BGH-Kollegen in Karlsruhe.

Mit freundlichen Grüßen, Tobias Scheidacker«

Frau Zuck war immerhin noch höflich. Manchmal treten Leute an uns heran, von denen man sich fragt, was die sich eigentlich denken. So erhielt ich zum Beispiel folgende E-Mail von einer Frau F.:

»Sehr geehrter Herr Rechtsanwalt,

bedauerlicherweise muss ich Ihnen mitteilen, dass Sie nur zweite Wahl für mich sind. Bitte nehmen Sie diesen Satz nicht so ernst, aber fairerweise möchte ich Ihnen mitteilen, dass mich im letzten (erfolgreichen) Rechtsstreit Herr Dr. X vertreten hat. In diesem Rechtsstreit kann er dies leider nicht, weil der Streitgegner Mandant von ihm ist.

Bevor ich eine kostenpflichtige Beratung bei Ihnen wünsche, würde ich Ihnen den Sachverhalt gern vorstellen, damit Sie selbst feststellen können, ob ein solcher Rechtsstreit überhaupt Erfolgsaussichten hätte. Denn einen Rechtsstreit, den ich nicht gewinnen kann, möchte ich auch nicht führen, haben doch auch Sie bestimmt Wichtigeres zu erledigen.

Als Anhang habe ich die

- Unterlage 1 (12 Seiten Zahlenwerk)
- Unterlage 2 (36 Seiten juristisches Vertragswerk)
- Unterlage 3 (Fragenkatalog)

beigefügt.

Dabei stellt sich auch die Frage, ob ... (Details zum Sachverhalt) und ... (diverse Rechtsfragen zu BGH-Entscheidungen).

Diese Anfrage gilt nur als Voranfrage ohne eine Rechtsberatungsabsicht. Sollten Sie zum Ergebnis kommen, dass hier eine Klage Erfolg versprechend ist, bitte ich um Antwort. Ich bin vom (morgen) bis (zwei Wochen später) abwesend. Danach bin ich fernmündlich unter (Telefonnummer) zu erreichen.«

Diese E-Mail las ich abends gegen 21.30 Uhr. Ich erwartete eine Nachricht betreffend die Kita unserer Jungs (wo ich mich mit anderen Eltern gerade über eine Herdreparatur abstimmte) und wollte eigentlich nur nachschauen, ob dazu noch etwas gekommen war. Und dann so was! Ich war zunächst sprachlos sowohl wegen des dreisten Tonfalls als auch wegen des Anliegens, das da an mich herangetragen wurde. Die Frau hatte offenbar ein dringendes Anliegen und war ab morgen zwei Wochen weg. Als Anwalt bin ich verpflichtet, bei Sachen, die man mir als »Mandatsanbahnung« übersendet, auf etwaige Fristen zu achten, solange der Mandant sich nicht nach einem anderen Anwalt umsieht, weil er denkt, die Sache würde bei mir bearbeitet. Mit anderen Worten: Solange ich Frau F. nicht klar kommunizierte, dass ich mir das nicht umsonst ansehen würde, haftete ich für etwaige Fristversäumnisse. Weil sie mitgeteilt hatte, dass sie ab morgen erst einmal weg sei – und während ihrer Abwesenheit Fristen verstreichen konnten – musste ich ihr also wohl oder übel sofort zurückschreiben. Das tat ich dann so:

»Sehr geehrte Frau F.,

leider kann ich Ihnen hier keine Auskunft geben. Denn um die Erfolgsaussichten zu beurteilen, müsste ich erst einmal Ihren Fall prüfen. Das geht nicht, ohne Arbeit zu investieren, welche einen Mandatsauftrag voraussetzt, den Sie noch nicht erteilen wollen.

Vielleicht finden Sie einen anderen Anwalt, der dringender Aufträge braucht und daher notfalls auch erst einmal umsonst zu arbeiten anfängt, selbst wenn er dann nur dritte Wahl wäre.

Freundliche Grüße«

Dass ein Anwalt so unverschämt sein konnte, ihren Fall abzulehnen, hat Frau F. mir wohl übel genommen. Wenige Minuten später schrieb Sie zurück:

»... Nun gut, ich weiß jetzt, dass Sie an mir als Mandantin kein Interesse haben und wünsche Ihnen weiterhin viel Erfolg im Beruf.

Dass ich mir jetzt von Ihnen verfasste Fachliteratur kaufe, hat sich für mich denn auch erledigt.

Mit freundlichen Grüßen«

Sehr geehrte Frau F., ich brauche von Ihnen keine Erfolgswünsche für meine berufliche Zukunft. Ich habe mich bei Ihnen nicht um eine Stelle beworben und mit Ihrer E-Mail schicken Sie mir keine Absage hierauf, sondern ICH möchte für SIE nicht tätig werden. Sie müssen auch keine Fachliteratur von uns lesen, es gibt genug andere. Wie wäre es für den Anfang mit einem Knigge?

Bewerbungen

Wir suchen einen neuen Azubi. Rechtsanwalts- und Notarfachangestellte/-er kann man bei uns werden, die Ausbildung dauert drei Jahre und sie besteht einerseits aus einem theoretischen Unterricht in der Berufsschule und andererseits der Praxis bei uns. In der Berufsschule werden grundlegende juristische Inhalte vermittelt, beispielsweise im Kostenrecht oder der Zwangsvollstreckung. Das Anforderungsprofil der Abschlussprüfung beinhaltet ferner, im Zehnfingersystem schreiben und Akten sauber abrechnen zu können. Bei uns muss der Azubi das umsetzen, was er in der Berufsschule gelernt hat, ferner telefonieren, Büroverwaltungsaufgaben lernen, Mandanten empfangen etc.

Niemand bildet aus, wenn es mehr kostet, als es bringt. Es ergäbe für uns keinen Sinn, wenn eine unserer Sekretärinnen rund um die Uhr damit zu tun hätte, den Azubi anzuleiten, zu beaufsichtigen und die Ergebnisse zu kontrollieren, statt selbst zu arbeiten. Sicherlich ist das während einer gewissen Einarbeitungszeit in neue Aufgaben nötig und sinnvoll. Nach einer Weile sollte der Azubi aber in der Lage sein, eine bereits geübte Aufgabe ohne Fehler eigenverantwortlich zu erledigen, sodass sich die Kontrolle dann auf Stichproben beschränken kann. Langfristig wäre es wünschenswert, wenn er in den drei Jahren Ausbildungsdauer von innen her so in unser Büro hineinwächst, dass wir ihn anschließend in eine Festanstellung übernehmen können.

Wie wählt man nun aber den richtigen Kandidaten dafür aus? Allmählich komme ich zu der Auffassung, dass das ganz von selbst geschieht, indem man alle ungeeigneten Kandidaten aussortiert und hoffentlich am Ende jemand übrig bleibt. Wie üblich haben wir das so strukturiert, dass wir uns erst die eingehenden Bewerbungsmappen oder -E-Mails ansehen und dann, wenn es von den Noten und dem Auftritt her passt, den Kandidaten einladen. Es bewerben sich bei uns fast ausschließlich weibliche Kandidaten. Ist die Betreffende dann hier, bekommt sie zunächst ein kurzes Diktat und drei Rechenaufgaben, wofür sie jeweils zehn Minuten Zeit hat. Wenn wir uns die Ergebnisse angeschaut haben, führen wir ein Vorstellungsgespräch. Am Ende weiß man dann recht gut, was diejenige so kann und wie sie persönlich ist.

Die Sache erwies sich allerdings als schwieriger, als wir uns das vorgestellt hatten. Beginnen wir einmal bei den Mappen. In Anbetracht des Berufsprofils – die Bewerberin muss Diktate schreiben können – wäre es wünschenswert, wenn sie ein Anschreiben und einen Lebenslauf liefern würde, die frei von Rechtschreib- und Flüchtigkeitsfehlern sind. Eine Bewerbung ist ja eine ernste Sache und sollte daher den Eindruck vermitteln, dass sie so auch aufgefasst wird. Wenn zum Beispiel die Unterschrift fehlt, ist die Bewerbung schlampig.

Schon an diesen einfachen Eingangskriterien scheitern etwa 80 Prozent der Kandidaten, wobei bereits berücksichtigt ist, dass wir inzwischen entschieden haben, Fehler in der Kommasetzung nicht mehr zur Kenntnis zu nehmen. Aber dem »geerten« Anwalt werden da »Bewerungsunterlagen« übersandt, man freut sich über »prossetive Nachichten« und die Kandidatin geht derzeit zur »Schuhle«. So etwas können wir nicht brauchen. Wenn die Bewerberin in neun oder zehn Schuljahren nicht gelernt hat, fehlerfrei zu schreiben, wird sie das bei uns sicher auch nicht mehr schaffen, zumal ihre Zeit damit gefüllt sein sollte, andere, darauf aufbauende Dinge zu erarbeiten. Solche Unterlagen senden wir also umgehend zurück.

Ebenfalls scheiden Bewerbungen aus, in denen wir offensichtlich belogen werden. So schreibt uns eine Kandidatin, dass zu ihren »schulischen Bestleistungen« Mathematik und Deutsch gehören und ihr »der Umgang mit Zahlen und die Lösung von Rechenaufgaben immer leichtgefallen« seien. Der Blick in die Zeugnisse offenbart allerdings, dass sie sich von einer Fünf in Mathe allmählich auf eine Vier hochgearbeitet hat, in Deutsch sogar auf eine Drei. Richtig dabei ist, dass ihre anderen Noten noch schlechter sind, Deutsch und Mathe also wirklich zu den Bestleistungen gehören. Dass ihr das alles immer leichtfiel, mag ich aber nicht glauben.

Schließlich sind Fehltage ein wichtiges Indiz. Sie können noch so entschuldigt sein: Wenn jemand regelmäßig pro Halbjahr 20 oder 30 Tage fehlt, ist er für den Arbeitsalltag nicht geeignet. Wir können dem Mandanten nicht erklären, dass unser Mitarbeiter entschuldigt fehlt und wir die vom Gericht gesetzte Frist daher leider nicht wahrgenommen haben. Auch ein unbesetztes Telefon stößt nicht auf Verständnis, weder bei Mandanten noch bei solchen, die es vielleicht werden wollen und zum ersten Mal hier anrufen.

Anders, als viele Kandidaten meinen, ist es für uns hingegen völlig egal, ob die Unterlagen in einer schicken Mappe kommen, als einfacher Brief oder schlicht als Scan per E-Mail. Gerade besonders aufwendig gestaltete Bewerbungen lassen häufig vermuten, dass es womöglich schon länger nicht geklappt hat und der Kandidat die Mängel in den Fähigkeiten durch eine überproportional hübsche Verpackung kompensieren möchte. Das soll nicht bedeuten, dass ich keine hübschen Verpackungen mag.

Wenn mich der Inhalt nicht enttäuscht, nehme ich gern auch diese. Sie sind aber weder ausschlaggebend noch ändern sie unsere Beurteilung in anderer Weise.

Nach Sichtung der Bewerbungsmappen laden wir die danach geeigneten Kandidatinnen zum Vorstellungsgespräch ein. Ihr Besuch bei uns beginnt mit einem Diktat. Cynthia zeigt ausführlich, wie das mit dem Diktiergerät funktioniert, und dann geht es los. Der Text lautet wie folgt:

»Sehr geehrter Herr Kollege Koch,

in vorbezeichneter Angelegenheit gehen wir mit Ihrem Vorschlag einer Abfindungszahlung nicht konform. Theoretisch mag es so sein, dass die Schönheitsreparaturklausel des Mietvertrags unwirksam ist, praktisch jedoch hat Ihr Mandant nicht wenige Schäden hinterlassen, die diesen Rahmen ohnehin übersteigen.

Um nicht aus Gründen der Verjährungsunterbrechung nun prozessieren zu müssen, schlagen wir vor, dass Ihr Mandant bis Freitag, den 9. Dezember 2009, hierher erklärt, auf den Einwand der Verjährung gemäß § 202 Abs. 2 BGB zu verzichten. Anschließend könnte über eine vergleichsweise Lösung, die auch hier sympathisch erscheint, weiter verhandelt werden. Andernfalls müssten wir am Montag, den 14.12.2009, Klage erheben.

Mit freundlichen kollegialen Grüßen

Tobias Scheidacker, Rechtsanwalt«

Die Verwendung von Fachsprache und Fremdwörtern legt offen, wo die persönlichen Grenzen liegen. Man sieht auch, ob die Kandidatin ihre Bewerbung selbst geschrieben hat oder nicht. Ob die zehn Minuten ausreichen und sie fertig wird, ist dabei gar nicht so wichtig, Tempo im Schreiben lernt sie in der Ausbildung. Wenn sie nur bis zur Hälfte kommt, diese aber in etwa korrekt ist, ist das auch in Ordnung.

Bislang war uns die Leistung aller Vorstelligen zu schwach. Da wird »verzischtet« und »reperiert«, die Klausel ist »teoretisch« unwirksam, wir gehen nicht »komvorm« und wir »prossessieren«. Manch eine setzt hinter jedem zweiten Wort ein Komma, manche gar nicht, Groß- und Kleinschreibung folgen nicht erkennbaren Regeln. Unsere anfängliche Hoffnung, jemand würde entdecken, dass der Monat Dezember einmal als Wort und einmal als Zahl diktiert sei (und hierauf eigenständig reagieren), lag weit neben der Realität. Etwa zwei Drittel der Bewerber, die es zu einer Einladung geschafft hatten, waren übrigens Abiturienten.

Als Nächstes stehen drei Matheaufgaben auf dem Programm. Sie sind gestaffelt von einfach bis schwer und auf dem Blatt ist so viel Platz, dass man sich darauf gut Notizen machen kann. Die erste Frage lautet: Die Honorarrechnung an den Mandanten beläuft sich auf 625 Euro. Es wird Ratenzahlung in fünf gleich hohen Raten vereinbart. Wie viel Euro sind nach zwei Raten noch offen?

Richtig wären 375 Euro. Man muss darauf kommen, dass eine Rate 125 Euro beträgt, und diese Zahl mal drei nehmen, denn so viele Raten sind noch offen. Auf dieses Ergebnis kam bislang niemand. Stattdessen lesen wir zum Beispiel:

625 : 5 = 35 x 2 = 70 Euro
555 Euro sind noch offen.

Die zweite Aufgabe lautet: Eine Geldschuld ist jährlich mit fünf Prozentpunkten über dem Basiszins zu verzinsen. Der Basiszins beträgt derzeit 2 Prozent. Wie viel Zinsen fallen für die Zeit vom 1.2.2009 bis 31.7.2009 über einen Betrag von 150 Euro an?

Die richtige Lösung ist 5,25 Euro. Man muss erst den Jahreszins ausrechnen, also 7 Prozent von 150. 7 Prozent von 100 sind 7 und 7 Prozent von 50 sind halb so viel, also 3,50. Der Jahreszins beträgt also 10,50 Euro. Dann muss man darauf kommen, dass die Zeit von Anfang Februar bis Ende Juli genau ein halbes Jahr ist. Die Hälfte von 10,50 ist 5,25 und voilà, die Aufgabe ist gelöst.

Viele Bewerber ignorieren die Frage und die, die sie lösen, kommen zu Ergebnissen zwischen 0,07 Euro und 36,75 Euro, teils mit komplizierten Rechenwegen.

Die dritte Frage lautet: Wenn neben den Mandanten weitere Auftraggeber hinzutreten, erhöht sich die Verfahrensgebühr pro weiterem Auftraggeber um genau 0,3. Insgesamt erhöht sich die Verfahrensgebühr aber maximal um 2,0. Um wie viel erhöht sich die Verfahrensgebühr bei

a) 3 Mandanten,
b) 7 Mandanten,
c) 9 Mandanten,

Die Lösung lautet a) 0,6, b) 1,8 und c) 2,0. Hier muss man in der Lage sein, die Frage unter Zeitdruck richtig zu verstehen, rechnerisch ist sie dann nicht anspruchsvoll. Viele Kandidaten multiplizieren die 0,3 einfach mit der Zahl der Mandanten. Das ist falsch, denn bei drei Mandanten gibt es nur zwei zusätzliche Auftraggeber. Die 0,3-Erhöhung ist daher nur mit 2 zu multiplizieren, was 0,6 ergibt (Lösung a). Bei Lösung c) ergibt die Multiplikation (8 zusätzliche Auftraggeber mal 0,3 =) 2,4. Hier ist die Kappungsgrenze von 2,0 zu beachten, die im Aufgabentext genannt ist.

Als wir die Fragen entwickelten, war ich der Auffassung, dass die letzte wohl die schwierigste sein dürfte, weil sie ein gewisses Textverständnis voraussetzt. Das hat sich in den Bewerberrunden nicht bewahrheitet, einige Kandidaten konnten richtige Lösungen vorlegen, auch wenn sie in allen anderen Aufgaben und im Diktat gescheitert waren.

Leider hat uns das Gesamtergebnis von niemandem überzeugt. Schade, denn im anschließenden persönlichen Gespräch fanden wir einige ganz nett.

Alljährlich gibt es eine Zeit, in der die Bundesregierung die Arbeitgeber dazu aufruft, mehr auszubilden. Man sieht dann in den Nachrichten immer Vertreter von Berufs- und Arbeitgeberverbänden, die erklären, dass sie ja gerne würden, aber dass viele Schulabgänger nicht ausbildungsfähig sind, weil sie die für den Beruf erforderlichen Mindestqualifikationen nicht mitbringen. Ich habe das bislang nicht weiter zur Kenntnis genommen. Jetzt aber trifft es mich tief, weil ich selbst erlebe, wie schwer es ist, jemanden zu finden, der einigermaßen richtig schreiben und rechnen kann. Und das sind ja keine Spezialfähigkeiten, sondern etwas, das wir seit früher Kindheit täglich lernen und anwenden, auch außerhalb der Schule. Dass die Probleme unseres Arbeitsmarktes so tief gehen und so weitreichend sind, hätte ich nicht gedacht. Wie konnte es dazu nur kommen?

Ein Jahr später.

Nachdem ich obige Zeilen geschrieben hatte, überraschte uns doch noch jemand positiv. Steffi konnte zwar auch nur zwei von drei Matheaufgaben beantworten, hinterließ aber ansonsten einen ganz fähigen Eindruck, sodass wir einen Probearbeitstag vereinbarten. Zu diesem begrüßte sie mich dann morgens mit der korrekten Lösung der offen gebliebenen Aufgabe (der Zinsrechnung) einschließlich Erklärung ihres Rechenweges. Es hatte sie mächtig geärgert, dass sie eine so einfache Sache nicht auf Anhieb lösen konnte. Sie behielt sie aber im Kopf und beschäftigte sich damit zu Hause in Ruhe. Was kann ein Ausbildungsbetrieb mehr erwarten als jemanden, der eine solche Bereitschaft zur Weiterentwicklung zeigt – und das aus eigenem Antrieb, den Probearbeitstag hatte sie ja bereits in der Tasche.

Letztlich entschieden wir uns dann auch dafür, es mit ihr zu versuchen. Es war aus heutiger Sicht eine gute Entscheidung. Sie macht kaum einen Fehler zweimal, das heißt, sie lernt aus ihnen. Und sie überzeugt uns immer wieder damit, dass sie bereit ist, ihre persönlichen Grenzen zu erweitern. Das ist die beste Lebenseinstellung von allen. Herzlich willkommen im Team, Steffi!

Papa

Normalerweise kann ich Privatleben und Beruf ganz gut auseinanderhalten. Die Akten sind im Büro, und wenn ich abends nach einem langen anstrengenden Tag nach Hause komme, ist die Arbeit beendet, und zwar auch gedanklich. Das ist auch gar nicht anders möglich, denn Mila erwartet mich schon sehnsüchtig, damit ich sofort die Kinder übernehme, sodass sie Pause hat und *Verbotene Liebe* oder *Marienhof* gucken kann.

Schwierig wird es allerdings, wenn ich mich bereit erklärt habe, einem lieben Verwandten zu helfen. Da meine Eltern mir das Studium finanzierten, kann ich schließlich schlecht Nein sagen, wenn sie meine Hilfe als Anwalt benötigen und es in mein Fachgebiet fällt, abgesehen davon, dass sich das auch nicht gehört. Also vertrete ich manchmal zum Beispiel meinen Vater.

Er ruft grundsätzlich nicht im Büro an, sondern auf meinem privaten Handy außerhalb der Bürozeiten, um mich nicht bei der Arbeit zu stören. Wir sprechen erst über dies und das und dann über seine Angelegenheiten. Wenn es besonders wichtig ist oder besonders umfangreich, sprechen wir nur über seine Angelegenheiten. Ich stehe währenddessen vielleicht gerade am Wickeltisch und wechsle Jonah die Windel. Jonah ist zwei und verlangt sehr viel ungeteilte Aufmerksamkeit. Wenn er merkt, dass ich mich ihm nicht vollständig widme, strampelt er mit den Beinen oder macht andere Dinge, von denen er weiß, dass sie mich ärgern und ich sie nicht ignorieren kann. Wenn ich nicht aufpasse, verteilt er den Inhalt der Windel über seinen Beinen, seinen Sachen, dem Wickeltisch und dem besten Anwalt der Welt. Wenn er nicht auf dem Wickeltisch liegt, pikt er seinem zehn Monate alten Bruder ins Auge oder bewirft ihn mit Büchern oder Spielzeugtieren, einfach nur, damit er wieder meine ganze Aufmerksamkeit bekommt. Ich benötige beide Hände und muss höllisch aufpassen, um so etwas zu verhindern. Es ist schwierig, dabei zugleich mit dem unters Kinn geklemmten Telefon Einzelheiten von Schriftsätzen zu erinnern und zu erörtern oder neue Sachverhaltsinformationen so aufzunehmen, dass ich sie später noch weiß.

Meistens vergesse ich deswegen innerhalb von Sekunden, dass mein Vater mir etwas Wichtiges erzählt hat. Wenn er mich dann ein paar Tage später fragt, ob ich dies oder jenes inzwischen veranlasst habe, fällt mir alles wieder ein und ich ärgere mich, dass ich das vergessen habe. Da er die Nachfrage jedoch abends am Handy stellt, während ich die Kinder betreue, vergesse ich das erneut in wenigen Sekunden, sodass es nicht besonders stört.

Der exklusive Zugang meines Vaters führt dazu, dass ich in seinen Sachen viel detailliertere Informationen über die rechtlich irrelevanten Rahmenbedingungen des jeweiligen Falles erhalte als in allen anderen Akten zusammen. Und als kritischer Leser meiner Schriftsätze achtet er genau darauf, dass sich die Untertöne der betreffenden Auseinandersetzung korrekt widerspiegeln. Als Nicht-Jurist kann er nicht einschätzen, welche Dinge für uns Fachleute bedeutsam sind und welche eher weniger, aber er kann ganz genau sagen, ob ich etwas vergessen habe. Dann ruft er mich auch abends nach dem Schlafengehen noch an. In keiner meiner Akten erhalte ich ein besseres Feedback, das spornt an.

Natürlich möchte ich, wenn ich ihn vertrete, dass wir gewinnen. Das ist nicht nur mein professionelles Interesse daran, gut zu sein, den Mandanten für die Zukunft zu erhalten und in der eigenen Rechtsauffassung bestätigt zu werden, sondern es entspringt auch meinem kindlichen Bemühen um väterliche Anerkennung. Es ist einfach schön, wenn Papa stolz auf mich ist, so wie ich stolz darauf bin, wenn Jonah etwas gut gelingt oder er sich ohne große Diskussionen wickeln lässt. Wie wird das eigentlich sein, wenn meine Jungs später Fähigkeiten haben, die mir fehlen, und ich sie insoweit in Anspruch nehmen will? Solche Fragen habe ich mir früher nie gestellt, nie die Perspektive vom Sohn zu der des Vaters gewechselt. Seit die Jungs da sind, tue ich das immer öfter und ich entwickle ein Verständnis für die elterliche Sicht, die ohne eigene Kinder sicherlich nicht möglich wäre.

Wie wird das sein? Durch ein komplettes Berufsleben als Anwalt darin gestählt, die Dinge besser zu wissen, werden meine Kinder es vermutlich nicht so leicht mit mir haben. Es wird schwer sein, mich zufriedenzustellen, vielleicht werde ich in ihren Augen ein anspruchsvoller Nörgler sein. Ich werde wohl verlangen müssen, dass sie möglichst bald eigene Kinder in die Welt setzen, damit sie einen Perspektivwechsel erleben und mich besser verstehen. Sie werden durchblicken lassen, dass sie inzwischen ein eigenes Leben haben und ich sie nicht ständig stören soll. Also werde ich wahrscheinlich am liebsten anrufen, wenn sie nichts anderes zu tun haben. Das wird wohl abends sein, wenn der Arbeitstag vorüber ist. Ob sie mir dann mein eigenes Buch schenken?

49 700 Euro

Heute, am 4. November 2009, sind 49 700 Euro auf meinem Konto eingegangen. Was kann man mit so viel Geld alles tun? Ich gerate ins Träumen:

- Wenn man davon jeden Monat 1000 Euro ausgibt, reicht es rund vier Jahre lang, also acht Semester. Gibt man nur 900 Euro monatlich aus, reicht das Geld sogar 55 Monate, also neun Semester und einen Monat. So manch ein Student könnte davon leben. Ein Jurastudium hat eine Regelstudienzeit von neun Semestern. Man könnte davon an einer staatlichen Universität also Jura studieren.

- Man könnte davon mehr als ein Jahr lang eine Mitarbeiterin und alle Sozialabgaben bezahlen.

- Drei Wochen Traumreise auf die Malediven kosten 2900 Euro pro Person, also 11 600 Euro für meine Familie. Wir könnten uns dann drei Monate Malediven leisten.

- Eine Kinderpatenschaft bei der deutschen Kindernothilfe kostet 31 Euro im Monat. Man könnte 1603 Kinder einen Monat lang unterstützen oder 20 Kinder 80 Monate lang. Das sind sechseinhalb Jahre.

- Für 50 Euro kann eine Naturschutzorganisation 1250 Quadratmeter Regenwald kaufen. Insgesamt wären das 1 242 500 Quadratmeter oder rund 125 Hektar.

- Ein Abendessen zu zweit in der »Pagode« in der Bergmannstraße – dem leckersten Thai, den ich kenne – kostet rund 20 Euro. Man könnte 2485 Abende oder sechseinhalb Jahre lang jeden Abend dort essen gehen.

- Man könnte 58 Standard-Goldmünzen kaufen.

- Man könnte auch eine Goldmünze und 20 Hektar Regenwald kaufen, zwei Wochen lang essen gehen, 30 Kinder ein Jahr lang unterstützen, zwei Wochen Traumreise auf die Malediven machen, ein halbes Jahr lang eine Vollzeitmitarbeiterin bezahlen, zu zweit in ein Klavierkonzert von Rachmaninow gehen und auf den besten Plätzen sitzen, Greenpeace 500 Euro schicken, der Liebsten ein paar Ohrringe schenken und einen Nachmittag lang im Buchladen stöbern und alle Bücher kaufen, die man haben will. Und dann wäre immer noch Geld übrig.

Leider gehört mir das Geld nicht. Es stammt von einem Gerichtsvollzieher, den ich nach gewonnenem Prozess beauftragt habe, ein Fitnessstudio zu räumen. Der Gerichtsvollzieher hatte 50 000 Euro Vorschuss für Speditions- und Einlagerungskosten von meiner Mandantin abgefordert, was diese ihm sofort überwies. Davon war der Betreiber des Studios so mächtig beeindruckt, dass er lieber freiwillig auszog. Daher fielen beim Gerichtsvollzieher nur 300 Euro Kosten an. Den Rest erstattete er auf mein Kanzleikonto. Von hier aus geht es jetzt weiter an die Mandantin, die es dann für andere sinnvollere Zwecke ausgeben kann.

Zweckentfremdung eines Richtertisches

Als Jonah wenige Monate alt war, hatten wir eine Terminkollision: Mila musste zu einem Training bei einer Pharmafirma und ich zu einer Gerichtsverhandlung. Da ihr Job einen Flug und ganztägige Konzentration erforderte, war klar, dass es meine Aufgabe sein würde, das Kind zu hüten. So haben wir es dann auch gemacht: Mila brach gegen 6.00 Uhr früh mit dem Taxi zum Flughafen auf und ich, zusammen mit Jonah, mit dem Auto gegen 8.00 Uhr zum Amtsgericht Charlottenburg in der Kantstraße. Woran man da alles denken muss: Ersatzwindeln, Feuchttücher, aufgewärmte Muttermilch im Fläschchen, dieses in einem Thermosbehälter, damit die Milch auch dann noch warm ist, wenn das Kind danach verlangt, warme Sachen für unterwegs (es war Winter), ein Spucktuch fürs Bäuerchen und ein Ersatzhemd für mich, falls das Bäuerchen überraschend kommen sollte, die Babyschale fürs Auto und, ach ja, die Akten.

Um 8.45 Uhr waren wir da und der Mandant, Herr Sänger, erwartete uns schon vor der Tür. Das war praktisch, da konnte er mir gleich tragen helfen. Jonah war unterwegs eingeschlafen. Ich ließ ihn in der Babyschale und nahm sie in die eine Hand, die Tasche mit den Kinderutensilien in die andere und Herr Sänger durfte seine beiden Leitz-Ordner befördern. So stapften wir durch die schwere große Holztür des Gerichts, die Treppen hinauf bis zum Sitzungssaal, wo bereits die Gegner mit ihrer Anwältin saßen und sich miteinander besprachen.

Da die Parteien bereits mehrere Verfahren gegeneinander geführt hatten, war die Situation zwischen ihnen normalerweise emotional recht aufgeladen. Traf man anlässlich von Verhandlungen aufeinander, entlud sich die gegenseitige Empörung in lautstarken Vorwürfen immer gleicher Natur, unterstützt von tief aus der gegenseitigen Historie stammenden Argumenten, die alle bereits kannten. Jeder wusste, was er auf den jeweiligen Vorwurf des anderen zu antworten hatte. Was die Anwälte und das Gericht davon hielten oder gar wie die Rechtslage aussah, war da eher weniger interessant.

Nicht so heute. Denn diesmal war ein kleines Baby dabei. Und es schlief!

Wie auf Zehenspitzen betraten alle den Saal. Ich erklärte, Jonah sei heute die Öffentlichkeit, stellte die Babyschale auf eine Zuschauerbank und ging mit dem Mandanten nach vorn zum Richtertisch, an dem Stehplätze für die verhandelnden Parteien vorgesehen waren. Dann begannen wir mit der Erörterung der Sache. Ich musste gar nicht viel Rücksicht einfordern: Immer wenn einer zu laut wurde, reichte ein »Pssst« von der Justizsekretärin, und die betreffende Person hatte sich sofort wieder im Griff. Der reduzierte Ton hatte Auswirkungen auf den Inhalt; es war, als würden sich alle heute in Watte packen. Mitten in den Verhandlungen, etwa nach zehn Minuten, hörte ich, dass Jonah aufwachte und, noch zaghaft und leise, meine Präsenz einforderte. Damit er nicht zu schreien beginnen würde, ging ich zu ihm, nahm ihn aus der Babyschale, legte ihn auf den Bauch quer über meinen rechten Arm und sein Köpfchen in meine linke Hand (wir nennen das den »Fliegergriff«) und schritt, das Baby schaukelnd, wieder nach vorn, um fortzufahren. Das funktionierte gut, Jonah war leise, solange ich ihn schaukelte, und wir konnten in Ruhe weiter miteinander diskutieren. Meine wiegenden Bewegungen dämpften die Lautstärke und Konfrontationsfreude weiter. Der Richter setzte nun zu einer etwas längeren Rechtsausführung an, verlor sich, auf das Baby blickend, mitten im Satz, machte eine Pause, niemand störte sich daran, dann bemerkte er, dass er gerade ausgesetzt hatte, und begann von vorn. Alle schauten auf das selig in meinem Arm liegende Kind. Beinahe hätten wir uns vertragen.

Mitten in die Stille entließ Jonah einen Furz. Einen von der glücklichen, blubbernden Sorte mit Inhalt. Es ist erstaunlich, wie laut und intensiv ein Baby furzen kann. Sein Köpfchen wird plötzlich dunkelrot und dann hört man, wie es mit aller Energie herausdrückt, was herausgehört. Ich hätte kein besseres Statement abgeben können und konnte mir nur knapp verkneifen, laut loszulachen. Jedenfalls mussten wir unsere Gespräche nun beschleunigen, denn wenn Jonah erst einmal eine volle Windel hat, dann dauert es nicht lange und er wird unleidlich und fängt an zu schreien. Als ich das erwähnte, hatten alle vollstes Verständnis. Der Richter nahm die Anträge auf, vorgelesen und genehmigt, wir beendeten die Verhandlung relativ zügig, die Gegenseite ging aus dem Saal und ich blieb mit Jonah drin, Herrn Sänger neben mir und vorn der Richter mit seiner Justizsekretärin. Jetzt musste ich Jonah wickeln.

Ein Gerichtssaal ist auch für uns Juristen ein besonderer Ort. Er mag noch so schäbig und unrenoviert sein, allein die Tatsache, dass dort auf zivilisierte Weise um das Recht gestritten wird, gibt ihm etwas Erhabenes, Großes, Umfassenderes, etwas, das bedeutsamer ist als die einzelnen Dinge des Alltags. Bedeutsamer als eine volle Windel. Jonah hatte dafür allerdings wenig Verständnis, Hauptsache, Papa legt ihn bald trocken. Zwischen diesen Polen hin- und hergerissen fragte ich den Richter, wo ich das Kind wickeln könne. Ihm erschien der Gedanke, das in seinem Saal zu tun, wohl nicht auf Anhieb naheliegend, daher blieb er zunächst eine Antwort etwas ratlos schuldig. Dann fiel ihm ein, dass im Keller noch eine alte Krankenliege stehen müsse. Da hatte er aber nicht mit seiner Justizsekretärin gerechnet. »Das ist doch nicht dein Ernst, dass du den Scheidacker mit dem Baby in den Keller schickst! Das machen wir natürlich hier!«, entschied sie rigoros. Und so kam es, dass mir Richter B. vom Amtsgericht Charlottenburg seinen Richtertisch offerierte, um Jonah zu wickeln.

Damit dort genug Platz ist, mussten erst einmal meine Akten weg. Ich klappte sie zu und gab sie Herrn Sänger, welcher sie fortan in seinen Armen wiegte, von links nach rechts und zurück. Dann packte ich professionell meine Wickelunterlage aus, legte Jonah darauf, zog ihm den Strampler aus, knöpfte den Body auf und öffnete die Windel. Mit den ebenfalls mitgebrachten Feuchttüchern machte ich ihn sauber, packte alles in der Windel zusammen und legte sie beiseite, um nach einer neuen in die Tasche zu greifen – da wurde plötzlich meine Hand, mit der ich seine Beinchen hielt, warm. Jonah pullerte in hohem Bogen über meine Hand auf den Richtertisch! So schnell konnte ich gar nicht nach den Tüchern greifen und sie darauflegen, als dass ich das hätte verhindern können. Richter B. sah etwas unglücklich zu, gegen die Natur eines Babys kann man halt nichts sagen, die Justizsekretärin verhielt sich, als wäre das alles völlig normal, und Herr Sänger schaukelte weiter besinnlich seine Akten. Innerlich tief amüsiert, äußerlich so geschäftsmäßig wie möglich, beendete ich den Wickelvorgang, zog Jonah wieder an und machte sauber. Meine Entschuldigung für die Sauerei wurde von Grund auf zurückgewiesen, so sei das eben. Ich glaube, meinen Einsatz als junger Vater fanden alle sehr sympathisch.

Herr Sänger half mir dann noch, alles wieder zurück zum Auto zu tragen, und damit war mein Arbeitstag beendet. Mila kam abends gegen 22.30 Uhr und übernahm, sodass ich am Folgetag alles nacharbeiten konnte, was liegen geblieben war. Seitdem hat Richter B. jedes Mal, wenn ich zu einer Verhandlung bei ihm erscheine, ein belustigtes Blitzen in den Augen. So etwas vergisst man eben nicht.

»Ganzheitliche Rechtsberatung«

Nach Abschluss eines Jurastudiums mit dem ersten Staatsexamen und eines mehrjährigen Referendariats mit dem zweiten Staatsexamen hat man noch keinen Beruf, sondern erst einmal nur eine Qualifikation. Man ist dann Jurist. Als solcher kann man sich um eine Stelle als Richter oder in einer Verwaltungsbehörde bewerben, in einem Unternehmen, zum Beispiel einer Versicherung, oder man wird Anwalt. Damit das so möglich ist, ist die Ausbildung recht allgemein gehalten. Man lernt die Grundlagen des juristischen Denkens und Arbeitens und dann von allem etwas, von nichts aber alles. Dies ist vielmehr einer späteren Spezialisierung vorbehalten, die der eingeschlagene Weg nahelegt.

Als Anwalt kann man sich spezialisieren, indem man »Fachanwalt« wird. Hierzu muss man innerhalb von drei Jahren in einem bestimmten Rechtsgebiet eine Mindestanzahl von Fällen bearbeitet und außerdem einen mehrwöchigen theoretischen Lehrgang besucht und dessen Klausuren bestanden haben. Wenn man auf die Fallzahl nur knapp kommt oder die Klausurergebnisse nicht überwältigend gut waren, muss man ferner eine mündliche Prüfung bei der Rechtsanwaltskammer bestehen. Ist das alles erledigt, bekommt man eine Urkunde und darf sich fortan als Fachanwalt für das betreffende Rechtsgebiet bezeichnen.

Für jemanden, der ein bestimmtes Problem hat und einen Anwalt sucht, ist das von Vorteil, weil er schon am Titel erkennen kann, welcher Anwalt da wohl mehr Ahnung hat als ein anderer. Wenn Sie von Ihrem Arbeitgeber gekündigt werden, sind Sie bei einem Fachanwalt für Arbeitsrecht vermutlich besser aufgehoben als bei einem Fachanwalt für Strafrecht. Für uns Anwälte ist das natürlich auch sinnvoll, weil wir gezielter werben können. So gab es bei den Kleinanzeigen in einem Berliner Stadtmagazin einige Jahre lang (vielleicht ist das heute noch so) eine Seite, in der sich Anwälte, sortiert nach Fachanwaltschaften, eintragen konnten. Für alle Kollegen, die keine Fachanwaltsbezeichnung hatten, war anschließend eine Gliederung nach Tätigkeits- und Interessenschwerpunkten vorgesehen.

Dort stieß ich eines Tages auf den Eintrag einer Kollegin, die unter dem Schwerpunkt »ganzheitliche Rechtsberatung« warb. Nanu, was ist denn das?, dachte ich und schaute gleich auf ihre Webseite. Was ich dort fand, war beeindruckend:

»Ausbildung und Training in Energetischer Psychotherapie, Kinesiologie, gezielte Vorbereitung auf wichtige Termine mit Angst- und Stressablösung, Auspendeln von Rechtsfragen unter Zuhilfenahme von astrologisch günstigen Momenten.«

Für mich waren das völlig neue Ansätze. Aber hilfreich. So könnte man Terminverlegungsanträge zum Beispiel damit begründen, dass der Mandant Waage und im Aszendent Stier ist. Energetisch kann es deswegen überaus ungünstig sein, ausgerechnet zu der vom Gericht vorgeschlagenen Uhrzeit an diesem Tag zu verhandeln. Oder pendeln: Rechts bedeutet, wie das Wort schon sagt, er hat recht, links: er hat nicht recht. Je nachdem, wohin das Pendel stärker ausschlägt, und je nach Standpunkt davor oder dahinter müsste man dann beraten, ob der Mandant den Prozess führen sollte oder lieber nicht. Ein relativ einfacher und damit arbeitserleichternder Vorgang. Und effizient: Vielleicht könnte ich damit eine Menge schwieriger Rechtsfragen in viel kürzerer Zeit lösen als jetzt. Dann könnte ich deutlich mehr Fälle annehmen als jetzt. Zeit ist Geld – da taten sich ja ganz neue Verdienstmöglichkeiten auf.

Derart animiert, googelte ich weiter, und es stellte sich heraus, dass es sich um eine gar nicht mehr so neue Bewegung handelte, die bislang völlig an mir vorbeigegangen war. Ich erfuhr, dass ich momentan noch sozusagen ein Vertreter der »klassischen« Rechtsanwendung bin. Neben dieser gibt es aber eben auch den ganzheitlichen Ansatz. Bei diesem geht es darum, dem Mandanten die Zusammenhänge zwischen seinem juristischen Problem und den feinstofflichen Ursachen bewusst zu machen. So wird es möglich, dass der Mandant aus einer übergeordneten Sicht erkennen kann, dass er den juristischen Konflikt in sein Leben eingeladen hat, womit er wieder Zugang zu seiner Mitschöpferkraft in seinem Leben erhält. Dazu kann man gezielt Atemarbeit einsetzen. Auch die Erforschung des persönlichen Horoskops gibt Aufschluss über tiefer liegende Ursachen des Konflikts.

Teil der Bewegung ist, dass Mandanten, die sich erst einmal anschauen wollen, ob der betreffende Anwalt für ihre Natur geeignet ist, ihm mitunter bei Seminarveranstaltungen begegnen können, bei denen er in ein Konzept aus bewusstseinsheilenden Angeboten eingebettet ist. Man beschreitet zunächst den Pfad des lichtvollen Kriegers und geht nach erfolgreicher Reinkarnationstherapie auf eine Gruppenseelenreise mit Anleitung. Dann wärmt man sich bei einer Tanz- und Kuschelparty und löst sanft emotionale Blockaden, bevor man sich von dem Kollegen erklären lässt, wie man für seine Leistungen einen Beratungshilfeschein vom Amtsgericht erhält, den man nicht selbst bezahlen muss, sondern durch den Steuerzahler finanzieren lässt.

Ich war begeistert! Nicht nur der überaus wirtschaftliche Ansatz – Profit individualisieren, Kosten sozialisieren –, sondern auch die Motivation, zerstrittene Menschen wieder zu vereinen, hat mir sehr gefallen. Das musste ich sofort ausprobieren. Gleich am nächsten Tag schlug ich daher zu Beginn der Gerichtsverhandlung vor, dass wir uns alle im Kreis an die Hand nehmen sollten, also der Richter, der Mandant, der Gegner und die beteiligten Anwälte, und zur Einstimmung auf den Stress der Verhandlungssituation einen Moment die Augen schließen, um uns bewusst zu machen, dass wir uns so nur gegenseitig verletzten, statt uns zu helfen.

Irgendwie haben mich die Leute missverstanden. Dann wurde ich von dem weißen Licht umhüllt und alles war friedlich. Das ist jetzt schon eine ganze Weile her. Seitdem versuche ich zu erklären, warum wir mehr auf das Feinstoffliche hören sollten und dass der Steuerzahler es gut findet, wenn wir unsere Konflikte gemeinsam lösen. Es hat lange gedauert, aber der Mann in dem weißen Kittel versteht mich endlich. Er glaubt mir, dass die Bewegung Frieden in die ganze Welt bringen könnte, und er ist interessiert. Er will mehr darüber erfahren, wie ich darauf gekommen bin. Und er sagt, dass ich kein Tagesgeschäft mehr zu erledigen brauche. Die Erforschung meiner Gedanken sei jetzt unser primäres Ziel, finanziert durch den Steuerzahler. Ich finde das toll! Jetzt haben wir viel Zeit miteinander und ich muss mich um nichts anderes mehr kümmern.

Links und rechts

Vielleicht kennen Sie den Begriff »Mietnomaden«. Das sind Leute, die eigentlich ganz seriös aussehen und selten Schwierigkeiten haben, eine Wohnung anzumieten. Sind sie aber erst einmal drin, bezahlen sie weder Miete noch Kaution noch sonst irgendetwas. Man kann sie dann aber nicht einfach vor die Tür setzen, sondern muss den Weg von Recht und Gesetz gehen. Der ist lang und steinig. Mitunter dauert es ein Jahr, bis man so weit ist, dass ein Gerichtsvollzieher kommt, die Tür öffnet, die Sachen herausräumt und dem Vermieter die Wohnung zurückgibt, damit der sie – diesmal hoffentlich mit einem glücklicheren Händchen und gegebenenfalls nach vorheriger Komplettrenovierung – neu vermieten kann. Das kostet Geld. Um einen Gerichtsvollzieher beauftragen zu können, braucht man ein Urteil, und dafür muss man einen Prozess gewinnen.

So manch ein Vermieter sucht deswegen schon mal nach kürzeren, billigeren Wegen. Die Leute kommen dabei auf die kreativsten Möglichkeiten: Türen oder Fenster zumauern, große Aushänge im Hausflur anbringen, schwarze Männer abstellen, die dem Schuldner hinterherlaufen, Wasser oder Heizung abstellen und so weiter. Vieles davon ist nicht legal und nicht immer hilft es. Zum Beispiel ist es weder legal noch hilft es, den Mieter ohne Prozess einfach vor die Tür zu setzen. Denn der Mieter kann dann in einem gerichtlichen Eilverfahren binnen weniger Stunden erwirken, dass der Vermieter ihn wieder in die Wohnung lassen muss und ansonsten sehr hohe Strafen riskiert, wenn er das nicht tut, obwohl er es könnte. In diesem Eilverfahren kommt es gar nicht darauf an, ob Mietzahlungen offen sind, ein Mietvertrag existiert oder Ähnliches, sondern allein darauf, dass der Mieter vorher drin war, jetzt nicht mehr und zwischenzeitlich unfreiwillig vor die Tür gesetzt wurde.

Herr Schnell dachte sich, dass er das umgehen könnte. Ihm gehört ein Mietshaus, das aus einem Vorderhaus und einem Seitenflügel besteht. Das Vorderhaus ist acht Stockwerke hoch und jedes Stockwerk hat eine Wohnung links und eine rechts von der Treppe. Die Wohnung im fünften Stock links war gerade neu vermietet und die Mieter, Herr und Frau Breit, zahlten nicht. Herr Schnell war empört. Allerdings wusste er, dass er die Breits nicht einfach vor die Tür setzen konnte, weil sie dann nach kurzer Zeit mit einer Gerichtsverfügung zurückkämen und er sie wieder reinlassen müsste. Die ganze Aktion würde also nichts bringen außer Ärger und Kosten und er müsste letztlich trotzdem regulär klagen.

Die schlaue Idee von Herrn Schnell war nun, dass er die Breits gar nicht mehr hereinlassen kann, wenn zwischenzeitlich jemand Neues eingezogen wäre. Denn den dürfte er ja ebenfalls nicht vor die Tür setzen. Gegen den neuen Mieter würden die Breits aber keine gerichtliche Verfügung erhalten, weil der nicht verpflichtet wäre, sie hereinzulassen. So würde Herr Schnell zwar vertragsbrüchig gegenüber den Altmietern, aber den Schadensersatz würde er einfach dadurch zahlen, dass er mit der offenen Miete verrechnete – und vielleicht bliebe sogar noch was übrig.

Das wesentliche Problem lag für ihn nun weniger in den rechtlichen Umständen, sondern mehr in der Neuvermietung, weil man in die Wohnung nicht hineinkonnte, um sie mit Interessenten zu besichtigen. Also beauftragte Herr Schnell eine Grafikagentur, die ein hübsches Exposé entwarf – aktuelle Fotos waren von der soeben erst abgeschlossenen Vermarktung noch vorhanden. Er fand schließlich tatsächlich ein Pärchen, das bereit war, auf dieser Basis zum nächsten Monatsanfang, dem 1. Juli, einen Mietvertrag abzuschließen, und welches auch gleich einziehen wollte. Um sicherzustellen, dass alles klappen würde, bot Herr Schnell überdies an, für diesen Tag selbst eine Umzugsfirma zu bestellen, die nachmittags die Möbel der Neumieter transportieren, in die Wohnung tragen und beim Aufbauen helfen sollte. So eine nette Unterstützung hatte das Pärchen von einem Vermieter noch nie erlebt, und so wurde man sich sehr erfreut einig. Nachdem der Mietvertrag unterzeichnet war, beauftragte Herr Schnell eine Umzugsfirma mit dem Einpacken, Abtransport und der Einlagerung der in der Mietwohnung vorhandenen Möbel, und zwar für den 1. Juli um 9.30 Uhr morgens. Er wusste, dass beide Mieter gegen 8.30 Uhr zur Arbeit gehen würden. Für 9.00 Uhr bestellte er einen Vertrauten, der allerdings später nicht zu ermitteln war, mit dem Auftrag, die Tür zu öffnen und den Schließzylinder auszutauschen. Schließlich beauftragte er noch eine andere Umzugsfirma, die den neuen Mietern zur Hand gehen, allerdings nicht vor 14.00 Uhr mit dem Umzugswagen bei seinem Haus ankommen sollte.

Dann fuhr Herr Schnell in Urlaub. Am entscheidenden Tag wollte er aus Beweisgründen nicht vor Ort sein.

Am 1. Juli klappte zunächst alles reibungslos. Herr und Frau Breit gingen nichts ahnend morgens gegen 8.30 Uhr zur Arbeit. Gegen 9.00 Uhr wurde die Tür geöffnet, gegen 9.30 Uhr kam die Umzugsfirma. Sie hatte genug Helfer dabei, um bis 12.00 Uhr alles einzupacken, runterzutragen und zum Lager zu fahren. Eine Putzfrau reinigte bis 14.00 Uhr die Fenster, die Böden, das Bad und so weiter, und dann kam auch schon der Umzugswagen mit den neuen Mietern. Es wurde alles hochgetragen, aufgebaut und gegen 17.30 Uhr war die Aktion abgeschlossen.

Gegen 18.00 Uhr kam Frau Breit nach Hause und etwa eine halbe Stunde später ihr Mann. Sie hatten beide keine Schwierigkeiten, in ihre Wohnung zu gelangen, und bekamen von allem, was tagsüber geschehen war, gar nichts mit. Denn alle von Herrn Schnell erteilten Aufträge betrafen die Wohnung im fünften Stock links. Wenn wir Juristen das so formulieren, meinen wir die Seite, die links ist, wenn man auf der Straße steht und Richtung Gebäude sieht. So steht es dann im Mietvertrag und so hatte Herr Schnell das auch verwendet. Die Umzugsleute, der Schlüsselmensch und die neuen Mieter dachten aber, dass die Wohnung gemeint sei, die vom Treppenhaus aus links ist. Das war von der Straße aus gesehen die Wohnung im fünften Stock rechts. Sie hatten also die gegenüberliegende Wohnung geräumt, nicht die der Mieter Breit. Die Mieter jener waren gerade im Urlaub und wurden für nächste Woche zurückerwartet.

Die Heilpraktikerin und das Pferd

Robert ist Pferdenarr. Er liebt die Tiere, ihren Geruch, das Ausreiten durch Felder und Wälder, Wiesen und über kleine Flüsschen und er ist in der glücklichen Situation, sich einen eigenen Stall leisten zu können. Dieser steht auf einem weitläufigen Anwesen und beherbergt inzwischen zwölf stattliche Araber. Wenn ich Robert dort besuche, betrete ich eine andere Welt. Es liegen Heuhaufen herum und Pferdemist, Hunde bellen, auf der Koppel tollt ein Hengst, die Leute tragen Reitstiefel und Kleidung, die irgendwie britisch anmutet, und vor einem großen hölzernen Tor steht diesmal jemand, der auf mich wie ein Arzt wirkt und der sich eingehend mit dem Huf einer Stute befasst. Hierüber kommen wir ins Gespräch über den Aufwand, den Robert für die Gesundheit seiner Pferde treibt, und ich erfahre, dass er einen Tierarzt allein für deren Wohlbefinden beschäftigt. Dieser kümmert sich um alle größeren und kleineren Leiden, überwacht die richtige Diät, akupunktiert und ist überhaupt sehr wichtig, weil Rennpferde mitunter recht anfällig sind für alles Mögliche. Auch der Arzt ist Araber und stellt seine eigenen Pferde hier unter.

Wohlstand ist wie ein Honigtopf. Wenn Leute wie Robert nicht aufpassen, ziehen sie unbeabsichtigt sehr schnell weite Kreise und viele andere wollen sich an ihrem Leben beteiligen. So kam es, dass vor einiger Zeit Brigitte im Gestüt auftauchte, bekannt mit jemandem, der mit jemandem bekannt war, der einen der Pferdepfleger kannte, oder so ähnlich. Brigitte ist Heilpraktikerin ohne Praxis oder, wie sie es nennt, mit »mobiler« Praxis, und sie zeigte sich sehr neugierig über alles, was es dort zu sehen gab.

Insbesondere freute sie sich, zufällig Robert kennenzulernen. Da sie auf ihn den Eindruck machte, Pferde zu mögen, hatte er nichts dagegen, dass sie sich auf seinem Gestüt aufhielt, und so kam es, dass Brigitte gelegentlich auftauchte, eine Weile mit den Leuten und den Tieren verbrachte und dann wieder ging.

Eines Tages, als Robert sich mit einem Hengst beschäftigte, der unter einem Magen-Darm-Virus litt und ziemlich erschöpft wirkte, trat sie an ihn heran. Das arme Tier konnte seit einer Woche kaum fressen, schwitzte und war wackelig auf den Beinen. Brigitte erklärte, dass ihr das nicht verborgen geblieben sei und sie sich als Heilpraktikerin gern daran beteiligen würde, ihm zu helfen. Möglicherweise habe sie noch einige andere Ansätze neben denen eines Arztes zu bieten und vielleicht sei davon ja etwas nützlich. Robert hatte nichts dagegen und erlaubte ihr, sich mit dem Tier näher zu befassen.

Nach einer weiteren Woche war das Virus überwunden. Nun musste das Pferd langsam wieder aufgebaut werden. Robert begann mit kurzen Ausflügen in die Gegend und sein Arzt sah es sich jeden Tag dreimal an. Brigitte blieb aus, hinterließ aber eine Nachricht, in der sie mitteilte, dass sie für einige Wochen verreisen müsse und sich kurzfristig noch einmal melden werde. Am Abend des folgenden Tages fand Robert folgende E-Mail in seinem Posteingang:

> »Lieber Robert,
>
> wie du weißt, habe ich mich in den letzten Tagen intensiv mit Fatih beschäftigt. Wichtig ist momentan die mentale Arbeit, die Psyche. Ich habe heute noch mal getestet, sprich Kontakt aufgenommen und ihm Mut gemacht. Zurzeit ist er mutlos, es dauert ihm zu lange. Daran habe ich mit ihm gearbeitet.

Mach bitte weiter mit seiner Psyche. Immer wieder Mut, immer wieder sich vorstellen für ihn und mit ihm, dass er wieder richtig gut laufen kann. Je genauer du da reingehen kannst und dir das vorstellen kannst, umso besser.

Zum Beispiel: ›Das kann dauern, aber du machst das gut. Jeder Schritt ist ein Schritt weiter.‹ Einfach solche Sätze denken, sprechen etc. Meine Schmerzen als Surrogatperson sind deutlich weniger, das heißt, er müsste auch weniger Schmerzen haben. Weitere Hilfen:

1. Rosenquarz ins Wasser legen, ihn damit abreiben und trinken lassen, den Rosenquarz auch in die Box stellen. Braucht kein geschliffener zu sein.

2. Wenn möglich ab und zu Musik, was Leichtes, Fröhliches, Vivaldi, Gitarre oder Naturmeditation. Hier geht es auch um Schwingungen.

3. Gelbe Decke oder gelbes Handtuch ab und zu überlegen (in die Mitte bringen, heilen und anderes.)

4. evtl. Johanniskraut.

5. Affirmation: ›Ich bin ein großer, stolzer Hengst‹ öfter mal sagen. Also du stellst dich vor Fatih und sagst: ›Fatih, ich spreche für dich jetzt deine Affirmation. Wir finden für dich neue Aufgaben, du wirst gebraucht.‹ Hier geht es um das Gefühl, nutzlos zu sein.

Probier aus, was du davon anwenden kannst, Massagen etc. sind weiterhin sehr gut.

Herzlichst, Brigitte«

Daraufhin schrieb Robert ihr zurück, dass er ihr für ihre Anteilnahme danke, es dem Pferd aber schon deutlich besser gehe und er ihre Bemühungen von nun an nicht mehr benötige. Was dann kam, hatte er nicht erwartet: Brigitte sandte ihm eine Rechnung für heilpraktische Behandlung in Höhe von 1900 Euro. Als er sie als Nächstes darauf hinwies, dass man gar keinen Vertrag miteinander geschlossen habe, verklagte sie ihn und legte dem Gericht seine E-Mail vor, in der er ihre Bemühungen und den eingetretenen Heilerfolg bestätigt hatte.

Robert hielt das Ganze für eine Farce und gab mir die Sache – nebenbei, eher als Kuriosität, über die er mit seinem Anwalt lachen wollte, und weniger, um sich darüber ernsthaft zu streiten. Gleichwohl habe ich dem Gericht die E-Mail von Brigitte überlassen und schriftlich darüber nachgedacht, ob die Klage wohl ernst gemeint sei. Daraufhin erhielt ich folgenden gerichtlichen Hinweis:

> »Bei der von der Klägerin dargelegten Tätigkeit handelt es sich nach vorläufiger Einschätzung des Gerichts nicht um einen Werkvertrag, bei dem ein bestimmter Behandlungserfolg geschuldet gewesen und dieser dann nachzuweisen wäre, sondern um einen Dienstvertrag, bei dem die Ausführung der vereinbarten Dienste zur Vertragserfüllung ausreicht. Ob diese Dienste auf einen nach naturwissenschaftlichen Erkenntnissen erfüllbaren Erfolg gerichtet sind oder nicht, wäre insoweit ohne Belang. Den Parteien wird Gelegenheit zur Stellungnahme binnen zwei Wochen gegeben.«

Robert rief hierauf Brigitte an und vereinbarte mit ihr auf kurzem Wege, dass er ihr die Hälfte zahlen und sie die andere Hälfte zurücknehmen würde. So endeten der Prozess und die Beziehungen zu Brigitte. Seitdem hängt in Fatihs Verschlag eine gerahmte E-Mail mit anschließendem gerichtlichen Hinweis.

Meditation mit einem t

Ho'oponopono ist Hawaiianisch und bedeutet »geistige Reinigung«. Es bezeichnet ursprünglich eine Familienkonferenz, in der zwischenmenschliche Beziehungen durch Gebet, Aussprache, Schuldbekenntnis, Reue und gegenseitige Vergebung wiederhergestellt werden. Das ist wahrscheinlich sehr alt: Stammesgesellschaften regelten ihre Probleme untereinander mit leicht anderer Zielrichtung als wir heute. Man lebte in kleinen Gruppen zusammen und war aufeinander angewiesen. Die Menschen legten daher sehr hohen Wert darauf, Streit nach Möglichkeit so zu lösen, dass sich die Beteiligten hinterher miteinander versöhnten.

Nach Deutschland kam die Praxis des Ho'oponopono, soweit sich das nachvollziehen lässt, auf alternativen Wegen, nachdem man es als traditionelle Bewusstseinstechnik entdeckt hatte. Man sah darin nicht mehr nur eine Verantwortung für den Frieden innerhalb der eigenen Sippe, sondern für alles, was man erlebt. Mittlerweile bieten Männer mit Doktortitel Bewusstseinsheilungen an und verkaufen Bücher, von denen sie uns mit Colgate-Lächeln anblicken, während in alternativen Buchläden und Cafés Flyer aushängen, die für entsprechende Veranstaltungen werben, gern auch mit hawaiianischem Essen dazu.

Seit einigen Jahren gibt es so etwas wie Ho'oponopono auch im deutschen Rechtssystem. Aus diesem Grund kam Frau Schwarze zu mir. Frau Schwarze ist momentan 86 Jahre alt. Sie ist klein und schlank, trägt ihre gepflegten langen Haare in einem Dutt und kleidet sich korrekt in einer Mode, die es zu meinen Lebzeiten nicht mehr gab. Als ich ihr begegnete, fielen mir als Erstes ihre strahlenden, energischen Augen auf, die sagten, dass diese Frau weiß, was sie will.

Von dem Vermögen ihrer Eltern überlebte ein schwer lädiertes Mietshaus den Zweiten Weltkrieg. Der Seitenflügel war weggebombt, das oberste Stockwerk ebenfalls, die Fassade hatte tiefe Risse und überall waren Einschusslöcher. Zeit ihres Erwachsenenlebens verbrachte sie damit, es nach und nach wiederzubeleben, zunächst als Trümmerfrau mit eigener Hände Arbeit und später mithilfe von Mieteinnahmen, von denen sie lebte und Handwerker bezahlte. Dabei war sie grundsätzlich sehr sparsam: Was sie selbst tun konnte, tat sie auch selbst. Das hielt sie nicht nur mit den Handwerkern so, sondern auch bei etwaigen Streitigkeiten mit ihren Mietern. Wenn einer partout nicht zahlte, mahnte und kündigte sie persönlich. Auch Klagen schrieb sie grundsätzlich selbst, auf einer alten Schreibmaschine und mit Blaupapier. Sie sandte sie nicht mit der Post zum Amtsgericht, sondern brachte sie zu Fuß hin, es war ja nicht weit und ein Spaziergang tat gut.

Nun war es wieder einmal so weit: Ein Mieter war eingezogen, zahlte aber nicht. Sie hatte ihn dreimal gemahnt und war auch hingegangen, um mit ihm zu reden, denn vielleicht hatte er ja Gründe dafür. Der Mieter war zwar da, wollte aber die Tür nicht öffnen und rief ihr von drinnen zu, dass er mit ihr nur über seinen Anwalt rede. Ein Anwalt meldete sich bei Frau Schwarze aber nicht, sodass sie nicht erfuhr, ob es einen Grund gab, die Miete nicht zu bezahlen. Also kündigte sie und bat um Herausgabe der Wohnung zu einem festgesetzten Termin. Hierauf antwortete der Mieter nicht und zog auch nicht aus. Also setzte sie sich an ihre Schreibmaschine, erhob Klage beim Amtsgericht und beantragte, den Mieter zur Zahlung der Rückstände und zur Herausgabe der gekündigten Wohnung zu verurteilen. Diesmal reagierte das Gericht allerdings anders als sonst: Sie erhielt eine Einladung zur Meditation!

Mit so esoterischem Zeugs konnte Frau Schwarze nichts anfangen. Die Einladung war aber nun mal da, amtlich auf Gerichtspapier und mit Aktenzeichen. Sie wusste aus dem Fernsehen, dass Meditation etwas mit Räucherstäbchen zu tun hatte. Ihr war schleierhaft, wie das dazu beitragen sollte, dass sie ihre Wohnung zurückerhielt und die Mietrückstände. Andererseits wollte sie das Gericht nicht durch eine falsche Reaktion verärgern, und so kam sie etwas wütend zu mir und verlangte Aufklärung.

Ich zeigte ihr zunächst, dass das Gericht eine Meditation mit nur einem »t« vorgeschlagen hatte, also eine sogenannte Mediation. Das kommt aus dem Lateinischen und bedeutet »Vermittlung«. Der Sache nach handelt es sich um ein freiwilliges Verfahren zur konstruktiven Streitbeilegung. Ein besonders ausgebildeter Richter, der sogenannte Mediator, moderiert dabei ein Gespräch, dessen Ziel eine gemeinsame Vereinbarung ist, die den Bedürfnissen und Interessen der Parteien eher entspricht als ein Urteil – so die Theorie. Mediation ist eine richtige Branche: Man kann sich gegen Gebühr zum Mediator ausbilden lassen und dann besonders qualifiziert Vermittlungsgespräche moderieren, auch und insbesondere außerhalb von Gerichten. Es gibt kurze Lehrgänge von wenigen Tagen und sehr lange von mehreren Jahren.

Der propagierte Grundsatz, dass es sinnvoll ist, Streit miteinander beizulegen statt gegeneinander, ist richtig. Der angenehme theoretische Nebeneffekt ist eine Entlastung der Justiz, da sich Leute, die sich mögen, seltener verklagen. Also schlagen die Gerichte mittlerweile in allen Verfahren, die bei ihnen neu anfallen, erst einmal eine Mediation vor. So richtig zur Sache geht es erst hinterher, wenn das erfolglos war oder gar nicht stattfand, weil eine oder beide Seiten nicht wollten. Ein Unterschied in der Gerichtspraxis ist ferner, dass man nicht erst nach drei bis sechs Monaten, sondern binnen weniger Tage einen Termin bekommt und dann nicht einander gegenübersteht, sondern mit Kaffee und Keksen am Tisch sitzt.

Nachdem ich Frau Schwarze das so dargelegt hatte, meinte sie, dass sie immer erst dann klage, wenn reden nichts mehr helfe. Außerdem halte sie nichts von Räucherstäbchen. Damit verabschiedete sie sich und nahm ihre Akte wieder mit. Einen Monat später erfuhr ich zufällig im Gericht, dass sie von meinem Büro aus schnurstracks dorthin und zu dem Zimmer des für ihren Fall zuständigen Richters gelaufen war. Sie hatte bei ihm an die Tür geklopft, war eingetreten, hatte ihm die Akte gegeben und erklärt, er solle den Kokolores nicht in die Länge ziehen, sie erhalte schließlich keine Rente und er habe ja sicher gelesen, dass der Mieter nicht zahle. Dann war sie wieder gegangen.

Zwei Wochen später war der Prozess abgeschlossen – auf konventionellem Weg.

Fachsprache I

Es gibt eine inhaltliche Fachsprache – beispielsweise wenn wir Juristen zwischen »Besitz« und »Eigentum« unterscheiden – und es gibt eine in der Ausdrucksform. Wir Anwälte sind ja juristisch gesehen im Vergleich zum durchschnittlichen Bürger, dem »Laien«, wie wir ihn nennen, gehobenes Niveau. Advokaten waren ursprünglich Adelige, die sich nicht um des schnöden Geldes willen, sondern allein wegen der damit verbundenen Reputation den Höhen der Jurisprudenz hingaben. Daher pflegen wir noch heute eine dementsprechende Kommunikation. Falls wir persönlich im Einzelfall nicht gehobenes Niveau sind, ist es umso wichtiger, dass wir uns gleichwohl einer besonders bedeutsam klingenden Ausdrucksweise befleißigen, damit derjenige, der unsere Ausführungen liest, einen ausreichend advokatigen Eindruck von uns gewinnt.

Bevor man einen Brief schreibt, muss man sich also erst einmal Gedanken über dessen grundsätzlich standesgemäße Formulierungen machen. Wenn wir zum Beispiel erstmalig jemanden anschreiben, dann sind wir höflich und stellen uns vor. Schnörkellos ginge das so:

»Sehr geehrter Herr X.

Ihr Vermieter hat uns beauftragt, Mietrückstände einzufordern.«

Freilich ist das nicht besonders geziert. Es klingt eher wie ein – buh – Inkassobüro, nicht wie ein stilechter Anwalt. Ein Mittel, um das Ganze etwas aufzupeppen, ist zunächst, eine Bezugnahme einzubauen, etwa:

»Sehr geehrter Herr X.

in o. g. Sache hat uns Ihr Vermieter beauftragt, Mietrückstände einzufordern.«

Die »o. g. Sache« ist die Betreffzeile, in der sich ein »A ./. X« befindet. A ist in diesem Fall der Vermieter. Freilich klingt »o. g. Sache« auch noch recht schnöde. Es lässt sich gut ersetzen durch ein »in vorbezeichneter Angelegenheit«. Das ist länger – schließlich will der Mandant ja etwas Papier für sein Geld – und das »vorbezeichnet« klingt altmodisch genug, um sich von der Kommunikationsmasse abzusetzen.

Jetzt muss man den Inhalt etwas strecken. Denn wenn wir gleich im ersten Satz sagen, worum es geht, fallen wir ja quasi mit der Tür ins Haus. Besser wäre, erst einmal mit genügend Zurückhaltung anzukündigen, dass da etwas kommt, das vielleicht unangenehm sein wird, aber man bleibt höflich. Zur Sache können wir dann immer noch übergehen.

Strecken geht gut mit Verallgemeinerungen, da man die erläutern und die Erläuterungen dann detaillieren kann und irgendwann sind wir beim Punkt. Der Weg ist das Ziel. Was tun wir Anwälte allgemein? Wir vertreten wirtschaftliche Interessen von Mandanten. Wirtschaft ist allerdings etwas fürs Bürgertum, nicht für den Adel, daher klingt es besser, wenn wir sagen, dass wir rechtliche Interessen vertreten. Der erste Satz unseres Briefes lautet dann:

»Sehr geehrter Herr X.

in vorbezeichneter Angelegenheit zeigen wir an, dass uns Ihr Vermieter Herr A. mit der rechtlichen Interessenvertretung beauftragt hat.«

Damit Herr X. uns das glaubt, behaupten wir dann eine Vollmacht oder weisen sie zugleich nach, indem wir sie dem Brief beifügen. Auch hier gilt es, ausreichend schnörkelig zu sein, das heißt, ein angehängter, in Klammern gesetzter Nebensatz wie »siehe anliegende Vollmacht« verbietet sich von selbst. Das ist wichtig genug für einen eigenen Satz. Da wir bereits einen vollständigen einleitenden Satz ohne ein einziges lateinisches Wort formuliert haben, bietet sich hier das schöne »legitimieren« an. Das Wort »legal« kennt jeder. Deswegen müssten eigentlich alle verstehen, was wir sagen wollen, zumal der Kontext eindeutig ist. Wir ergänzen also:

»Sehr geehrter Herr X.

in vorbezeichneter Angelegenheit zeigen wir an, dass uns Ihr Vermieter Herr A. mit der rechtlichen Interessenvertretung beauftragt hat. Eine uns legitimierende Vollmacht überreichen wir in der Anlage.«

Da weiß Herr X. gleich, dass er es nicht mit Nullachtfünfzehn-Anwälten zu tun bekommt, sondern mit ernsthaften und gebildeten Gegnern. Und der Mandant, der eine Kopie, Entschuldigung, eine Abschrift erhält, weiß es auch.

Soweit sich unsere schriftliche Kommunikation in diesem Rahmen bewegt, finde ich das durchaus sinnvoll und hilfreich. Es gewährleistet einen höflichen Diskurs auf einer zivilisierten Ebene. Natürlich kann man andere auch sehr höflich überaus beleidigen, aber warum soll die Arbeit keinen Spaß machen? Jedenfalls hat diese Kommunikation den Nachteil, dass sie zwar von dem übrigen Geschreibsel der Nicht-Juristen abgrenzt, nicht aber von den werten Kollegen. Der Anwaltsmarkt ist hart umkämpft, sodass nicht wenige auch eine spürbare Distanzierung von der »Masse Anwalt« wünschen. Nicht immer klappt das inhaltlich. Das führt dann gelegentlich dazu, dass Kollegen Formen der sprachlichen Ausdrucksweise entwickeln, die Normalsterbliche zu Recht nur noch als skurril empfinden.

Sehr gut erkennen lässt sich solcherlei zum Beispiel, wenn Kollegen in Schriftsätzen von sich selbst sprechen. Es kann ja sein, dass man als Anwalt an mündlichen Verhandlungen beteiligt ist und später als Zeuge dafür infrage kommt, was zwischen wem besprochen wurde oder was die Intentionen dahinter waren. Ich würde dem Gericht dann zum Beispiel schreiben:

> »Bei den Verhandlungen vor Ort war ich persönlich zugegen. Es ist zutreffend, dass Herr X. gegenüber Herrn A. erklärte, dass gar keine Mängel vorlägen bzw. ihn diese nicht störten, er sich die Miete aber derzeit nicht leisten könne und deshalb mindere.«

Nicht so die sprachlich ausdifferenzierten Kollegen. Eine übliche Form, von sich selbst zu sprechen, ist die, sich in der dritten Person Singular als »Unterzeichner« zu betiteln, also: »Bei den Verhandlungen vor Ort war der Unterzeichner persönlich zugegen.«

Das hat sich allerdings irgendwann so »eingebürgert« im Sinne von »entadelt«, dass es auch schon wieder normal war. Aus dem Bedürfnis, sich noch weiter abzugrenzen, entwickelte die Praxis den »Unterzeichnenden«: »Bei den Verhandlungen vor Ort war der Unterzeichnende persönlich zugegen.«

Irgendjemand hat daraus dann den »Unterzeichneten« gemacht: »Bei den Verhandlungen vor Ort war der Unterzeichnete persönlich zugegen.«

Nach meinem Sprachverständnis bedeutet das nicht, dass der Kollege unterschrieben *hat*, sondern dass er selbst unterschrieben *wurde*. Welchen Sinn das ergeben soll, verstehe ich nicht. Wenn ich so etwas lese, stelle ich mir immer vor, wie der kleine Sohn des noch schlafenden Kollegen ihm morgens im Bett mit einem Edding die Fußsohlen anmalt und erklärt, er habe ihn jetzt unterzeichnet. Kann ja vorkommen.

So absurd das bereits ist, auch das haben Kollegen noch weiterentwickelt bzw. historisiert zu einem »Unterfertigten«: »Bei den Verhandlungen vor Ort war der Unterfertigte persönlich zugegen.«

Der Idee nach ist diese Wortkonstruktion plausibel: Mit Unterschrift am Ende eines Briefes erklärt man nicht nur, dass der Brief obendrüber von einem selbst ist, sondern auch, dass er hier beendet, also fertig ist. »Unterfertigen« lässt sich mit gutem Willen als »den Brief nach unten hin abschließende Namenszeichnung« verstehen. Ich selbst würde aber nie auf die Idee kommen, mich als »Unterfertigten« zu bezeichnen, zumal das ja nicht bedeutet, dass ich selbst etwas »unterfertigt« *habe* (dann wäre ich der »Unterfertigende«), sondern »unterfertigt« *bin*. Wenn ich so was lese, dann denke ich immer: Auweia, der Kollege ist nicht nur fertig, sondern sogar unterfertig. Der muss aber mächtig einen gesoffen haben, wenn es dem so schlecht geht. Haben dann noch ein »Linksunterfertigter« und ein »Rechtsunterfertigter« gemeinsam unterschrieben, war die Party offenbar so geil, dass sie jede politische Weltanschauung einebnete.

Erwartungshaltung

Wenn man zum Zahnarzt muss, erwartet man irgendwie, dass es wehtut. Vom Psychologen erwartet man, dass man sich selbst hinterher besser versteht oder noch mehr durcheinander ist, jedenfalls dass es einen irgendwie psychisch voranbringt, selbst wenn man das jetzt gerade aktuell noch nicht durchschaut oder so. Von einem Pfarrer erwartet man, dass er in der Lage ist, die Leute würdevoll unter die Erde zu bringen, zu verheiraten oder über die Endlichkeit der Existenz hinwegzutrösten. Was um Himmels willen aber erwartet man von uns Anwälten?

Wenn ich unser Aufgabengebiet selbst beschreiben müsste, würde ich sagen, wir sind Problemlöser, und zwar entweder wenn das Kind schon so was von tief in den Brunnen gefallen ist oder aber wenn der Mandant irgendetwas beabsichtigt und etwaige Brunnen vermeiden möchte. Die zweite Kategorie ist sehr viel strategischer und es macht mir Spaß, Firmen zu gründen, Immobilien zu entwickeln, Menschen, die einander nützlich sein können, miteinander in Kontakt zu bringen und so weiter. In die erste Kategorie fallen freilich die meisten Fälle, mit denen Menschen einen Anwalt aufsuchen.

Gilt es, ein bereits eingetretenes Problem zu lösen, würde ich die richtige Herangehensweise etwa so beschreiben: a) Problem analysieren, b) rechtliche, wirtschaftliche und praktische Lösungen suchen, c) mit dem Mandanten beraten, welche ihm am liebsten ist oder am besten passt, d) Lösung um- oder durchsetzen. Die Erwartungshaltung, die mir nach meinem Eindruck am häufigsten entgegengebracht wird, hängt mit a) zusammen, der Problemanalyse. Diese führt nämlich manchmal dazu, dass man feststellt, dass der Mandant in der Vergangenheit irgendetwas getan hat, das er besser nicht hätte tun sollen oder wofür es besser gewesen wäre, vorab einen Anwalt zu konsultieren. Mir scheint, diese Erkenntnis ist für manche wie ein Zahnarzt, das heißt, sie tut weh und es wird von mir unbewusst erwartet, dass ich sie zutage fördere. Hat der Mandant nichts falsch gemacht und folglich gute Chancen, das Problem zu beheben, bleibt seine Beratungskatharsis aus und ich bin als Anwalt in seinen Augen allenfalls noch durchschnittlich, selbst wenn meine Einschätzung richtig ist und wir den Prozess letztendlich gewinnen.

Natürlich weiß ich nicht, welche Erfahrungen der Mandant mit Anwälten früher schon gesammelt hat. Wenn ich es nicht über der Sache vergesse, wegen der wir uns treffen, frage ich die Leute, warum sie ausgerechnet jetzt bei mir sitzen und nicht woanders, also wie sie auf uns gekommen sind. Die Antwort ist nicht selten eine Empfehlung und erstaunlich häufig ausgerechnet eine von jemandem, dem ich gerade nicht helfen konnte, sondern nach Durchsicht der Unterlagen klipp und klar von weiteren Schritten abriet. Ich bin da sehr ehrlich, was zwangsläufig bedeutet, dass ich sage, warum etwas nicht geht – auch wenn das an früheren Fehlentscheidungen des Mandanten liegt. Kurz gesagt, aus Sicht unserer Kategorie-eins-Kunden scheine ich meine Rolle am besten auszufüllen, wenn ich ein energischer Zahnarzt bin.

Hat man das erst einmal erkannt, können eigentlich schwierige Beratungssituationen recht komfortabel sein. Ich muss nicht lange herumdrucksen und höflich mit juristischen Phrasen umschreiben, dass mein Gegenüber Mist gebaut hat. Je verständlicher ich das erörtere, desto dankbarer ist er mir. Überraschenderweise passiert das auch dann, wenn er die »Schuld« oder die

Problemursache vorher vielleicht woanders suchte und lediglich mit der Intention zu mir kam, seinen Gegner fertigzumachen, statt Selbsterkenntnis zu sammeln.

Das wiederum erleichtert die nüchterne Lösungssuche: Alle nicht möglichen Vorstellungen scheiden aus und aus dem, was übrig bleibt, sucht man sich die beste Variante aus. Die muss nicht unbedingt eine rechtliche sein, es gibt viele andere Strategien. Alle haben gemeinsam, dass sie bei einer geänderten Sichtweise beginnen. Und manchmal enden sie damit, dass man den Mandanten davor bewahren muss, sich durch unnötige Prozesse zu schaden. Viele Leute fallen beispielsweise darauf herein, dass sie denken, sie kaufen eine Eigentumswohnung. In Wirklichkeit aber kaufen sie ein Bauträgerprojekt, das heißt eine in Planung befindliche, noch zu bauende Eigentumswohnung in einem aus Eigentumswohnungen bestehenden, noch zu bauenden Haus. Profis, die jahrelang nichts anderes tun, als solche Projekte auszuführen, treffen dabei auf Endverbraucher, die so etwas einmal im Leben machen, von den Rahmenbedingungen keine Ahnung haben und erst mal keine professionelle Beratung hinzuziehen, weil sie meinen, das selbst zu können oder dadurch Geld zu sparen. Beide machen miteinander Geschäfte. Das, was da am Ende bei herauskommt, weicht nicht selten von den ursprünglichen Zielvorstellungen der Endverbraucher deutlich ab. Es gibt viele Beteiligte und viele Probleme, es geht um viel Geld – da kann man als Anwalt natürlich viele lukrative Prozesse führen. Das ist sogar recht einfach zu vermitteln: Der Mandant meint, er habe ein Recht auf bestimmte Dinge, und möchte nicht zugeben, dass er Fehler begangen hat, deren Folgen jetzt sichtbar werden. Bestärkt man ihn als Anwalt darin, entspricht man seinem Wunsch, die sicherlich schmerzhafte Selbsterkenntnis zu vermeiden. Ich bin der festen Überzeugung, dass etliche Prozesse nur deswegen geführt werden, weil der Mandant nicht einsehen will und nicht dahingehend beraten wird, dass er bestimmte Fehler begangen hat, die er jetzt ausbaden muss.

Intuitiv und finanziell ist es als Anwalt also schwieriger, der Augenöffner zu sein als der starke Mann an der Seite des Goldesels. Macht man das aber, kommt die nächste Erwartungshaltung ins Spiel, man wechselt in die Rolle des »Mechanics« – dessen, der repariert.

Ich fasse das Jobprofil noch mal zusammen: a) den Leuten mitunter direkt in die Augen sagen, dass sie sich blöd angestellt haben, b) die Zusammenhänge erklären und c) Lösungen suchen und umsetzen.

Was aber bewirkt das bei uns Anwälten? Die Frage ist wenig untersucht, aber nach meinem Eindruck gibt es unter uns auffällig viele Charaktere, die

- den Rest der Bevölkerung für blöd halten,
- privat darauf bestehen, uneingeschränkt recht zu haben,
- anderen gefragt und ungefragt die Welt erklären und
- unruhig ständig neue Probleme thematisieren, deren Lösung sie dann angehen.

Es ist schwierig und unangenehm, sich mit solchen Leuten anzulegen, man lässt uns daher lieber in Ruhe. Ich könnte mir vorstellen, dass der eine oder andere da so etwas wie ein Unverletzlichkeitsgefühl entwickelt.

Das dürfte sich übrigens verstärken, wenn man die Gesetze außerdem selbst schreiben kann. Wer wäre da nicht versucht, ein paar Sonderregeln nur für sich selbst festzulegen, zum Beispiel dass man auf sein Einkommen keine Steuern zahlen muss oder Ähnliches? Außerdem müsste man natürlich anordnen, dass sämtliche Regeln nur für alle anderen verbindlich sind, Verstöße also auch nur bei allen anderen zu Konsequenzen führen, niemals aber bei einem selbst. Man wäre dann sozusagen ein juristischer Highlander!

Das ist keine Fantasie, viele Politiker sind Juristen. Sie zahlen für ihre Diäten und »Aufwandsentschädigungen« nicht annähernd die Steuern, die Sie und ich zahlen. Und sie sind kraft Gesetzes immun. Weder Rasen auf der Autobahn noch Schwarzgeldgeschäfte noch Vetternwirtschaft haben irgendwelche Konsequenzen, außer vielleicht politische, wenn es auffliegt. In den Knast kommen nur Sie und ich, wenn wir uns so verhalten, nicht aber diejenigen, die die Regeln setzen. Welche Erwartungshaltung haben Sie an jemanden, der solche Freiheiten genießt?

Überraschung

Wir Juristen lieben klare Verhältnisse. Am einfachsten ist es, wenn es einen feststehenden Sachverhalt gibt, für den man eine rechtliche Lösung aus dem Gesetz ableiten kann, fertig. In der Praxis ist das beim Bundesgerichtshof so. Dort ist es nämlich nicht mehr möglich, Änderungen oder Neuerungen in den Tatsachen vorzutragen, sondern es kommt nur auf den Inhalt der Akten an, die bei den beiden Vorinstanzen angefallen sind. So können sich die beim BGH zugelassenen Anwälte und die dortigen Richter der hohen Kunst der Rechtstheorie hingeben, ohne durch so etwas wie Mandanten oder Tatsachen gestört zu werden.

Normalsterbliche Anwälte, wie ich einer bin, haben hingegen damit zu kämpfen, dass die Dinge nicht immer so eindeutig sind, wie wir uns das wünschen. Daher frage ich meine Mandanten lieber zweimal zu viel, als dass ich etwas übersehe. Es geschieht gar nicht so selten, dass der Mandant mir Dinge nicht erzählt, weil er meint, dass sie für seinen Fall unwichtig seien. Tatsächlich können sie aber entscheidende Bedeutung haben. Kommt das erst spät heraus, ist das in der Regel eine unangenehme Überraschung. Von einer solchen möchte ich hier berichten:

Herr S. hatte gemeinsam mit Herrn W. ein Büro gemietet, beide wollten als Steuerberater dort zusammenarbeiten und zu diesem Zweck aus ihren bisherigen Einzelstandorten heraus in die neuen Räume ziehen. Nach Vertragsunterzeichnung – ein Fünfjahresvertrag ohne vorzeitige Kündigungsmöglichkeit – überlegte W. es sich aber anders und entschied sich dafür, doch in seinen alten Räumen zu bleiben. Dadurch wurde es auch für S. sinnlos, in die neuen Räume umzuziehen, und er blieb ebenfalls in seinen alten. Freilich fiel für das leer stehende neue Büro nun jeden Monat Miete an, und das war nicht wenig. W. verauslagte sie und verlangte von S. hälftige Erstattung. Das konnte sich S. aber nicht leisten, sodass W. ihn verklagte. Daraufhin kam S. zu mir.

Er erzählte in unserem ersten Gespräch, er habe sich kurz nach W.s Entschluss, doch nicht umzuziehen, mit ihm getroffen und darüber gesprochen, wie man das handhaben könne. W. habe dabei erklärt, er werde die Miete allein tragen, weil es ja seine Entscheidung gewesen sei, dass man nun nicht zusammenziehe, also müsse er das auch ausbaden. Auch wenn das mündlich gewesen war, war es ein verbindlicher Vertrag über die interne Kostenverteilung, sodass ich ihn im Prozess vortrug und beantragte, die Klage abzuweisen. Der Gegner bestritt das und bot einen Zeugen an, der bei dem Gespräch dabei war. Der Mandant hatte auch einen Zeugen, und so gingen wir in die erste mündliche Verhandlung vor dem Amtsgericht.

Der Amtsrichter überraschte uns mit einer, nun ja, individuellen Rechtsauffassung: Wir hätten nicht mitgeteilt, an welchem Tag zu welcher Uhrzeit und an welchem Ort das Gespräch stattgefunden habe, daher gehe er davon aus, dass ein solches Gespräch nicht existiere. Dann gebe es auch keinen Vertrag und der Mandant müsse zahlen. Sowohl der Gegner als auch wir wiesen den Richter darauf hin, dass die Existenz des Treffens und die Gegenwart der Zeugen unstreitig wären und es für den klärungsbedürftigen Inhalt keinen Unterschied mache, ob das am 3. oder am 4. August oder eine Woche später stattgefunden habe. Der Richter meinte, er überlege sich das noch einmal, beendete dann die Verhandlung und schrieb im Anschluss an den Sitzungstag kurzerhand ein Urteil, nach dem der Mandant in voller Höhe zahlen sollte. Für mich ist das ein Beispiel dafür, dass manche Juristen von Tatsachen einfach nicht gestört werden wollen.

Also legte ich im Auftrag des Mandanten Berufung zum Landgericht ein. Dort entscheidet nicht ein einzelner Richter, sondern eine sogenannte Kammer mit drei Berufsrichtern, was gewährleistet, dass individuell besonders geartete Auffassungen durch zwei weitere Juristen gegengewichtet werden. In der Regel führt das zu soliden Ergebnissen. In der ersten mündlichen Verhandlung stimmten die Richter mir zu, dass es so einfach nicht ginge und man die Zeugen hören müsse, um herauszufinden, was genau besprochen worden sei. Zur zweiten Verhandlung einige Monate später wurden die Zeugen geladen. Am Verhandlungstag ließen sich beide unter Vorlage ärztlicher Atteste wegen plötzlicher Krankheit entschuldigen. Also wurde ein dritter Termin angesetzt, wieder einige Monate später. Hier erschienen beide, der Prozess lief bereits seit ungefähr zwei Jahren.

Der Zeuge des Mandanten sagte aus, dass Herr W. in der Tat erklärt habe, dass er selbst schuld sei, dass man die gemeinsamen Räume nicht nutze. Er hätte das auch vor der Mietvertragsunterzeichnung schon wissen können, und deswegen zahle er die Mehrkosten allein. Der Zeuge von Herrn W. sagte, über so etwas habe man nicht gesprochen, es sei nur darum gegangen, ob man den unnützen Mietvertrag vielleicht noch kündigen könne, und über die persönlichen Motive von Herrn W. Beide Zeugen wurden, wie es sich gehört, von dem jeweils gegnerischen Anwalt mächtig ins Kreuzverhör genommen, ohne dass sich die Sache jedoch weiter aufklärte.

Nachdem die Zeugen gegangen waren, fragte die vorsitzende Richterin Herrn S. noch einmal, wie der genaue Wortlaut von W.s

Aussage denn gewesen sei. S. erklärte daraufhin, W. habe gesagt: »Es ist meine Schuld, ich bezahle das allein.« Daraufhin fragte die Richterin S., was er darauf geantwortet habe. S. meinte, er habe erwidert: »Nein, lass mal, wir haben das zusammen unterschrieben und dann zahlen wir das auch gemeinsam.«

Diese für den Prozess alles entscheidende Tatsache hörte ich an dieser Stelle zum ersten Mal. Was ich in der nun einsetzenden tiefen Stille fühlte, möchte ich lieber nicht beschreiben.

Makler müsste man sein

Immobilien sind anders als andere Geldanlagen, da man ihren Wert nicht immer zuverlässig bestimmen kann. Bei einem Konto können Sie nachschauen, wie viel drauf ist, den Wert eines Aktiendepots oder Ihrer Fondsanteile finden Sie im Internet. Ein Haus aber kann zeitgleich völlig unterschiedlich bewertet werden. Wie viel man erhält, hängt nicht nur von den Eckdaten – Erhaltungszustand, Mieteinnahmen, Lage, dem derzeitigen Marktniveau etc. – ab, sondern auch davon, wie viele Leute gerade so ein Haus suchen und über wie viel Geld diese Suchenden verfügen. Anders als bei Aktien sind das nicht jederzeit Hunderttausende weltweit, sondern vielleicht niemand, vielleicht einige wenige.

Einige mutige oder besonders kenntnisreiche Leute profitieren davon. Ich habe schon mehrfach erlebt, wie jemand am Vormittag einen Kaufvertrag beim Notar unterzeichnete, mit dem er eine Wohnung für zum Beispiel 160 000 Euro erwarb, um sie am Nachmittag desselben Tages bei einem anderen Notar an jemand anderen für 350 000 Euro weiterzuverkaufen. Um das zu tun, braucht er nicht einmal eigenes Geld oder einen Bankkredit, da er seinen Ankauf aus dem Verkauf bedienen kann. Wie kommt man an solche Geschäfte? Ganz einfach: Sie brauchen Kontakte. Sie müssen vor anderen erfahren, dass es eine solche Wohnung billig zu haben gibt, und Sie müssen jemanden kennen, dem Sie sie teuer weiterverkaufen können. Kontakte sind in der Immobilienbranche das zwischen Erfolg und Misserfolg entscheidende Kriterium, und wenn Sie keine haben, haben Sie Pech, denn so einfach lassen diese Kreise niemanden mitverdienen.

Kontakte zu haben, kann man professionalisieren. Suchende und Bietende möglichst exklusiv miteinander in Verbindung zu bringen, ist ein erheblicher Wert für beide, den sich Makler entsprechend bezahlen lassen. Dazu muss man weder studieren noch besondere Fähigkeiten besitzen. Es reicht, wenn man über die entsprechenden Kontakte verfügt und hinreichend gut kommuniziert.

Einer unserer Mandanten, dem ein paar Mietshäuser hier in Berlin gehören, wollte wissen, was er derzeit bekäme, wenn er ein bestimmtes davon verkaufen würde. Also fragte er bei einem etablierten Maklerbüro nach, ob es für ihn mal den Markt sondieren könnte. Der Makler schrieb eine E-Mail an ein paar Kunden und meldete am Folgetag zurück, dass er einen Kaufinteressenten für drei Millionen Euro habe. Dieser Preis war so überzeugend, dass unser Mandant nicht lange überlegen musste, und so vereinbarte er über den Makler mit dem Interessenten, dass man im Laufe der Woche einen Kaufvertrag beurkunden könne.

Für uns Juristen bedeutet so etwas, dass wir sehr schnell arbeiten müssen, ohne dabei weniger gründlich zu sein. Nicht jeder Notar mag das, aber der Interessent hatte einen an der Hand, der quasi über Nacht einen Vertragsentwurf schrieb und unserem Mandanten sandte, zum Gegenprüfen. Der landete bei mir mit dem Hinweis, dass er am nächsten Tag unterzeichnet werden solle, es sei denn, ich hätte an der einen oder anderen Stelle Bedenken. Außerdem sollte ich vorsichtshalber bei der Beurkundung dabei sein.

Der Vertrag war erstaunlich gut: schlank, aber vollständig und ausgewogen. Also trafen wir uns am nächsten Tag gegen 18.00 Uhr beim Notar zur Beurkundung: der Mandant, der Käufer, der Makler, der Notar und ich. Eine Beurkundung läuft so ab, dass der Notar den Vertrag vom Anfang bis zum Ende vollständig laut vorliest. Einzelheiten – wie Personalausweisnummern, die Nummern von Grundbuchblättern, Kontoverbindungen und so weiter – werden dabei vorsorglich noch einmal mit allen Beteiligten geprüft, etwaige Fragen zu rechtlichen Konsequenzen bestimmter Passagen bei Bedarf erörtert. Soweit sich hieraus Änderungen oder Ergänzungen ergeben, trägt der Notar sie handschriftlich in das von ihm vorab ausgedruckte Vertragsoriginal ein. Ist die Verlesung beendet, unterzeichnen die Vertragspartner, damit ist die Beurkundung für sie wirksam abgeschlossen. Alles Weitere – das Binden mit Siegelband, das Siegeln, der Schriftverkehr mit den beteiligten Behörden und Ämtern etc. – übernimmt der Notar im Rahmen der Vertragsabwicklung.

Mit Vertragsabschluss verdiente der Makler eine vom Kaufinteressenten zu bezahlende Provision in Höhe von 7,14 Prozent vom Kaufpreis, das sind sechs Prozent netto zuzüglich Umsatzsteuer. Sechs Prozent von drei Millionen sind 180 000 Euro. Das ist eine ungeheure Summe Geld, für die die meisten von uns viele Jahre arbeiten müssen. Auch für Anwälte ist das beträchtlich. Bei einem unterstellten Stundensatz von 180 Euro – das ist ein üblicher Satz in Berlin – müsste man 1000 Stunden arbeiten. Bei acht Stunden täglich sind das 125 Tage. Allerdings wird man nicht jeden Tag von morgens bis abends auf Stundensatzbasis bezahlt. Selbst wenn man ausschließlich auf der Basis von Zeithonorar arbeitet, machen die nicht bezahlten Nebenarbeiten die Hälfte bis zwei Drittel der Zeit aus, das heißt, man arbeitet eher 300 Tage dafür. In Berlin hatte das Jahr 2011 genau 254 Arbeitstage. Ein nicht angestellter Anwalt, der nie krank ist und auf Honorarbasis durchgehend gut bezahlt wird, arbeitet für 180 000 Euro also länger als ein Jahr. Das ist jedoch hypothetisch. Nach den Einkommensstatistiken für Anwälte verdienen wir durchschnittlich weniger als ein Drittel dessen, und davon müssen wir die

Betriebsausgaben – Büromiete, Personal, Datenbanken etc. – bestreiten, bevor ein Rest (hoffentlich) für uns übrig bleibt.

Wegen dieser nackten Tatsachen sollte man annehmen, dass sich jemand, der innerhalb von drei Arbeitstagen mit einer E-Mail, ein paar Telefonaten und zwei Stunden Notarbesuch 180 000 Euro verdient, irgendwie darüber freut. Wäre ich in dieser Situation, ich hätte mit voller Energie und höchster Konzentration teilgenommen und nicht nur die Verlesung der Urkunde aufmerksam verfolgt, sondern mich auch mit Mühe zurückhalten müssen, die anderen mit meiner freudigen Anteilnahme überzustrapazieren.

Nicht so der Makler. Er war mäßig freundlich, saß die ganzen zwei Stunden über gelangweilt auf seinem Stuhl und spielte unter dem Tisch mit seinem BlackBerry. Ich glaube, er hat Patiencen gelegt. Als alles beendet war, schüttelte er uns die Hand, überreichte dabei seine Visitenkarte für etwaige weitere Geschäfte und ging. Außer »Guten Tag« und »Auf Wiedersehen« hat er eigentlich nichts gesagt.

Dass eine solche Provision unterhalb seiner Aufmerksamkeitsschwelle liegt, lässt aussagekräftige Rückschlüsse auf seine generelle Einkommenssituation zu. Ich habe eindeutig den falschen Beruf!

Unappetitliche Geschäfte

Herr C., ein älterer Herr ausländischer Herkunft, wohnte zur Miete in einer guten Charlottenburger Wohnlage. Vielleicht war seine Ehefrau ein Drachen, jedenfalls flüchtete er jeden Abend nach draußen. Dort verrichtete er auch seine Geschäfte, die Häufchen ließ er liegen. Sie befanden sich auf der zum Haus gehörigen Spielwiese, in und neben den Büschen, nahe eines dort angelegten Spielplatzes etc. Die Verwaltung hatte zunächst keine Ahnung, wer das verursachte, und beauftragte jemanden, die Bereiche im Auge zu behalten.

Schnell stellte sich heraus, dass Herr C. nicht nur Häufchen auf dem Grundstück machte, sondern auch den Hauskeller als eine Art ausgelagerten Aufenthaltsraum seiner Wohnung nutzte. Er urinierte dort gegen die Wände, sah sich Sexfilmchen auf seinem iPhone an und ließ sich zu adäquaten Handlungen an sich selbst verleiten, warf seine Zigarettenkippen und leeren Bierflaschen auf den Kellerfußboden und benahm sich überhaupt in einer Art, die man von einem korrekt gekleideten gesetzteren Herrn seines Alters nicht auf Anhieb erwartet. In der Folge stank es im Keller nach Urin, sammelten sich die Kippen an und die auf dem Grundstück spielenden Kinder waren des Öfteren mit einem Fehltritt oder -fall in, nun ja, Scheiße, konfrontiert, Zustände, die auf Dauer nicht tragbar waren.

Die Verwaltung sprach daraufhin eine Abmahnung wegen Verstoßes gegen die Hausordnung aus und forderte Herrn C. auf, sich zukünftig wieder sozialadäquat zu verhalten. Nach weiteren

Vorkommnissen sprach sie eine zweite Abmahnung aus, alsbald noch eine dritte. Da das alles nichts half, kündigte sie schließlich das Mietverhältnis. Noch am gleichen Tag erschien Herr C. in der Verwaltung und erklärte, dass es ihm furchtbar leidtue, er nicht wisse, wie er das seiner Frau erklären solle, und es komme ganz sicher nicht wieder vor. Am Abend des gleichen Tages machte er auf dem Grundstück wieder ein Häufchen und ging anschließend in den Keller.

Zwei Tage später erhielt die Verwaltung Post von Anwälten mit Sitz am Kurfürstendamm. Früher waren die Mieten am Ku'damm so hoch, dass die dort arbeitenden Anwälte in gewisser Weise gezwungen waren, viel zu verdienen. Entsprechend exklusiv war notwendigerweise deren Klientel. Noch heute vermittelt eine Ku'damm-Adresse von Anwälten den Eindruck, besonders nobel zu sein und daher vorrangig Kreise von Gutbetuchten zu betreuen. So eine Kanzlei meldete sich also für Herrn C.

Die Kollegen wiesen in einem extrem kurzen Schreiben die Kündigung aus formellen Gründen zurück und erklärten, dass sie auch inhaltlich nicht gerechtfertigt sei. Auf Einzelheiten gingen sie nicht weiter ein – das hätte ja bedeutet, dass man die Kündigung ernst nehmen und sich mit ihr auseinandersetzen würde. So abwegig wollte man dann doch nicht werden.

Daraufhin beauftragte die Verwaltung mich mit der Sache. Ich schrieb die Kollegen an und forderte unter Fristsetzung nochmals zur Räumung und Herausgabe der Wohnung auf. Auch ich erhielt nur einen Zweizeiler zurück, der besagte, dass man mich nicht ernst nahm. Daraufhin erhob ich Klage vor dem Amtsgericht Charlottenburg. Ich begründete sie ausführlich, indem ich die einzelnen Fälle von Hausordnungsverstößen, die Abmahnungen und die Kündigung darlegte. Die Verwaltung hatte die

»Beweise« gesichert, was bedeutete, dass sie Hochglanzfotos in DIN A4 von den Häufchen beisteuerte und durch ein Chemielabor Proben von diesen, von den Urinflecken und von den Zigarettenkippen hatte sicherstellen lassen. Sodann hatte sie begonnen, alle weitergehenden Überreste in einem Glascontainer zu sammeln – ein DNA-Abgleich würde schon ergeben, dass die Produkte von Herrn C. stammten und von niemand anderem.

In der ersten mündlichen Verhandlung vor Gericht erklärte der gegnerische Kollege, dass er bestreite, dass die Hausverwaltung überhaupt einen wirksamen Hausverwaltungsvertrag habe. Deswegen könne sie auch nicht kündigen. Außerdem lege er seine Hand für Herrn C. ins Feuer, das behauptete Verhalten könne man sich ja überhaupt nicht vorstellen. Er kenne Herrn C. seit inzwischen über 20 Jahren, da Herr C. als Kellner in dem Restaurant arbeite, wo der Kollege immer zu Mittag esse. Spontan musste ich bei diesen Erklärungen daran denken, dass es im Keller des Hauses von Herrn C. keinen Wasserhahn gab und er sich folglich nach seinen diversen Aktivitäten nie die Hände waschen konnte. Ich ersparte es dem Kollegen allerdings, darauf hinzuweisen.

Weil ich so spontan kein Original des Hausverwaltungsvertrags dabeihatte, konnten wir an diesem Tag die Sache nicht beenden, sondern das Gericht gab mir auf, den Verwaltervertrag zu den Akten zu reichen, und dann würde man neu verhandeln. Dann unterhielt sich der Richter mit dem gegnerischen Kollegen über einen gemeinsamen Studienfreund und was aus dem seit dem letzten gemeinsamen Urlaub geworden sei. Ich habe davon abgesehen, einen Befangenheitsantrag zu stellen, um die Sache nicht unnötig in die Länge zu ziehen. Am Abend des Verhandlungstages und den Folgetagen wurde Herr C. erneut dabei beobachtet, wie er sich einschlägig verhielt.

Ich reichte nun also den Verwaltervertrag und die Hausverwaltungsvollmacht ein und das Gericht lud zu einer weiteren Verhandlung. In dieser wollte es zwei Zeugen hören, nämlich Herrn B., welcher Herrn C. vor Ort bei seinen Verrichtungen diverse Male beobachtet hatte, und die Verwalterin, der gegenüber Herr C. am Tage der Kündigung alles zugegeben und versichert hatte, dass er so etwas nie wieder tun werde. Zu Beginn der Verhandlung erklärte der gegnerische Kollege dann aber, dass jetzt zwar ein Verwaltervertrag vorliege, nun aber unklar sei, ob dieser Verwaltervertrag auch von dem Eigentümer des Hauses unterzeichnet wäre. Bei diesem handele es sich nämlich um eine ausländische Gesellschaft und man brauche wohl den ausländischen Handelsregisterauszug nebst Übersetzung, um nachzuweisen, wer für diese Gesellschaft vertretungsberechtigt sei.

Das Gericht war dafür aufgeschlossen und, natürlich, hatte ich keinen originalen Handelsregisterauszug dabei. Also wurde erneut vertagt, ohne die Zeugen zu hören.

Beim dritten Termin schließlich wurden die Zeugen dann vernommen. In sehr eindrücklichen, farbigen Worten schilderten sie uns ihre Erlebnisse, während Herr C. danebenstand und alles mit anhörte. Ich weiß nicht, ob sein Anwalt ihm einen großen Gefallen damit tat, dass öffentlich ausgebreitet und erörtert wurde, wie Herr C. mit nacktem Hinterteil auf Spielplätzen und Rasenflächen gewisse Notwendigkeiten verrichtet hatte. Anfangs waren die Zeugen noch bemüht, neutral und abstrakt zu formulieren, was ziemlich lustig war. Auf die Fragen der Anwälte hin mussten sie letztlich jedoch deutlich werden, und das wurden sie dann auch. In allen Details haben wir erfahren, was es hierüber zu erfahren gab.

Im Anschluss an die Aussagen teilte die Verwalterin mit, dass sie den besagten Glascontainer mitgebracht habe. Ich bot dem Gericht an, ihn zu den Akten zu reichen. Beweis für die Herkunft vom Beklagten: genetisches Sachverständigengutachten. Sie hätten das Gesicht der Justizsekretärin sehen sollen. Ihr war deutlich anzumerken, wie sie sich den Container in ihrer Geschäftsstelle vorstellte, irgendwo zwischen der Kaffeemaschine und ihrem Schreibtisch.

Im Vorfeld der Verhandlung hatten wir überlegt, wie man den Container richtig in Szene setzen könnte. Der Mandant hatte vorgeschlagen, sich einen Reinraumanzug zu besorgen. Er hätte sich den vor dem Sitzungssaal überziehen und dann damit hereinkommen können. Im Saal hätte er dann umständlich Gummihandschuhe überstreifen und sorgsam aus einem großen Aluminiumkoffer den Glascontainer hervorbefördern können, um ihn dem Gericht hinzuhalten. Meine Aufgabe wäre gewesen, zuvor noch einmal auf die Farbfotos zu sprechen zu kommen und dafür zu sorgen, dass sie ausgebreitet auf dem Richtertisch lägen, wenn der Mandant im Reinraumanzug erschiene … Leider haben wir das dann so nicht getan. Der Richter wollte an der Herkunft des Materials auch nicht mehr zweifeln, die Aussagen hätten ihn ausreichend überzeugt und den Inhalt des Containers brauche er nicht mehr. Seine Justizsekretärin war ersichtlich erleichtert.

Damit stand das Prozessergebnis fest, Herr C. musste ausziehen.

Nachdem das Gericht die Verhandlung geschlossen hatte, dachte ich mir, ich könnte ja trotz allem nett zum Kollegen sein. Also gratulierte ich ihm dazu, dass er gut gekämpft und zwei Terminverzögerungen bewirkt habe, trotz des Sachverhalts. Leider schaute er mich nur von oben herab an und meinte, ich sei ja noch jung und auch ich würde eines Tages lernen, dass Formalien wichtig seien. Danke, ich hätte auf meine Freundlichkeit lieber verzichten sollen. Möge er noch häufig von seinem Herrn C. serviert bekommen, wenn der frisch aus dem Garten zurück ist!

Der GUB und der Dachboden

Unsere gute Freundin Isabell ist Ärztin. Sie arbeitet mindestens 26 Stunden täglich. Außerdem ist sie fürsorgliche Mutter von einem studierenden und zwei pubertierenden Söhnen. In ihrer Freizeit, das heißt etwa weiteren 26 Stunden täglich, engagiert sie sich ehrenamtlich in wichtigen familienpolitischen Institutionen. Und sie ist mit allen möglichen Leuten eng befreundet, unter anderem mit Mila und mir.

So jemand ist natürlich das rote Tuch für Leute, die eigentlich nichts zu tun haben, und damit unzufrieden sind – nennen wir sie der Einfachheit halber hier »GU« (gelangweilt & unzufrieden). Solche GUs gibt es erstaunlich viele, unter anderem in Wohnungseigentümergemeinschaften (WEGs). Dort findet sich fast immer jemand, der seine Befriedigung nicht aus Beruf oder Familie zieht, sondern aus dem Hobby, sich mit seinen Miteigentümern anzulegen und ihnen vorzuschreiben, wie sie zu leben haben. Und wenn die das nicht freiwillig einsehen, dann eben mit anwaltlicher und gerichtlicher Hilfe. Hat sich so jemand erst einmal ein Opfer ausgesucht, dann malträtiert er es mit viel Zeitaufwand und Liebe zum Detail mitunter jahrelang. Menschen, die andere Dinge zu tun haben, als sich damit zu beschäftigen, stehen dem häufig wehrlos gegenüber. Sie können daran nicht einmal etwas ändern, denn es geht nicht darum, dass sie ihr Verhalten verändern. Tun sie das, wird sich ein anderes Problem finden, das es erlaubt, sich weiterzustreiten.

Am besten lassen sich die lieben Miteigentümer ärgern, wenn man nicht nur »einfaches« Mitglied der Hausgemeinschaft ist, sondern zugleich Verwaltungsbeirat und damit in einer Position, in der man sich als Sprachrohr der anderen fühlen darf, auch wenn man über keinerlei Vollmachten verfügt. Nichts gegen Beiräte, es sind meist verantwortungsvolle und altruistische Menschen mit Sachverstand. Ihre gesetzliche Funktion ist es, den Verwalter zu beraten. Leider ist das zugleich eine ideale Position, um den anderen Eigentümern die eigenen Vorstellungen vom Zusammenleben im Haus vorzuschreiben. Über kurz oder lang stellen sich die einschlägigen Charaktere daher meist zur Wahl, wenn es darum geht, einen neuen Beirat zu bestimmen. Werden sie gewählt, haben wir einen GU-Beirat oder kurz einen »GUB«.

Sie können sich vorstellen, was zwangsläufig geschieht, wenn so jemand wie Isabell eine Eigentumswohnung kauft. Leider ist das ein naheliegendes Investment, wenn man für das Alter oder die Kinder vorsorgen will. Bei Isabell kommt hinzu, dass sie wie niemand sonst, den ich kenne, nicht mit Geld umgehen kann. Eine Geldanlage in eine Immobilie ist da sehr klug: Man kann die Verwaltung jemand anderem überlassen und eigentlich nicht viel falsch machen, es sei denn, man kauft zu teuer und kann den Kredit nicht aus den Mieteinnahmen bedienen. Ansonsten muss man sich nicht groß darum kümmern und die Altersvorsorge bildet sich im Laufe der Jahre von selbst.

So geschah es, dass Isabell irgendwann, bevor ich sie kannte, eine Eigentumswohnung erwarb und vermietete. Zufällig gehört zu dieser Wohnung auch fast der komplette Dachboden als sogenannte Sondernutzungsfläche. Ursprünglich war geplant, dort Bodenräume zu errichten, die als Abstellkammer hätten dienen können, aber aus irgendeinem Grund hatte das nie jemand getan, und so bestand der Dachboden im Wesentlichen aus den Holzbrettern auf dem Fußboden und Außenmauern mit Dachschrägen. Da Isabell eigentlich nur die Wohnung kaufen wollte, um sie zu vermieten, blieb die Fläche auf dem Dachboden jahrelang unbeachtet.

Das änderte sich, als eine Freundin ihren Haushalt auflöste und einen Ort suchte, an dem sie Sachen unterstellen konnte. Isabell fiel ein, dass da noch der Dachboden war, und bot an, die Kartons dort einzulagern. Damit niemand in den Sachen herumwühlt und vielleicht etwas stiehlt, baute sie mit Rigipswänden einen kleinen Bodenraum, und darin wurde alles eingelagert. Zwei Jahre fiel das niemandem auf. Dann war ein Beirat auf dem Dachboden und sah, was geschehen war. Das war der Startschuss für eine mehr als sechsjährige Auseinandersetzung. Natürlich sprach der GUB nicht für sich, sondern immer nur für die anderen, und so sah sich Isabell plötzlich mit der gesamten Eigentümergemeinschaft konfrontiert – obwohl es außer den betreffenden GUB niemanden interessierte, was auf dem Dachboden geschah.

Unerhört war insbesondere, dass Isabell einfach so etwas verändert hatte. Eigenmächtig! Dem kam hinzu, dass sie durch die Kartons auf dem Dachboden und die Rigipswände in sichtbarer Weise eine Fläche für sich beanspruchte, die vorher frei gewesen war und vor allem viel größer als das, was dem GUB gehörte. Rechtlich ist ein Sondernutzungsrecht so definiert, dass man die Fläche unter Ausschluss aller übrigen Eigentümer allein nutzen darf. Aber aus Sicht eines GUB macht es durchaus einen Unterschied, ob Isabell so ein Recht nur theoretisch hat oder ob sie es auch praktisch in Anspruch nimmt. Kurz: Das durfte nicht sein.

Als Berater der Verwaltung wandte sich der GUB erst einmal dorthin. Alsbald erhielt Isabell einen Brief von der Verwaltung, in dem ihr vorgeworfen wurde, dass sie Gegenstände auf dem Dachboden lagere und einen Raum gebaut habe. Sie solle die Gegenstände wieder entfernen und den Raum beseitigen. Das war im

Februar 2005. Im März 2005 schrieb die Verwaltung erneut und teilte mit, dass nach nochmaliger Rücksprache mit den Verwaltungsbeiräten eine Frist von drei Wochen zum Rückbau gesetzt werde. Für so einen Quatsch hatte Isabell natürlich nicht die Zeit, und so bot ich ihr an, das für sie auf der professionellen Ebene zu regeln. Ende März schrieb ich der Verwaltung deshalb, dass nicht ersichtlich sei, warum Isabell ihre Sondernutzungsfläche nicht nutzen dürfe, und dass außerdem nach den Originalplänen im ganzen Dachboden Bodenräume hätten sein sollen, die bislang nur niemand gebaut habe. Dass Isabell einen Bodenraum hingestellt habe, sei daher nur eine Annäherung an den Sollzustand.

Ich dachte eigentlich, dass der Fall damit erledigt wäre. Der GUB blieb aber hartnäckig, und so vereinbarten wir einen Termin vor Ort, um uns das Delikt einmal anzusehen. Der Verwalter war da, ich als Anwalt und der GUB. Wir gingen auf den Dachboden, stellten fest, dass dort ein Rigipsbodenraum stand, und gingen wieder hinunter. In den Folgewochen begannen Verhandlungen, die zum Inhalt hatten, dass die WEG den Bodenraum dulden würde, wenn Isabell sich auf alle möglichen Bedingungen einlassen würde, mit denen die Nutzung ihres Eigentums inhaltlich beschränkt würde. Das war nicht einlassungsfähig, also kam es zu keinem Ergebnis.

Im März 2007 erhob die Eigentümergemeinschaft, vertreten durch die Verwaltung, Klage vor dem Amtsgericht und beantragte, dass Isabell den Bodenraum abreißen und alle ihre Sachen wegräumen solle. Ferner solle sie die Verfahrenskosten tragen. Begründet wurde das damit, dass sie den Raum eigenmächtig gebaut habe (das heißt übersetzt: ohne vorher den GUB zu fragen). Außerdem würden die Rigipswände nicht exakt dort stehen, wo nach den ursprünglichen Plänen Wände für die Bodenräume geplant gewesen seien. Als ich die Klageerwiderung schrieb, wusste ich gar nicht so recht, was man dazu sagen könnte, so offenbar unsinnig kam mir das vor. Aber ich habe dann doch ein, zwei Urteile gefunden und einen Paragraphen zitiert. Daraus ließ sich letztlich ein fünfseitiger Schriftsatz bauen, sodass es nach einer anständigen Erwiderung aussah. Mit sechsseitigem Schriftsatz antwortete der gegnerische Kollege darauf, sodass ich auch noch einmal zwei Seiten schreiben musste. Dann kamen weitere drei Seiten vom Kollegen und weitere zwei Seiten von mir und im Juni 2007 gab es eine mündliche Verhandlung vor dem Amtsgericht, zu welcher der Kollege eine Antragserweiterung mitbrachte: Isabell habe auch eine hüfthohe Wand eingerissen und solle sie wiederaufbauen. Zu dem Termin kamen neben dem Richter und der Justizsekretärin der gegnerische Kollege, der GUB, der Geschäftsführer der Verwaltung und ich, also drei Berufsjuristen, ein Unternehmensinhaber, eine Beamtin und eine weitere erwachsene Person in Form des GUB. Isabell hatte einen ärztlichen Notfall und konnte nicht. Daher konnte ich zu der Wand nichts sagen und das Gericht setzte einen neuen Verhandlungstermin auf August 2007 an, zu dem wir dann alle erneut erscheinen sollten.

Isabell informierte mich auf Nachfrage, dass die Wand aus Altersschwäche vor ungefähr sechs Jahren von selbst eingefallen war und sie nur den Schutt weggeräumt habe, weil es niemand anderes tat. Das schrieb ich dem Gericht, der Kollege erwiderte … und zur mündlichen Verhandlung im August kamen der gegnerische Kollege, der GUB, ein weiterer Eigentümer, der Geschäftsführer der Verwaltung, Isabell und ich, der Richter und schließlich die Justizsekretärin. Der kleine Verhandlungssaal fasste also: drei Berufsjuristen, eine Justizbeamtin, eine viel beschäftigte Ärztin, einen Unternehmensinhaber und zwei weitere erwachsene Menschen. Das waren acht teils hoch bezahlte Personen. Wir verhandelten dann mit allem gebotenen Ernst, was es hier zu verhandeln gab, und stellten die wechselseitigen Anträge.

Im November 2007 schrieb uns das Gericht einen Hinweis, dass es den Fall noch nicht entscheiden könne, weil unklar sei, ob Isabell die Wand abgerissen habe oder nicht. Der Kollege wurde aufgefordert, Beweise anzubieten. Das tat er, indem er verschiedene Leute benannte, die in den Jahren 2002 oder 2003 irgendwann einmal auf dem Dachboden gewesen waren. Darauf schrieb ich, dass das ja nichts aussage. Daraufhin schrieb wieder der Kollege, dann wieder ich etc., so ging es weiter bis April 2008. Dann geschah nichts mehr.

Im Juli 2008 fragte der gegnerische Kollege bei Gericht an, wie der Sachstand sei, da die letzte mündliche Verhandlung nun ein Jahr zurückliege. Das Gericht übersandte mir das kommentarlos und es geschah wieder nichts.

Im Dezember 2008 teilte das Gericht mit, dass es stark arbeitsbelastet sei. Ende Januar 2009 setzte es uns in Kenntnis, dass es die Grundbuchakten beiziehen werde. Ende März 2009 fragte der gegnerische Kollege erneut nach dem Bearbeitungsstand, was mir im April 2009 kommentarlos weitergeleitet wurde. Dann schrieb das Gericht, dass wegen verspäteter Aktenvorlage an den Richter noch um Geduld bis Ende Mai 2009 gebeten werde. Auf eine weitere Sachstandsanfrage im Mai 2009 teilte das Gericht im Juni 2009 mit, dass weitere Ermittlungen in den Grundakten erforderlich seien.

Für Isabell und mich war das unproblematisch. Wenn sie den Prozess gewinnen würde, könnte alles so bleiben wie bisher. Wenn sie ihn aber verlöre, so müsste sie zurückbauen. Ein langer Prozess bedeutete, dass der Bodenraum so lange, wie es eben dauerte, dort stehen blieb, wo er stand.

Im Februar 2010 erhob der gegnerische Kollege Untätigkeitsbeschwerde. Im März 2010 erklärte der Richter hierauf, er sei nicht untätig, sondern mit anderen vorrangigen Verfahren so ausgelastet, dass er zu dieser Akte nicht komme. Hintergrund war, dass es im Jahre 2007 eine Reform des WEG-Rechts gegeben hatte, nach der neu eingehende Klagen beschleunigt zu bearbeiten waren. Bei früher erhobenen, noch nicht entschiedenen Klagen galt dieser Grundsatz nicht. Das hatte zur Folge, dass die Gerichte vorrangig die Neufälle bearbeiten mussten und die alten noch länger liegen blieben. Das Amtsgericht sandte die Akte an das Landgericht weiter, damit dort über die Untätigkeitsbeschwerde abschließend entschieden werde. Im April 2010 schrieb der Kollege weitere zwei dicht gedrängte Seiten an das Landgericht, um eine positive Entscheidung zu erwirken, aber vergebens: Seine Untätigkeitsbeschwerde wurde abgewiesen. Ausführlich begründete das Landgericht im Mai 2010, warum das Amtsgericht noch nicht vorwerfbar untätig gewesen sei. Zwar sei die Beschwerde zulässig und statthaft, aber inhaltlich noch nicht begründet. Ich möchte das nachstehend in aller Ausführlichkeit zitieren, denn der intellektuelle und zeitliche Arbeitsaufwand, den die Gerichte sich hier gemacht haben, um zu begründen, warum Arbeitsaufwand vermieden werden darf, ist beeindruckend:

> »Die Frage, wann sich die Untätigkeit des Gerichts in Anbetracht der Umstände als unzumutbare Verzögerung des Verfahrens und als Verweigerung des Rechtsschutzes darstellt, lässt sich nicht ohne Weiteres generell beantworten, sondern hängt von den konkreten Umständen des Einzelfalles ab. Es lässt sich nicht allgemein und nach festen Grundsätzen bestimmen, ab wann von einer überlangen, die Gewährleistung effektiven Rechtsschutzes unzumutbar beeinträchtigenden und deshalb verfassungsrechtlich nicht mehr hinnehmbaren Dauer des Verfahrens auszugehen ist (BVerfG ...). Vielmehr ist dies eine Frage des Einzelfalles, wobei insbesondere die Bedeutung des Rechtsstreits für die Parteien, die Schwierigkeiten der Sachmaterie, das den Parteien zuzurechnende Verhalten sowie vom Gericht

nicht oder nur eingeschränkt beeinflussbare Tätigkeiten Dritter, so etwa eines vom Gericht zur Sachaufklärung hinzuzuziehenden Sachverständigen, in Rechnung zu stellen sind (BVerfG ..., EMRG ...). Überdies verdichtet sich mit zunehmender Dauer des Verfahrens die Verpflichtung des Gerichts, sich nachhaltig um eine Förderung, Beschleunigung und Beendigung des Verfahrens zu bemühen (BVerfG ...). Nach Ansicht der Kammer genügt es dabei für die Zulässigkeit einer Untätigkeitsbeschwerde, dass das Gericht über einen bei wertender Betrachtung und unter Berücksichtigung der konkreten Verhältnisse der zu entscheidenden Sache bereits als erheblich zu bezeichnenden Zeitraum keine konkreten Maßnahmen zur Förderung des Verfahrens trifft und dass die Verfahrensdauer insgesamt auch bereits außergewöhnlich lang ist.

Diese Voraussetzungen liegen hier vor, denn die letzte verfahrensfördernde Maßnahme des Amtsgerichts vor Einlegung der Beschwerde fand im Juni 2009 statt, als nochmals die Beiziehung der geschlossenen Grundakten verfügt wurde.

Ein Zeitraum von demnach etwa acht Monaten bis zum Eingang der Untätigkeitsbeschwerde, in dem das Verfahren nicht mehr erkennbar gefördert wird, genügt nach Auffassung des Beschwerdegerichts jedenfalls bei Verfahren, die insgesamt schon mehrere Jahre dauern, um bei der betroffenen Partei subjektiv den Eindruck zu erwecken, ihr werde letztlich der Rechtsschutz verweigert. Deswegen hält das Beschwerdegericht die Untätigkeitsbeschwerde vorliegend für zulässig.

Eine andere Frage ist es jedoch, ob das Rechtsmittel auch in der Sache begründet ist, denn dafür genügt es nicht, dass der Anschein der Rechtsschutzverweigerung erweckt wird, sondern diese muss objektiv vorliegen. Das setzt wiederum voraus, dass das Gericht nicht nur über einen längeren Zeitraum untätig geblieben ist, sondern verlangt vielmehr, dass es für das Untätigbleiben schlechthin keine nachvollziehbaren Gründe mehr gibt.

Davon ausgehend erweist sich der ... erhobene Vorwurf, das Amtsgericht hätte sich bei der Bearbeitung des Verfahrens nicht in der gebotenen Form um eine angemessene Verfahrensförderung und möglichst zeitnahe Entscheidung bemüht, nach Ansicht der Kammer derzeit insgesamt noch nicht als berechtigt.

Die Sache ... ist bereits im März 2007 beim Amtsgericht anhängig gemacht worden. Sie ist jedenfalls seit dem Frühjahr 2008 vollständig ausgeschrieben. Gegebenenfalls müsste die geschlossene Grundakte beigezogen werden, um aufzuklären, was sich genau aus den Aufteilungsplänen zur Teilungserklärung ergibt. Diesen von ihm selbst als notwendig erachteten Verfahrensschritt hat das Amtsgericht auch mit Schreiben vom 28.01.2009 und vom Juni 2009 angekündigt und auch veranlasst ... Das Ergebnis müsste noch mit den Beteiligten erörtert werden, bevor die Sache entschieden werden kann.

Dass das Amtsgericht das Verfahren nicht weiter gefördert hat, hat es in seiner Nichtabhilfeverfügung ... mit einer Vielzahl von nach neuem Recht und damit beschleunigt zu bearbeitenden Streitigkeiten und allgemein mit Überlastung begründet. Die Entscheidung des Amtsgerichts, die vorliegende Sache über einen längeren und schon als nicht ganz unerheblich zu bezeichnenden Zeitraum nicht weiter zu fördern, erweist sich jedoch aus den mitgeteilten Gründen nicht als willkürlich, sondern sie geht auf nachvollziehbare Erwägungen zurück. Auch der Kammer ist aus eigener Anschauung bekannt, dass sich der Arbeitsanfall in den Richterdezernaten in letzter Zeit so entwickelt hat, dass dem um eine sorgfältig begründete Entscheidung bemühten Richter in der Praxis oft eine Entscheidung abverlangt wird, welche Sache sofort erledigt werden muss und bei welcher Sache es vertretbar ist, diese noch einmal zu verfristen. Dies gilt umso mehr, als im Zug des im öffentlichen Dienst allgemein geltenden Sparzwangs den Richtern mehr und mehr Aufgaben übertragen werden, von denen sie früher freigestellt waren, etwa der eigenständigen Organisation des Aktenabtrags oder der Übernahme von kleinerem Schreibwerk auf den Computern des Gerichts.

> Das bei dieser Entscheidung auszuübende Ermessen hält die Kammer nur für eingeschränkt überprüfbar, nämlich dahin, ob die Grenzen ordnungsgemäßer Ermessensausübung schlechthin nicht mehr gewahrt sind.
>
> Deswegen hätte die Untätigkeitsbeschwerde nur dann Erfolg, wenn es entweder für das Hinauszögern der Entscheidung schlechthin keinen nachvollziehbaren Grund mehr gibt oder wenn durch die Verfahrensweise, die Sache erst einmal nicht zu entscheiden, eine objektiv zu bestimmende zeitliche Grenze überschritten wird, bei der – auch bei Vorliegen ganz vernünftiger und nachvollziehbarer Gründe – davon ausgegangen werden muss, dass den Beteiligten ein weiteres Zuwarten schlechthin nicht mehr zugemutet werden kann. In Haftsachen, die wegen ihres freiheitsentziehenden Charakters allgemein als besonders dringlich angesehen werden, wird insoweit die Auffassung vertreten, dass bereits ein Zeitraum von vier Monaten, während dessen keine Entscheidung getroffen worden ist, den Parteien objektiv schlicht nicht mehr zugemutet werden kann (OLG Köln ...). Diese strengen Maßstäbe können jedoch nicht auf das vorliegende Verfahren nach altem WEG-Recht übertragen werden. Trotz einer Gesamtverfahrensdauer von gut drei Jahren, die allerdings darauf zurückzuführen ist, dass im Verlauf des Verfahrens verschiedene Streitpunkte ... entstanden sind, die der näheren Aufklärung ... und jeweils Gewährung weiteren rechtlichen Gehörs bedurften, und unter Berücksichtigung des Umstands, dass die letzte verfahrensfördernde Handlung des Amtsgerichts, nämlich die Beiziehung der Grundakten, etwa acht Monate vor Eingang der Untätigkeitsbeschwerde stattgefunden hat, ist die Kammer vorliegend bei der vorzunehmenden wertenden Betrachtung der Auffassung, dass die oben dargestellte objektiv festzustellende Grenze der Unzumutbarkeit noch nicht erreicht ist. Die Untätigkeitsbeschwerde war deswegen zurückzuweisen.«

Ein Jahr später, im Mai 2011, fragte der Kollege beim Amtsgericht erneut nach dem Sachstand. Er verwies darauf, dass der landgerichtliche Beschluss bereits ein Jahr zurückliege und seine Untätigkeitsbeschwerde damals als »noch nicht« begründet bewertet wurde. Mittlerweile wäre das wohl anders und er bitte nun, endlich in der Sache selbst zu urteilen.

Derart zur Eile gedrängt, urteilte das Amtsgericht Ende Juli 2011 – und wies die Klage ab. Zur Begründung führte es aus, dass einerseits nicht bewiesen sei, dass Isabell die Wand abgerissen habe und jene nicht von selbst zusammengefallen war. Wenn sie sie nicht abgerissen habe, müsse sie sie auch nicht wieder aufbauen. Andererseits könne auch nicht von ihr verlangt werden, den Bodenraum abzureißen. Jeder Eigentümer habe »bei Gebrauch des gemeinschaftlichen Eigentums darauf zu achten, dass dadurch keinem der anderen Wohnungseigentümer über das bei einem geordneten Zusammenleben unvermeidliche Maß hinaus ein Nachteil erwächst. Ein solcher Nachteil liegt hier nicht vor, denn die Abtrennungen beeinträchtigen die Gebrauchsmöglichkeiten der anderen Eigentümer nicht, sie beziehen sich lediglich auf [Isabells] Sondernutzungsrecht. Dass es das Aussehen des Dachgeschosses in irgendeiner Weise nachteilig verändert, wird … noch nicht einmal geltend gemacht. Weiter ist das Dachgeschoss sowieso durch Trennwände und Ähnliches in Kammern zerteilt, sodass nicht ersichtlich ist, worin insoweit eine Beeinträchtigung liegen sollte. Außerdem müssen die Eigentümer sowieso damit rechnen, dass die Dachräume durch Trennwände und Türen von der übrigen Gemeinschaftsfläche abgetrennt werden, weil dies die [Gründungsurkunde] so vorsieht. …

Dass die Rigipswände nicht auf der Grenze stehen, die in der Urkunde eingezeichnet sind, sondern woanders, beeinträchtigt keinen der anderen Eigentümer. Gerade wenn es ihnen auf die freie Fläche ankommt, die sie zwar nicht nutzen, aber anschauen können, ist es allenfalls ein Vorteil für sie, wenn die Abgrenzungen innerhalb des Raumes und nicht genau auf dessen Grenze errichtet sind.

Im Hinblick auf dieses Urteil habe ich Isabell empfohlen, dass sie die anderen Eigentümer darauf verklagt, dass die die vorgesehenen Bodenräume für sie errichten. Es soll da oben ja schließlich ordentlich sein. Bislang konnte sie sich noch nicht dazu durchringen, aber wer weiß … wenn man sie noch mal ärgert …

Rotationsprinzip

Einer meiner Mandanten – nennen wir ihn Herrn M. – gab mir jahrelang Rätsel auf. Er ist ein freundlicher Herr Mitte 40, von Beruf Kinderarzt, und er besitzt einige Mietshäuser. Ich habe den Verdacht, dass er Letzteres aus Altruismus betreibt. Denn die Mieten in den Häusern sind genau so niedrig bzw. hoch kalkuliert, dass damit die Kreditzinsen der Banken plus zwei Prozent bedient werden können. Die zwei Prozent sind Rücklagen für Reparaturen oder Mietausfälle. Die Kreditlaufzeiten sind so langfristig angelegt, dass nur eine minimale monatliche Tilgung anfällt, und die zahlt er aus seinen Einnahmen als Arzt selbst. Er verdient also an seinen Häusern rein gar nichts, sondern hat damit nur Arbeit, und zugleich sind die Mieten so niedrig, dass das Niveau der umliegenden Häuser deutlich höher ist. Er könnte sie also durchaus anheben und ich habe ihn mehrfach gefragt, warum er es nicht tue. Seine Antwort war jedes Mal, dass er das nicht wolle. Mehr war von ihm dazu nicht zu erfahren.

Auch sonst ist Herr M. eigentlich jemand, der sich nie streitet. Bleibt ihm jemand eine Miete schuldig, klagt er sie nicht ein, meist verjährt sie irgendwann. Eine kaputte Wohnung nach Auszug: Herr M. renoviert sie auf eigene Kosten. Betriebskostennachzahlung: Herr M. verzichtet, wenn der Mieter sich die nicht leisten kann, und entschuldigt sich noch für die Anhebung der Vorauszahlungen. Einige Mieter haben mittlerweile angefangen, ihn in Schutz zu nehmen vor anderen, die sich nicht benehmen.

Umso merkwürdiger war die Tendenz von Herrn M., ausgerechnet bei einem seiner Objekte ständig und aus jedem erdenklichen *unzutreffenden* Grund Klagen zu erheben, wann immer sich eine Möglichkeit ergab. Das Haus liegt im Stadtbezirk Schöneberg, Altbau mit fünf Stockwerken, Vorderhaus, Seitenflügel und Gartenhaus, insgesamt 22 Wohnungen. Wegen dieses Objekts kam er vor fünf Jahren zu mir.

Ein Mieter einer Wohnung im obersten Stock hatte die Miete gemindert, weil es in der Woche zwischen Weihnachten und Neujahr hineingeregnet hatte – nach starkem Wind waren einige Dachziegel verrutscht, die Stelle war aber nur von außen zugänglich und an den Feiertagen war es trotz erheblicher Bemühungen nicht möglich gewesen, sofort jemanden zu finden, der das hatte beheben können. Also hatte es ein paar Tage von der Decke getropft, der Mieter hatte das Wasser in Eimern aufgefangen, ein paar Wochen später war alles repariert und neu gemalert. Insgesamt hatte der Mieter eine Monatsmiete um fünf Prozent gemindert. Nach allem, was Herr M. mir so an Informationen und Fotos vorlegte, war das nicht zu hoch, und so beriet ich ihn dahingehend, dass die fünf Prozent in Ordnung seien und er von weiteren Schritten absehen solle. Herr M. wollte aber unbedingt einen Prozess führen, also klagte ich die Summe ein. In der mündlichen Verhandlung war Herr M. persönlich anwesend und die für das Haus und für ihn zuständige Richterin Frau X. klärte ihn darüber auf, dass der Mieter in dieser Höhe habe mindern können. Herr M. war sehr einsichtig und freundlich und nach einer Verhandlung von einer halben Stunde Dauer nahm ich die Klage in seinem Auftrag zurück. Herr M. entschuldigte sich vor der Tür zum Sitzungssaal persönlich bei dem Mieter, dass er ihn gerichtlich belangt habe, und der Fall war beendet.

Eine Woche später beauftragte mich Herr M. mit der Klage gegen einen anderen Mieter wegen Lärms. Ihm sei berichtet worden, dass der ständig zu laut sei, und er wolle die Hausordnung durchsetzen. Ich beriet Herrn M., dass man da ein Lärmprotokoll brauche, Zeugen und Nachweise über die Vorfälle und so weiter. Andernfalls habe er vor Gericht keine Chance. Das war ihm aber egal, und so erhob ich – nach Unterzeichnung einer Enthaftungsvereinbarung für den zu erwartenden Prozessverlust – eine völlig unzureichende Klage wegen angeblichen Lärms. Auch hier kam Herr M. persönlich zum Verhandlungstermin. Die Sache wurde erneut bei Richterin X. verhandelt, welche sich an ihn als den freundlichen Vermieter in dem anderen Prozess erinnerte und fragte, warum er wegen so einer Lappalie Klage erhebe, obwohl sie ihn in seinen Umgangsformen doch ganz anders kennengelernt habe. Herr M. sagte etwas von seiner Verantwortung für die anderen Mieter und man sprach eine Weile miteinander, sehr höflich und freundlich. Nach einer ausführlichen Erläuterung, warum auch diese Klage keine Chance habe, nahm er sie wieder zurück. Dabei hatte die Richterin ihm nichts anderes gesagt als ich zuvor.

Als Nächstes bereitete Herr M. eine Modernisierungsankündigung vor, die aber nichts modernisierte. Er erklärte darin, er wolle die Heizkörper austauschen. Was daran besser sei als an den alten oder ob die neuen sparsamer mit Energie umgingen oder nicht, teilte er hingegen nicht mit. Sodann versandte er das Ganze zwei Wochen vor Beginn der Arbeiten und kam zu mir, damit ich alle Mieter auf Duldung verklage. Ich erklärte ihm, dass eine Modernisierungsankündigung mindestens drei Monate vor Beginn der Arbeiten zugestellt werden und außerdem irgendeine Art von Modernisierung stattfinden müsse, also eine Wohnwertverbesserung oder eine Energieeinsparung. Aus seinem verspäteten Schreiben an die Mieter ginge aber nichts dergleichen hervor. Herr M. schien sich über diese Auskunft zu freuen, bestand aber darauf, dass ich entsprechende Klagen erhob. Zunächst weigerte ich mich, derart aussichtslose und überflüssige Prozesse zu führen, aber er bat mich, es dennoch zu tun, und meinte, es habe einen Sinn, auch wenn er mir den nicht sagen wolle. Also erhob ich 22 völlig überflüssige und von vornherein zum Scheitern verurteilte Klagen.

In allen 22 Verhandlungsterminen kam Herr M. persönlich zum Gericht. Jedes Mal erklärte ihm Richterin X. erneut, dass und warum seine jeweilige Klage nicht erfolgreich sei. Jedes Mal zog Herr M. die Verhandlung mit charmanten, aber unnötigen Argumenten in die Länge, um dann im Ergebnis seine Klage zurückzunehmen.

Im Laufe der folgenden Jahre fielen Herrn M. mindestens zwei, manchmal mehr Anlässe monatlich auf, wegen derer ich für ihn Klagen erhob, die er in der mündlichen Verhandlung dann zurücknahm. Er brachte mich damit schier zur Verzweiflung, zumal ich ihn als Person sehr mochte und diese unglaubliche Verschleuderung von Ressourcen und Prozesskosten – auch für die jeweiligen Gegenanwälte, die er ja erstatten musste – in keiner Weise rechtfertigen konnte. Aber er signalisierte mir immer wieder, dass das alles für ihn einen Sinn ergäbe, und so ließ ich ihm seinen Willen und machte weiter.

Eine Klage, die ich jetzt Anfang Januar erhob, zerstörte allerdings unsere Routine. Als Herr M. wie gewohnt zur mündlichen Verhandlung kam, saß dort nicht Richterin X., die er aus den vorherigen Prozessen kannte, sondern eine andere, jüngere. Diese eigentlich unerhebliche, für ihn aber unerwartete Änderung brachte ihn sichtbar aus dem Konzept. Man konnte ihm ansehen, was er dachte: ob ihr etwas geschehen war, man sie versetzt habe, ob sie im Urlaub sei und dieses Jahr, anders als in den letzten, dabei vertreten werde, oder warum wohl sonst seine gewohnte Richterin fehle. Vorsichtig und besorgt fragte er nach. Da lächelte die neue Kollegin freundlich und meinte, dass alles so sei wie bisher. Die Kollegin X. arbeite und sei auch im Hause. Aber man habe zum 1. Januar des Jahres einen neuen Geschäftsverteilungsplan eingeführt. Bislang seien neu eingehende Sachen nach dem Buchstabenprinzip verteilt worden, das heißt, jeder Richter sei im Bereich des Gerichtsbezirks für einen oder mehrere bestimmte Anfangsbuchstaben der Klägernamen zuständig gewesen. Das habe dazu geführt, dass einige Richter mit sehr klagefreudigen »Buchstaben« sehr viele Sachen zu bearbeiten gehabt hätten und andere dafür zu wenige. Seit 1. Januar arbeite man nun nach dem Rotationsprinzip: Neu eingehende Sachen würden der Reihe nach umverteilt, jeder Richter bekomme also der Reihe nach eine der neuen Klagen ab, und wenn der letzte dran gewesen sei, ginge es wieder von vorne los. Daher sei für ihn nun nicht mehr nur die bisherige eine Kollegin zuständig, sondern – im Prinzip – alle Richter des Gerichts, und es sei mehr oder weniger zufällig, bei welchem seine Sachen landeten, je nachdem, wer bei Eingang seiner Klage der Nächste in der Reihe und damit »dran« sei.

Herr M. fragte daraufhin, wie viele Richter das Gericht denn habe. »36«, antwortete die Richterin. »Dann muss ich also 36 Klagen gleichzeitig einreichen, damit eine sicher bei Frau X. landet?«, fragte er sicherheitshalber nach. »Nicht unbedingt, denn nicht jeder Richter hat eine volle Stelle in den Zivilabteilungen, aber das Prinzip stimmt, ja«, erwiderte sie. Diese Nachricht machte Herrn M. sehr betroffen. Er zog seine Klage – und alle weiteren noch anhängigen »neuen« – sofort zurück und erhob fortan keine weiteren.

Einige Wochen später erfuhr ich von der Geschäftsstelle, dass er statt Klagen nun wöchentlich einen Strauß Blumen sandte, und beim letzten sei eine Einladung an Frau X. dabei gewesen. Da sie beruflich miteinander nun ja nicht mehr zu tun hätten, sei sie vielleicht einverstanden, wenn man den Abschluss der langen gemeinsamen Prozesshistorie mit einem Abendessen begehe. Was daraus wurde? Ich habe es bislang nicht erfahren.

Geburtstag

Heute ist mein Geburtstag. Zu diesem habe ich mir ein ganz besonderes Geschenk gemacht: Ich bin aus einem Relikt ausgetreten.

Ich erinnere mich, dass ich kürzlich über irgendwelche Verhaltensforscher oder Psychologen oder Versicherungsfachleute gelesen habe, welche sich mit der Frage beschäftigten, wie teuer uns der uns innewohnende Phlegmatismus zu stehen kommt. Sie berichteten, dass kaum jemand den Stromanbieter oder die Versicherung wechselt, nur weil ein anderer Anbieter günstiger ist. Und ist man erst einmal kostenpflichtig irgendwo Mitglied geworden, dann besteht eine gute Chance, dass man das auch dann weiterlaufen lässt, wenn man die Vorteile nicht mehr nutzt. Das gilt für Unternehmen, die mit kleinen Beiträgen von vielen Menschen arbeiten – beispielsweise die Geschäftskontaktplattform Xing.com – ebenso wie für solche, die richtig viel Geld verlangen, dafür aber von weniger Klientel – Paradebeispiel Fitnessstudios. Letztere leben geradezu davon, dass sie viel mehr Mitglieder haben, als sie versorgen könnten, wenn alle ständig Sport treiben wollten. Die guten Studios in Berlin nehmen bis zu 140 Euro im Monat, da kommt über die Jahre schon einiges zusammen.

Noch sehr viel teurer als mein Fitnessstudio war bislang meine Mitgliedschaft in der evangelischen Kirche. Seit etwa 20 Jahren bin ich da mehr oder weniger nur noch aus historischen Gründen drin. Als Pfarrerskind bin ich sehr stark in ihren Traditionen und ihrer Kultur verwurzelt, aber mal ehrlich: An eine göttliche Vaterfigur, die alles sieht, die mich beschützt und zu der ich im kindlichen Gebet spreche, habe ich eher so geglaubt wie auch an den Weihnachtsmann oder den Osterhasen, das heißt, irgendwann war die Phase vorbei. Spätestens seit meiner Jugend war ich der Kirche nicht mehr über einen Glauben, sondern über die anderen Dinge verbunden: gemeinsame Werte wie Nächstenliebe und gegenseitige Hilfe, Gleichheit der Menschen untereinander, Idealismus, ihr Netzwerk und eine Kultur des Widerstands. Mein Großvater verkörperte für mich kirchlichen Widerstand in der Nazizeit, mein Vater ebensolchen gegen das DDR-Regime, beide im Glauben an das Gute im Menschen und eine höhere Gerechtigkeit.

Leider hat die heutige bundesdeutsch-westliche Kirche für mich damit nichts mehr zu tun. Sie kommt mir eher vor wie eine zu einflussreiche Aktiengesellschaft: diverse Managementebenen, die hierarchisch aufgebaut sind, nach oben hin also immer enger werden und damit die größten Ellenbogen befördern statt die besten Charaktere; unglaublich große Besitztümer an Land, Äckern und Wäldern und Immobilien in allerbesten Innenstadtlagen; politisch so einflussreich, dass sie viele gravierende Sonderrechte genießt wie zum Beispiel eine Beitreibung ihrer Mitgliedsbeiträge durch das staatliche Finanzamt sowie ein eigenes Kirchenrecht, in dessen Anwendungsbereich das Grundgesetz nicht gilt; schließlich unmittelbarer Zugang ihrer obersten Vertreter zu den höchsten politischen Ämtern dieses Landes. Zwar wird all das mit einem höheren moralischen Anspruch begründet. Nur dass dieser tatsächlich auch gelebt würde, das kann ich nirgendwo sehen. Seit die Austrittswellen der letzten 20 Jahre und die abebbende Kultur, seine Kinder taufen zu lassen, die finanzielle Basis so weit geschmälert haben, dass mehr Wasser als Wein zu verteilen bleibt, sind interne Verteilungskämpfe entbrannt, die die ganze hässliche Menschlichkeit dieser Einrichtung offenlegen. Aufgrund meines unmittelbaren und sehr nahen Zugangs habe ich davon mehr gesehen als die meisten Außenstehenden, »normale« Kirchenmitglieder eingeschlossen. Die Institution Kirche wurde für mich dadurch unglaubwürdig.

Statt mir Moralpredigten von dort anzuhören, praktiziere ich lieber direkte Nächstenliebe, zum Beispiel indem ich afrikanischen Einwanderern mit Visa-Angelegenheiten helfe, Verantwortlichkeiten übernehme, mit Geld aushelfe. Oder durch ein Ehrenamt im Kindergarten. Oder durch Spenden an Greenpeace. Und ganz wichtig: indem ich meinen Kindern Werte vorlebe. All das geht ohne Mitgliedschaft in der Kirche besser, da man dann nicht mehr in der Illusion leben kann, die Verantwortung dafür delegiert zu haben. Ich selbst habe schon jahrelang nicht mehr geglaubt, mit meinen Kirchensteuern für stellvertretende Menschlichkeit zu bezahlen, aber falls Ihnen noch solche Ideen im Kopf herumgeistern: Denken Sie darüber nach.

Mehr als ein Jahr habe ich mit mir gerungen, heute habe ich es mir endlich zum Geschenk gemacht und bin ausgetreten.

Das geht übrigens ganz einfach und schnell (das ist der rechtliche Teil der Geschichte, weshalb sie in diese Sammlung passt). Ich war überrascht, steht der trotz allem immer noch immense innere Aufwand doch in keinem Verhältnis zum äußeren. Ich ging zu dem Amtsgericht, in dessen Bezirk ich wohne. Am Eingang fragte ich das Wachpersonal, wo ich aus der Kirche austreten könne, und bekam eine Zimmernummer genannt, zehn Meter den Gang hinunter. Dort war ich der einzige Besucher, also sofort dran. Ich legte meinen Personalausweis vor, mit den Daten füllte die Justizsekretärin einen Vordruck aus, den unterzeichnete ich und das war's. Eine Sache von zwei Minuten. Beim Amtsgericht ist es übrigens kostenlos; man kann die Erklärung auch bei einem Notar abgeben, aber der möchte dafür natürlich bezahlt werden. Na ja, mehr als 20 Euro werden es wohl auch da nicht sein. Das Gericht informiert nun die Kirche, ich mein Finanzamt.

Stempeln

Der Kindergarten meiner Jungs ist nicht weit weg von meinem Büro. Wenn Mila sie nachmittags abholt, bietet es sich daher an, dass alle zusammen bei mir vorbeischauen, bevor sie zum Spielplatz weiterziehen. Dabei lerne ich immer wieder völlig neue Aspekte an meinem Job kennen.

Zum Beispiel diese kleinen bunten Klebezettelchen: Wir verwenden sie, um Anlagen zu Schriftsätzen in der Akte zu markieren, um kleinere Verfügungen zu verfassen oder um irgendwas nicht zu vergessen. Daher schwirren immer Blöcke von roten, grünen, gelben und blauen Klebezettelchen auf meinem Schreibtisch und im Sekretariat herum. Jonah findet das überaus spannend, immerhin kann man die Blätter einzeln abziehen und überall hinheften, und sie bleiben hängen! Nachdem er anfangs Freude daran hatte, unser gesamtes Büro zu markieren oder sie überall auf dem Fußboden zu verteilen, entdeckte er später, dass man die auch mit nach Hause nehmen kann. Seitdem muss ich jedes Mal, wenn er mich besuchen kommt, darum kämpfen, dass er mir wenigstens einen Block dalässt, damit ich damit weiterarbeiten kann.

Ein anderer wichtiger Teil meiner Arbeit ist das Stempeln. Es gibt ein paar Standardstempel, die jeder Anwalt hat: »Beglaubigt Rechtsanwalt« zum Beispiel oder »Abschrift«. Jonah findet nichts faszinierender, als mein Stempelkissen und einen Stempel zu beschlagnahmen und dann leere Blätter zu bearbeiten. Rumms, zack! Rumms, zack! Wir haben Blätter in verschiedenen

Farben: Weiß, Gelb und Rot, womit unterschiedliche Abschriften oder Buchhaltungsexemplare gekennzeichnet werden. Jonah braucht immer mindestens von jeder Farbe eins. Nach seinem Besuch habe ich dann Dutzende »Beglaubigt Rechtsanwalt«-Abdrücke da drauf, und wenn wir Glück haben, hat er sich nur die Hand schmutzig gemacht.

Wenn Jonah im Kindergarten von anderen Erwachsenen gefragt wird, was sein Vater beruflich tut, dann antwortet er: »Der geht stempeln.« Wie sollte ich ihm auch erklären, woraus meine Arbeit sonst besteht?

Wenn ich nicht schnell genug bin, kommt es schon einmal vor, dass er eine Leitz-Ordner-Akte aus dem Regal zieht, die dann herunterfällt, und mich dabei fragt, ob ich das lese oder ob ich das schreibe. Ja, das mache ich. »Sind das Bücher?« »Nein, es sind Akten.« »Sind da Bilder drin?« »Ja, manchmal, meistens von Wohnungen oder Häusern, von drinnen oder draußen.« »Wohnt da jemand?« »Darf ich die haben?« »Warum nicht?« »Ist das auch eine Akte?« »Papa, ich möchte einen Stift haben« …

Schräg gegenüber von meinem Zimmer ist der Kopierraum. Der Kopierer ist tagsüber in Betrieb, da kann man darauf herumdrücken. Wenn wir unsere Hände auf die Glasscheibe legen und kopieren, können wir hinterher vergleichen, wie groß seine Hand im Verhältnis zu meiner ist. Jakob hat das auch schon entdeckt, und er ist ein Jahr kleiner als sein Bruder. Der Kopierer kann aber nicht nur Hände. Schnuller gehen auch. Oder bunte Klebezettel. Oder Stempel.

In unserem Konferenzraum haben wir eine weiße Metalltafel mit bunten Stiften, die sich mit einem Schwamm leicht abwischen lassen. Von der Tafel. Für Kinder ist das toll, sie können nach Belieben darauf herummalen. Vom Gestell geht die Farbe dummerweise nicht so gut ab. Eigentlich gar nicht. Es ist natürlich viel interessanter, dort zu malen, wo man nicht darf. Inzwischen habe ich mich damit abgefunden, dass die Tafel für unsere Seminarveranstaltungen keinen ausreichend hochwertigen Eindruck mehr bietet. Sie dient nun als Beschäftigungshilfe für die Kinder der Mandanten, sofern sie sie mitbringen (müssen). Oder für die Tochter von Cynthia, wenn die sie von der Arbeit abholt und noch etwas warten muss. Immerhin konnten wir bislang verhindern, dass Jonah oder Jakob auch das Fußbodenparkett als attraktive Malfläche entdecken.

Und dann gibt es noch den Bürohund Max. Er gehört der Kollegin Nina und ist eigentlich immer da, wenn sie da ist. Erstaunlicherweise hat er Angst vor Kindern, die viel kleiner sind als er. Umgekehrt hat Jonah ebenso Respekt vor Max. Dabei ist es gerade einmal ein Jahr her, dass er ihn ohne jede Scheu mit seinen Babykeksen fütterte, bis Nina uns das verbot. Jakob ist (noch) nicht so furchtsam, er streichelt Max schon mal, wenn der das erlaubt.

Mein Arbeitsalltag ist wirklich ganz schön spannend. Und dabei habe ich meinen Kindern noch nicht einmal erklären können, was ich eigentlich tue.

Quadratmeter

Wenn man in Berlin eine Wohnung kaufen will, muss man durchschnittlich 1800 Euro pro Quadratmeter zahlen (Stand 2012). Es gibt luxuriös ausgestattete Wohnungen in guten Lagen (dann 6000 Euro aufwärts) und eher einfachere in weniger guten Lagen (dann auch mal 1000 Euro). Die meisten Wohnungen, die neu auf den Markt kommen, liegen aber in etwa in einem preislichen Bereich zwischen 1800 und 2200 Euro. Pro Quadratmeter.

Ich frage mich, wie ein normaler Mensch das bezahlen soll. Greifen wir uns aus der Bevölkerung mal blind einen heraus. In Berlin beträgt die Wahrscheinlichkeit, dass es sich dabei um jemanden handelt, der nicht arbeitslos ist, etwa 48 Prozent. Die Rechnung geht so: Es gab laut Wikipedia Ende März 2012 insgesamt 3 510 032 Einwohner. Laut dem Amt für Statistik gab es zum Jahresende 2011 in Berlin 1 177 948 sozialversicherungspflichtig Beschäftigte. Das sind, gemessen an der Einwohnerzahl, 34 Prozent. Die nicht arbeitenden 66 Prozent beinhalten natürlich alle Kinder, Rentner, Studenten, Unternehmensinhaber und Aristokraten. Um die Selbstständigen und Unternehmensinhaber zu erfassen, gibt es neben der Statistik für Arbeitnehmer noch die sogenannte Erwerbstätigenrechnung. Danach gab es in Berlin am Jahresende 2011 insgesamt 1 706 000 Erwerbstätige, also Leute, die mit Arbeit ihren Lebensunterhalt verdienen. Das sind 530 000 mehr als die reinen Arbeitnehmer (= Selbstständige) und insgesamt 48 Prozent der Einwohnerzahl.

Von zweien geht also durchschnittlich einer arbeiten. So einen greifen wir nun mal heraus. Wie viel verdient der?

Leider sind die Statistiken da schwieriger. Gut erfasst sind Bruttostundenlöhne, aber die sagen ja nichts darüber aus, wie viel ein durchschnittlich arbeitender Mensch am Monatsende auf die Hand bekommt, um davon seine Ausgaben zu bezahlen. Der Querschnitt durch alle Berufe und Stellen hinweg führt, wenn man dem Statistischen Landesamt glauben darf, zu einem Bruttomonatslohn von 2874 Euro. Ich schätze mal, davon kommen durchschnittlich vielleicht 1800 Euro beim Arbeitnehmer an, der Rest sind Sozialversicherung und Steuern. Bei den 530 000 selbstständig Erwerbstätigen dürfte es ein paar geben, die deutlich mehr verdienen, und sehr, sehr viele, die deutlich weniger verdienen. Im Großen und Ganzen mag das unsere Annahme von 1800 Euro Einkommen pro Monat vielleicht um 100 Euro anheben oder senken, aber die grundsätzliche These eines solchen Durchschnittseinkommens stimmt wohl.

Man darf sich von dieser Zahl nicht irritieren lassen: Der Durchschnitt des Einkommens von einem Einkommensmillionär und neun Obdachlosen sind 100 000 Euro pro Kopf. Trotzdem geht es nur einem von diesen zehn Leuten finanziell tatsächlich gut. Wie sehr dieser Effekt unsere Einkommensdurchschnittsstatistik verzerrt, kann ich nicht einschätzen, aber wenn ich mich in Berlin so umsehe, halte ich es für wahrscheinlicher, dass sich die Einkommen nicht gleichmäßig um den Mittelwert herum gruppieren, sondern dass es mehr Erwerbstätige mit einem geringeren Einkommen als 1800 Euro monatlich gibt und weniger mit einem höheren.

Mangels anderweitiger Sicherheiten rechnen wir trotzdem mal mit dem Durchschnitt weiter. Also, einer von zwei Berlinern verdient pro Monat einen Quadratmeter.

Wie viele Quadratmeter braucht ein Mensch zum Leben? Auch hierfür gibt es ausgefeilte Regeln, und zwar im Rahmen der

Hartz-IV-Bemessungssätze. Danach muss das Land Berlin diejenigen Kosten der Unterkunft tragen, die angemessen sind. Das Kriterium der Angemessenheit beinhaltet zwei Aspekte: die Wohnfläche und den Ausstattungsstandard der Wohnung. Das Land Berlin hat das aktuell in einer sogenannten Wohnaufwendungsverordnung geregelt. Danach muss man mit niedrigster Ausstattung (zum Beispiel Kohleheizung ohne Innen-WC) nicht leben, sie darf aber »einfach« sein. Der Richtwert für eine angemessene Wohnungsgröße einer Person liegt nach dieser Verordnung bei 50 Quadratmetern.

50 Quadratmeter sind 50 durchschnittliche Monatseinkommen.

Freilich können die wenigsten ihr Einkommen komplett zur Seite legen. Auch dafür gibt es eine Statistik: Die durchschnittliche Sparquote der Deutschen liegt in der Regel zwischen neun und zwölf Prozent. Nun ist es so, dass die Leute, die sehr hohe Einkommen haben, davon mehr zur Seite legen können als diejenigen, die fast ihr gesamtes Geld für Miete, Lebensmittel und Nahverkehr brauchen. Wenn jemand, der 1800 Euro im Monat verdient, davon 180 Euro zur Seite legt, finde ich das viel. Aber rechnen wir einfach mal mit diesen durchschnittlichen zehn Prozent. Dann kann ein durchschnittlicher Berliner, der nahe des Mittelwertes verdient, einen Quadratmeter in einer Zeit von zehn Monaten ansparen. Um eine 50-Quadratmeter-Wohnung zu kaufen, benötigt er folglich 500 Monate, das sind 41,5 Jahre. Vermutlich steigen in dieser langen Zeit die Immobilienpreise an, aber das Einkommen ja auch (wenn man die Stagnation der Einkommensentwicklung der letzten zehn Jahre außer Betracht lässt).

41,5 Jahre sind ziemlich genau ein komplettes Erwerbsleben: Mit Anfang bis Mitte 20 ist man mit der Ausbildung fertig, mit Anfang bis Mitte 60 geht man in Rente. Bei Akademikern verschiebt sich beides etwas nach hinten oder es verkürzt sich, weil man später mit dem Studium fertig wird, aber trotzdem rechtzeitig in Ruhestand will. In der kürzeren effektiven Einkommenszeit hat man dafür ein etwas höheres Gehalt.

Die meisten Menschen kaufen sich ihre eigenen vier Wände weit bevor sie in den Ruhestand gehen. Das geht offenkundig nur entweder mithilfe der Eltern (freiwillig oder durch Erbschaft) oder auf Kredit. Man braucht für einen Kredit etwas Eigenkapital, sagen wir 20 Prozent, und einen relativ sicheren Job. 20 Prozent von 500 Monaten sind 100 Monate, also rund acht Jahre. Nach dieser Zeit sollte der durchschnittlich sparsame Erwerbstätige in der Lage sein, einen Kredit für seine 50-Quadratmeter-Wohnung zu erhalten. Aktuell gibt es gute Konditionen: 2,73 Prozent Zinsen auf zehn Jahre fest. Wenn man dann noch eine dreiprozentige Tilgung vereinbart, ergibt sich eine Monatsrate von 343,80 Euro. Nach zehn Jahren hat man 24 800 Euro getilgt und Schulden in Höhe von 47 200 Euro übrig. An Zinsen hat man 16 500 Euro gezahlt, das sind durchschnittlich 137,50 Euro pro Monat. Von der Monatsrate gingen demnach 206 Euro für die Tilgung drauf, das sind 26 Euro mehr als die monatliche Sparrate – und Sie haben keine Miete gezahlt (Betriebs- und Heizkosten, Instandhaltungsrücklagen und Verwaltergebühren natürlich schon). Das vergrößert Ihr übriges Haushaltseinkommen bei sogar höherer Sparanstrengung, wobei Sie natürlich alles in die Wohnung stecken und nichts davon auf dem Sparkonto landet. Wenn die Waschmaschine kaputtgeht – oder das Dach, ein Fenster, die Heizung und so weiter – brauchen Sie immer noch flüssiges Geld, also müssen Sie zusätzlich etwas zur Seite legen.

Wenn sich nach Ablauf der zehn Jahre Festzins die Zinsen um zwei Prozent erhöhen, beträgt die Monatsrate 422 Euro. Bei einer

Erhöhung um vier Prozent beträgt sie schon 500 Euro. Das muss man natürlich berücksichtigen, denn die restlichen 47 200 Euro müssen ja auch noch abbezahlt werden.

Ich habe den Verdacht, dass ein durchschnittlicher Sparer irgendwie sein Leben lang arbeiten muss, um sich die 50 Quadratmeter, die die Hartz-IV-Kriterien vorschreiben, kaufen zu können.

Und jetzt schauen wir mal über den Tellerrand. Deutschlandweit kostete ein Quadratmeter Wohnfläche im Jahr 2012 durchschnittlich 1854 Euro. In Bayern als Bundesland sind es 3177 Euro, in München sind es durchschnittlich 5423 Euro. Dabei können Sie sich in Schwabing für über 8000 Euro einkaufen oder im Stadtteil Sendling-Westpark für knapp 3900 Euro, darunter bekommen Sie durchschnittlich jedenfalls nichts! Damit ein Münchner gleich schnell wie ein Berliner seine Quadratmeter verdienen kann, muss er rein rechnerisch im Schnitt mindestens 210 Euro pro Monat mehr zur Seite legen.

In London kosten teure Wohnungen derzeit etwa 5000 britische Pfund pro Quadratfuß, das sind umgerechnet etwa 63 600 Euro pro Quadratmeter.[1] Na gut, das sind auch dort luxuriöse Ausnahmen, aber 7000 Euro pro Quadratmeter sind hier und in Paris ein durchschnittlicher und üblicher Preis für Altbauwohnungen in normaler Lage. Ähnliches in Rom: Dort muss man mindestens rund 5000 Euro pro Quadratmeter zahlen, nach oben offen.

Ich habe keine Ahnung, wie man das tun soll, zumindest nicht bei preußischer Erziehung, aufgrund derer man die Schulden irgendwann gerne tilgen würde. Es erklärt aber, dass das Ausland – und ein guter Teil des westlichen Deutschlands – die Berliner Wohnungspreise als überaus attraktiv empfindet. Hier kann

1 http://www.manager-magazin.de/lifestyle/artikel/0,2828,794254,00.html

man große zentrale Altbauwohnungen zu Preisen kaufen, für die man in anderen Metropolen nur was Kleines weit draußen am Stadtrand bekäme, wenn überhaupt.

Freilich ändert sich dadurch nicht das durchschnittliche Einkommen eines Berliners. Wenn ich so sehe, wer sich alles Wohnungen in welcher Größe kauft, staune ich immer wieder. Es scheint sich jeder so etwas leisten zu können, der will. Irgendwas mache ich falsch.

Arm und Reich

Viele Leute glauben, dass sie ihr Schicksal selbst bestimmen können. Ich gehöre auch dazu. Aber Glück macht doch vieles einfacher. Und Pech eben schwerer. In meinem Job sehe ich das jeden Tag. Letztendlich bestimmen nicht wir selbst, sondern die äußeren Umstände, die wir oft nicht beeinflussen können, wie erfolgreich oder eben nicht wir unser Leben führen. Das spricht irgendwie dagegen, dass wir unser Schicksal selbst beeinflussen.

Als Beispiel möchte ich hier gar nicht den Lottogewinn oder die große Erbschaft anführen. Zumindest der Lottogewinn ist nicht häufig genug, um repräsentativ zu sein. Reich werden Menschen mehr durch allgemeinere Umstände. Besaßen Sie zu DDR-Zeiten eine Gartenlaube mit Seezugang im Umkreis von 100 Kilometern um Berlin? Die können Sie heute vermutlich für einen sechsstelligen Betrag verkaufen, wenn Sie wollen. In Euro. Oder die Häuser direkt am Flughafen Tempelhof, mit Blick auf die Landebahn: Wegen des Fluglärms und Kerosingestanks waren sie vor der Betriebsschließung vergleichsweise wenig wert. Durch die politische Entscheidung, das gesamte Areal in einen öffentlichen Park umzuwandeln, haben die Anwohner nun einen unverbaubaren Blick ins Grüne – in innerstädtisch zentraler Lage sehr wertvoll! Umgekehrt sind die Immobilienpreise rund um den Flughafen Schönefeld nach Bekanntgabe der Ausbaupläne ins Bodenlose gestürzt, insbesondere unter den neuen Einflugschneisen. Es ist nicht nur so, dass Sie für Ihr Grundstück dort kaum noch etwas bekommen, sondern auch so, dass Sie kaum noch jemanden finden, der es überhaupt haben will. Wissen Sie, wo Sie vermutlich deutschlandweit die attraktivsten Anwesen mit den herrlichsten Häusern für wenig Geld kaufen können? Im Umkreis von etwa 50 Kilometern um Gorleben.

So werden Leute reich oder enteignet, ohne dass sie selbst dazu beitragen.

Nun sind wir natürlich alle lieber reich als arm. Daher versuchen wir, solche Entwicklungen zu antizipieren, um dann von geschickten Investitionsentscheidungen zu profitieren. Das gelingt umso besser, je früher (vor anderen) Ihnen die jeweils entscheidenden Informationen bekannt sind *und* Sie verstehen, was diese bedeuten. Sie können einen Informationsvorsprung durch eine Position als Insider, durch Beziehungen, durch Bestechung der richtigen Leute oder durch harte Arbeit und Intelligenz erreichen. Der letzte Weg ist der mühsamste, aber der einzige, der auch all denjenigen offensteht, die nicht schon reich oder richtig vernetzt sind. Trotzdem meine ich: Ohne Glück geht es nicht.

Aktuell ist es in Berlin zum Beispiel überdurchschnittlich häufig lukrativ, in unrenovierten Mietshäusern zu wohnen. Einerseits wollen viele EU-Ausländer ihr (unser) Geld im deutschen Immobilienmarkt in Sicherheit bringen. Andererseits haben nur die wenigsten das Geld für komplette Häuser. Also sind Eigentumswohnungen gesucht und da am ehesten die, die keine weiteren Investitionen erfordern, also neu renovierte.

Das und das niedrige Zinsniveau bewirkten eine besondere Kombination: Es ist lukrativ, ein sanierungsbedürftiges Mietshaus zu kaufen, in einzelne Eigentumswohnungen aufzuteilen, zu sanieren und dann einzeln abzuverkaufen. Das war schon immer ein gutes Geschäft, aber momentan ist es das ganz besonders, weil Geld gerade nicht viel kostet und durch das Auslandsinteresse besonders viele Marktteilnehmer um nur noch wenige Angebote streiten. Das treibt enorm die Preise. Das Problem dabei ist der Mieter. In sanierungsbedürftigen Häusern werden vergleichsweise geringe Mieten gezahlt und das deutsche Mietrecht erlaubt keine erheblichen Steigerungen ohne Rücksicht auf die sozialen Belange. Eine leere Wohnung kann man dagegen zu hohen Preisen neu vermieten, und das rechtfertigt andere Kaufpreise.

Damit Sie verstehen, was ich meine, möchte ich Ihnen das anhand eines Beispiels vorrechnen: Angenommen, Sie erhalten für eine 100-Quadratmeter-Wohnung 400 Euro Kaltmiete in einem unsanierten Haus hier um die Ecke, welches Sie kürzlich gekauft haben. Das sind 4800 Euro im Jahr. Wenn Ihr Wohnungskäufer eine jährliche Verzinsung von vier Prozent (= 100 Prozent : 25 Jahre) braucht, um seinen Ankaufkredit zu finanzieren, ist der Kaufpreis einschließlich aller Nebenkosten auf (4800 Euro x 25 =) 120000 Euro beschränkt. Jetzt zieht der Mieter aus und Sie könnten die Wohnung für zehn Euro kalt pro Quadratmeter neu vermieten, vielleicht sogar für zwölf Euro. Dann rechnen Sie in Ihrem Verkaufsprospekt mit 1200 Euro Kaltmiete monatlich, das sind 14400 Euro jährlich. Das rechtfertigt einen Verkaufspreis von (14400 x 25 =) 360000 Euro. Das ist fast eine Viertelmillion Differenz für die gleiche Wohnung, nur weil sie jetzt leer ist – durchaus ein starker Anreiz.

Ein Freund von mir hatte kürzlich das Glück, dass sich eine solche Rechnung ergab. Das Haus war ein Nachkriegsbau und der Eigentümer hatte nie etwas daran gemacht. Nachdem er verstorben war, verkauften die Erben und der neue Eigentümer fuhr obiges Modell. Wir errechneten, dass sich durch einen Auszug eine Wertsteigerung von mindestens 140000 Euro und maximal 260000 Euro ergäbe. Als der Neueigentümer dann anbot, er würde als Anreiz für den Auszug etwas zahlen, hatten wir viel Spielraum für die Verhandlungen. Mir persönlich ist so etwas noch nie wiederfahren, aber ich gönne jedem ein gutes Geschäft, bei dem niemand zu Schaden kommt.

Der sanierende Eigentümer geht übrigens kein Risiko ein. Er hat das Haus zum unsanierten, alten Preis gekauft, die Mieteinnahmen decken also die Kreditzinsen für den Kauf. Wenn der Mieter nicht auszieht, behält man die Wohnung und legt die Modernisierungskosten mit elf Prozent jährlich auf die Miete um. Für den Modernisierungskosten-Kredit zahlt der Eigentümer beim aktuellen Zinsniveau höchstens die Hälfte. Es bleibt also eine Differenz. Macht man das mit vielen Häusern gleichzeitig, lässt sich von der Differenz ganz gut leben.

Nachdem ich Ihnen all das erzählt habe, dürfen Sie mich zu Recht fragen, wieso ich dann nicht selbst solche Projekte starte – wer findet schon einen Weg zu Reichtum und geht ihn dann nicht? Ich habe darüber lange nachgedacht. Im Ergebnis meine ich, dass ich nicht der Typ dafür bin. Mir würden graue Haare wachsen, wenn ich auf eigene Rechnung und Kredit mit solchen Summen hantieren müsste. Ich könnte bis zum Projektabschluss nicht mehr schlafen. Mein Großvater, seines Zeichens vor dem Krieg als Kaufmann ausgebildet, warnte mich schon in jungen Jahren vor Krediten. Er kam selbst nie auf einen grünen Zweig, aber er überlebte und konnte zeit seines Lebens seine Familie ernähren. Irgendwie bin ich auch so.

Und so bestimmen wir unser Schicksal letztlich dann doch wieder selbst: Wir gehen Risiken ein oder wir entscheiden uns dagegen. Wir nutzen Gelegenheiten oder eben nicht. Ich denke, ich bin lieber Anwalt. Die grauen Haare kommen auch so früh genug.

Der Fluch kleiner Streitwerte

Was wir Anwälte verdienen, regelt ein Gesetz. Es heißt auch so: Rechtsanwaltsvergütungsgesetz oder kurz RVG. In Streitigkeiten zwischen Privatpersonen um vertragliche Ansprüche bestimmt das RVG, dass unser Honorar davon abhängt, um wie viel es dabei geht. Es spielt also erst einmal keine Rolle, ob wir sehr viel oder sehr wenig für eine Akte arbeiten müssen, sondern maßgeblich ist der Wert der streitigen Forderung. Deren Höhe bestimmt den »Gebührenrahmen«. Innerhalb dessen ist dann relevant, ob wir viel oder wenig für die Akte arbeiten müssen, da kann man ein bisschen feinsteuern, im Grundsätzlichen wie gesagt aber nicht.

Die kleinste Gebühr beträgt 25 Euro. Sie wird angesetzt bei Streitigkeiten bis zu einem Wert von 300 Euro und sie fällt bei einem Prozess genau zweieinhalb Mal an. Neben der Gebühr bekommen wir Anwälte 20 Prozent des Honorars als Auslagenpauschale, maximal aber 20 Euro. Außerdem müssen wir Umsatzsteuer berechnen, die wir, nachdem der Mandant sie bezahlt hat, an das Finanzamt weiterleiten.

Bei einem Prozess um bis zu 300 Euro sieht unsere Rechnung also so aus:

Honorar:	2,5 × 25 Euro	= 62,50 Euro
Auslagen:	20 Prozent von 62,50 Euro	= 12,50 Euro
gesamt:		75 Euro

Außerdem fallen 19 Prozent Umsatzsteuer an (= 14,25 Euro), die wir obendrauf setzen müssen, sodass Sie als Mandant insgesamt 89,25 Euro zu bezahlen haben. Diese 89,25 Euro erhält auch der Gegenanwalt. Außerdem fallen bei Gericht drei Gerichtsgebühren an, die jeweils mindestens 25 Euro betragen, zusammen also 75 Euro. Allerdings berechnet das Gericht keine Umsatzsteuer, der Betrag bleibt netto. Der Verlierer zahlt alles. Das finanzielle Prozessrisiko für eine Instanz beträgt bei einem Streitwert von bis zu 300 Euro folglich 2 × 89,25 Euro plus 75 Euro = 253,50 Euro.

Der Gebührenrahmen liegt hier bei 0 bis 300 Euro. Es ist dabei unerheblich, ob Sie sich um 20 Euro, um 120 Euro oder um 290 Euro streiten, in jedem dieser Fälle sind die Gebühren (und damit das Prozessrisiko) gleich hoch. Streitereien um kleine Beträge lohnen sich deswegen nicht wirklich bzw. sind mit einem prozentual sehr hohen (nominal natürlich recht niedrigen) Kostenrisiko behaftet.

Gerade habe ich so einen Fall. Mein Mandant ist Eigentümer eines Grundstücks und auf diesem gibt es Stellplätze für Pkws. Einen davon hat er vermietet, die monatliche Miete beträgt 25 Euro. Der Mieter zahlt nicht, gibt aber auch den Schrankenschlüssel nicht zurück. Nachdem fünf Monate (= 125 Euro) Mietrückstand aufgelaufen sind, wurde ich beauftragt, das einzuklagen.

Als Erstes landen die Unterlagen neuer Mandate grundsätzlich so, wie sie vom Mandanten hier ankommen, bei mir. Ich sehe sie durch und entscheide dann, ob es Sinn macht, eine Akte anzulegen und den Anspruch durchzusetzen, oder ob ich auf Anhieb sagen kann, dass das keinen Erfolg verspricht. In dem Stellplatz-Fall habe ich mir den Mietvertrag und die Mahnungen des Mandanten angesehen, zusammen mit seinem Anschreiben, das den Auftrag beschrieb. Da nicht zu erkennen war, dass es einen

Grund gab, die Miete nicht zu zahlen, gab ich die Papiere an das Sekretariat weiter, damit dort eine Akte angelegt wird.

Bei der Aktenanlage bekommt der Fall einen Namen und ein Aktenzeichen, also zum Beispiel »Müller./.Schulze« und »01800/12«. Die Aktenzeichen sind fortlaufend, die Namen geben in der Regel die Unterlagen vor. Der Mandant steht immer vorn, hier heißt er Müller. Der Gegner steht immer hinten, in unserem Beispiel Schulze. Die Mitarbeiterin im Sekretariat trägt in unsere Datenbank alle Informationen, die uns zu diesen Personen vorliegen, ein, also Anschriften, Telefonnummern, E-Mail-Adressen usw., denn solche Dinge müssen auf Zugriff bereitliegen, um die Kommunikation zu gewährleisten. Wenn Parteien vertreten sind, tragen wir auch ein, durch welchen Anwalt sowie dessen Kontaktdaten. Das kann manchmal sehr viel Arbeit sein. Wenn zum Beispiel in einer Wohnungseigentümergemeinschaft ein Eigentümer mit einem Beschluss nicht einverstanden ist, muss er eine sogenannte Anfechtungsklage gegen alle Übrigen erheben. Das können 30 oder auch 130 Leute sein. Die müssen wir alle eintragen, damit unsere Software prüfen kann, ob eine Kollision vorliegt, sprich ob wir einen von den Gegnern in einer anderen Akte vielleicht als Mandanten vertreten. Dann würden wir gegen ihn wohl nicht klagen wollen, manchmal auch nicht dürfen.

Im Fall Müller./.Schulze gab es auf beiden Seiten nur jeweils eine Person. Daher ging die Aktenanlage recht flott: eintragen der Daten, Ausdruck des Aktenvorblatts, Beschriftung des Aktenstreifens und Zusammenheften von alledem. Da noch keine gerichtlichen Termine angeordnet waren und keine Fristen liefen, mussten solche auch nicht im Kalender festgehalten werden. Die Kollisionsprüfung dauerte etwas länger, weil uns das System einige Dutzend Müllers und Schulzes vorschlugt, die mit den Mandanten der neuen Akte identisch sein konnten. Das Sekretariat musste jeden einzelnen Fall daraufhin prüfen. Nachdem am Ende feststand, dass wir den vorliegenden Müller nicht auf der Gegenseite hatten und den vorliegenden Schulze nicht in einer anderen Sache als Mandanten vertraten, wurde der Vorgang freigegeben. Vom In-die-Hand-Nehmen der Unterlagen bis zum Abschluss der Aktenanlage dauerte es vielleicht 20 Minuten.

Danach bekam ich die Unterlagen, nun als Akte, vom Sekretariat zurück. Jetzt musste ich arbeiten. In dem Stellplatz-Fall bedeutete das, dass ich zunächst den Mandanten anrief und fragte, ob er eine Idee hatte, warum der Mieter nicht zahlte. Der Mandant sagte mir, dass der Mieter bei Vertragsabschluss einen ganz ordentlichen Eindruck gemacht habe und er keine Ahnung habe, was hier los sei. Danach schrieb ich eine Klage. Ich musste nachsehen, welches Gericht zuständig war, dann ein Klagerubrum und einen Klageantrag formulieren, anschließend die Begründung. Die war hier nicht besonders schwer: Es gab einen Mietvertrag, danach waren monatlich 25 Euro Miete geschuldet, der Mieter hatte die Schrankenschlüssel, zahlte aber nicht. Der Mietvertrag war ungekündigt, von Januar bis Mai 2012 waren fünf Monatsmieten aufgelaufen, ergo 125 Euro. Als routinierter Anwalt dauerte die Verfassung der Klage vielleicht 20 Minuten. Dann wurde das dreifach ausgedruckt (Original fürs Gericht, beglaubigte Abschrift für die Gegenseite, Durchschlag für unsere Akte) und ging zusammen mit der Akte wieder ins Sekretariat. Das musste nun die Anlagen kopieren – hier den Mietvertrag und die Mahnungen, jeweils zwei Mal, da sowohl das Gericht als auch der Gegner einen vollständigen Satz Unterlagen erhalten sollten. Das Original wurde vorab an das Gericht gefaxt. Mit dem Faxprotokoll haben wir einen Versandnachweis. Es gibt immer mal wieder Situationen, in denen wir nachweisen müssen, dass und wann wir Schriftstücke wohin gesendet haben, weshalb ich jedes einzelne Schreiben an das Gericht vorab immer per Fax schicke. Nach dem Faxen kam das Original mit der beglaubigten Abschrift für den Gegner in einen Briefumschlag und ging in die Tagespost.

Etwa zwei Wochen später erhielten wir vom Gericht deren Kostenrechnung auf der Basis des Streitwerts, hier also 75 Euro. Diese scannten wir ein und sandten sie dem Mandanten zum Ausgleich an die Justizkasse. Nach Zahlungseingang stellte das Gericht die Klage an den Gegner zu und gab ihm auf, sich innerhalb von einigen Wochen schriftlich dazu zu äußern.

Herr Schulze tat das vorliegend. Er schrieb dem Gericht, der Stellplatz sei nicht nutzbar. Herr Müller habe Steinbottiche und einen Fahrradständer so hingestellt, dass er mit seinem Auto nicht rankomme. Er habe ihn aufgefordert, den Weg zum Stellplatz frei zu machen und solange das nicht passiert sei, zahle er keine Miete. Dieses Schreiben sandte er an das Gericht, welches uns eine Kopie nebst Anlagen zuleitete. Die Anlagen waren Fotos von den Steinbottichen und dem Fahrradständer sowie E-Mails zwischen Herrn Müller und Herrn Schulze, in denen sich der Mieter beschwerte und der Vermieter meinte, das bleibe alles so, wie es sei. Das Gericht setzte uns eine Frist von zwei Wochen, um darauf zu erwidern, und bestimmte einen Verhandlungstermin in drei Monaten.

Wenn so eine Stellungnahme eingeht, ordnet das Sekretariat die Post der Akte zu und legt sie mir auf den Stapel »neue Posteingänge«. Ich arbeite den der Reihe nach ab. In der Regel überfliege ich solche Schriftsätze erst einmal kurz und entscheide dann, welcher Ablauf nötig ist. In diesem Fall brauchte ich natürlich zunächst Informationen vom Mandanten, was von den Einwendungen stimmte und warum er trotzdem Miete forderte. Also notierte ich eine Verfügung ans Sekretariat, dass der Schriftsatz mit der Bitte um Stellungnahme an den Mandanten gesendet werden sollte. Ferner mussten die Frist und der Gerichtstermin im Kalender eingetragen werden, Wiedervorlage an mich drei Tage vor Fristablauf oder nach Eingang der Stellungnahme des Mandanten.

Das Sekretariat scannte den Schriftsatz nebst Anlagen ein und schrieb dem Mandanten eine entsprechende E-Mail. Ferner notierte es Frist und Gerichtstermin im Kalender. Hier stand zu diesem Termin allerdings bereits ein anderer Gerichtstermin bei einem anderen Gericht im Kalender. Daher entwarf das Sekretariat zusätzlich noch einen Terminverlegungsantrag und legte mir diesen zur Unterschrift vor. Nach Unterzeichnung wurde er vorab ans Gericht gefaxt und ging dann wieder zweifach im Original zur Post, als Durchschrift in unsere Akte. Ferner wurde eine Sekretariatsfrist notiert, zu der es prüfen sollte, ob das Gericht den Termin verlegt hatte oder erinnert werden musste.

Wenn es sehr gut läuft, ruft das Gericht in solchen Fällen hier an und fragt, ob der geplante Ersatztermin bei uns noch frei ist. Wenn es nur gut läuft, setzt es einfach einen neuen Termin an, und der kann dann frei oder ebenfalls schon belegt sein, dann wiederholt sich der Vorgang. Wenn es schlecht läuft, weigert es sich, den Termin zu verlegen, und verlangt Begründungen, warum nicht ein anderer Anwalt aus unserem Büro hingehen kann. Dann entsteht Kommunikationsaufwand darüber, teilweise erheblichen Umfangs.

Ein paar Tage später erhielt ich vom Mandanten eine E-Mail, in der er inhaltlich Stellung nahm: Die Steinbottiche und der Fahrradständer stünden schon immer so und der Mieter hätte das bei der Anmietung gewusst. Der Platz sei deswegen nur für ein kleines Fahrzeug geeignet. Wenn der Mieter so einen Platz anmiete, könne er nicht hinterher fordern, dass er anders sein solle, als er sei. Das Argument war in zweierlei Hinsicht stichhaltig: Zum einen handelte es sich bei der örtlichen Situation um die vereinbarte Beschaffenheit, das heißt der Mieter hatte genau das bekommen, was vereinbart worden war. Zum anderen bestimmt das Gesetz, dass ein Mangel nicht zählt, wenn man ihn bei Anmietung erkennen konnte und sich keine Rechte wegen dieses Mangels vorbehält. Nach Eingang der Mandanten-E-Mail wurde mir die Akte wieder vorgelegt und ich formulierte die Sachverhaltsinformationen des Mandanten und die rechtliche Bewertung daraus in einen Schriftsatz. Dieser ging wieder zweifach vorab per Fax und dann im Original mit Anlagen ans Gericht. Die Anlagen bestanden diesmal aus Fotos vom Anmietungszustand. Nachdem das Faxprotokoll uns bestätigt hatte, dass der Schriftsatz ohne Fehler durchgegangen war, konnten wir die Stellungnahmefrist im Kalender streichen. Ferner konnte das Sekretariat die eigene Wiedervorlage streichen, die in Bezug auf die Abforderung der Mandantenstellungnahme notiert war.

Jetzt passierte eine Weile lang nichts. Der Gerichtstermin war angesetzt auf einen Dienstag im Oktober. Am Freitag der Woche davor erhielten wir ein zwölfseitiges Schreiben eines anderen Anwalts. Darin zeigte er die Vertretung des Herrn Schulze an und führte umfangreich rechtlich aus. Das Schreiben sandte er uns per Fax 1) als beglaubigte Abschrift mit Anlagen, 2) als zweite beglaubigte Abschrift mit Anlagen, 3) zweifach als einfache Abschrift ohne Anlagen, 4) mit einem Anschreiben und 5) mit einem sogenannten Empfangsbekenntnis. Das ist ein Vordruck, auf dem ich als Anwalt durch Unterschrift bestätige, dass und was genau ich erhalten habe. Das senden wir dann per Fax zurück, so hat der Kollege eine Eingangsbestätigung.

Insbesondere der Punkt, »was« man dabei erhalten hat, bedarf immer einer genauen Prüfung. Denn nicht selten steht in den

Vordrucken, die bei uns eingehen, eine ganze Menge, das nicht stimmt, zum Beispiel »Original des Schriftsatzes vom … nebst Anlagen«. Das habe ich aber nicht erhalten, wenn ich ein Fax bekam und nicht das Original. Viele Kollegen senden (zum Glück) auch nicht alle 500 Anlagen mit, sondern nur das Schreiben selbst, damit ich schon mal weiß, was sie dem Gericht vortragen werden. Es bringt auch nicht viel, Farbfotos mit einem Schwarz-Weiß-Fax zu verschicken – auf dem schwarzen Fleck, der dann bei uns ankommt, ist ohnehin nichts zu erkennen.

Der Kollege, der Herrn Schulze vertrat, meinte wohl, er müsse ganz besonders gründlich sein, weil der Termin so kurz bevorstand. Also sandte er mir etliche Farbfotos per Fax und seinen Schriftsatz wie gesagt gleich mehrfach, wozu auch immer. Vielen Dank auch. Das kostet Unmengen an Toner und Papier und es blockiert das Gerät. Das kann schon mal ein Affront sein. Letztes Jahr sandte mir ein Kollege seinen 96-seitigen Schriftsatz per Fax, nebst Abschriften (also Duplikaten) und Anlagen. Ich habe mich so geärgert, dass ich ihm ein persönliches Anschreiben entwarf, mit dem ich den Eingang bestätigte: »Lieber Kollege, anliegende Dokumente haben wir heute von Ihnen erhalten. Mit freundlichen kollegialen Grüßen.« Dann legte ich seinen gesamten Schriftsatz nebst Abschriften und Anlagen hintendran und sandte ihm alles zurück. Da das Fax bei der letzten Seite fehlerhaft einzog, haben wir ihm alles noch ein zweites Mal übermittelt, um sicherzugehen, dass er auch wirklich die Bestätigung hatte, dass seine Sendung vollständig bei uns angekommen war.

Der Kollege, der Herrn Schulze vertrat, sah auf seiner Webseite noch ganz jung aus. Wirklich jung, Mitte 20 vielleicht. Ich entschloss mich daher, ihm sein Fax nicht übel zu nehmen und das eher als tollpatschig zu betrachten. Vielleicht war das eines seiner ersten eigenen Mandate, es ging nur um was Kleines, er übt. Das war in Ordnung.

Am Freitag habe ich das Fax übrigens nicht mehr gesehen, es kam erst nachmittags und ich war mit einem Mandanten außerhalb verabredet. Das Sekretariat legte es mir am Montag mit der Akte vor. Montagvormittag hatte ich zwei Gerichtstermine, einen um 9.00 Uhr und einen um 11.30 Uhr. Ich kam danach gegen 13.00 Uhr ins Büro, wo schon ein Mandant wartete, der um 13.00 Uhr mit mir zum Gespräch verabredet war. Danach sah ich die Post durch, das Fax etwa gegen 14.30 Uhr. Es standen viele andere Dinge an und ich habe es mir bis zum Termin am Dienstag früh nicht gründlich durchgelesen. Das muss ich auch nicht: Wenn ein Schriftsatz weniger als eine Woche vor dem Termin eingeht, können wir als Anwälte im Termin beantragen, dass das Gericht uns eine Frist zur Stellungnahme einräumt. Die beträgt meist zwei Wochen. Das gewährleistet, dass wir ausreichend Zeit haben, prozessrelevante Schriftstücke zu lesen, mit dem Mandanten zu erörtern (der nicht immer vor Ort sein muss) und darauf zu erwidern. Während der Urlaubszeiten oder wenn wir wissen, dass es länger dauert – zum Beispiel weil der Mandant im Krankenhaus liegt oder im Urlaub ist oder gerade umzieht –, kann die Frist auch schon mal deutlich länger sein. Ich habe das Fax daher am Montag einfach abgeheftet und mir lediglich gedanklich notiert, dass zum Termin ein Kollege kommen würde, nicht der Herr Schulze selbst.

Am Dienstag früh fuhr ich zum Gericht. Von uns zu Hause bis zum Amtsgericht Neukölln sind es etwa 20 Minuten Fahrtzeit, mit Verkehrspuffer rechne ich sicherheitshalber immer 30 Minuten ein. Der Termin war auf 9.15 Uhr angesetzt, also fuhr ich 8.45 Uhr zu Hause los. Kurz nach 9.00 Uhr war ich da, fand zügig einen Parkplatz, ging durch die Eingangskontrollen zum Sitzungssaal und stellte fest, 1) dass er noch verschlossen war und 2) dass drei Verhandlungen auf 9.15 Uhr angesetzt waren.

Das ist eine üble Praxis mancher Richter. Da sie keine Lust haben, auf Anwälte zu warten, die sich verspäten, setzen sie mehrere Verhandlungen auf die gleiche Zeit an. Irgendeine Akte wird dann schon vollständig sein. Manche Anwälte haben sich darauf eingestellt und kommen grundsätzlich zehn Minuten zu spät, weil sie ebenfalls keine Lust haben zu warten. Ich bin da anders erzogen und finde es grundsätzlich sehr unhöflich, andere warten zu lassen. Ich kann mich an ein Gespräch mit meinem Vater aus meiner frühen Schulzeit erinnern. Er war immer fürchterlich verärgert, wenn sich jemand verspätete, auch wenn es nur fünf Minuten waren. Ich fragte ihn einmal, warum ihn das so ärgere, es seien doch nur fünf Minuten. Daraufhin erklärte er mir seine Rechnung anhand eines Elternabends in der Schule: Zu dem kommen vielleicht 30 Leute. Wenn die alle fünf Minuten warten müssen, bis der Lehrer erscheint, dann sind das 30-mal fünf Minuten, also 150 Minuten. Das sind zweieinhalb Stunden! Auch wenn auf jeden nur fünf Minuten entfallen und man das deshalb nicht so merkt, hat der Lehrer trotzdem zweieinhalb Stunden gesammelte Lebenszeit verschenkt, indem er die Leute warten ließ. Wenn er sich um zehn Minuten verspätet, verdoppelt sich das auf fünf Stunden! Das ist eine wirklich lange Zeit.

Als Kind hat mich diese Rechnung enorm beeindruckt. Deshalb gewöhnte ich mir damals an, grundsätzlich nie zu spät zu sein, wenn es sich irgendwie vermeiden lässt. Ich finde es wie mein Vater überaus unhöflich, die Lebenszeit anderer Leute zu verschwenden, indem ich sie warten lasse – und umgekehrt empfinde ich es als überaus unhöflich, wenn andere Leute meine Lebenszeit unbedacht verschwenden und mich warten lassen.

Der junge Kollege, der Herrn Schulze vertrat, war so wie ich pünktlich, zwei andere Kollegen in einer der beiden anderen 9.15-Uhr-Sachen aber auch. Zu meiner Natur gehört ebenfalls, dass ich mich nicht gern vordrängle. Andere sind da weniger sensibel und so haben die beiden Kollegen der anderen Sache kurzerhand entschieden, dass sie zuerst dran seien. Dem Gericht war das egal: Der Richter kam gegen 9.20 Uhr und verhandelte dann erst einmal die andere Sache. Bis 9.45 Uhr.

In der Zwischenzeit waren auch die Anwälte der dritten 9.15-Uhr-Sache erschienen und einer von den beiden signalisierte, dass er es furchtbar eilig habe, da ein anderer Termin bereits anstehe, deshalb müsse jetzt unbedingt seine Sache verhandelt werden. Also waren diese beiden als Nächstes dran, bis 10.05 Uhr. Dann schließlich wurde die letzte 9.15-Uhr-Sache verhandelt, Müller./.Schulze. Zu diesem Zeitpunkt saßen bereits drei 9.30-Uhr-Termine, drei 9.45-Uhr-Termine und zwei 10.00-Uhr-Termine im Saal, also 16 Anwälte und rund sechs Parteien. Nun ja, der Saal war groß genug und vielleicht mochte es der Richter, vor einer größeren Öffentlichkeit zu arbeiten.

Unsere Verhandlung dauerte nicht lange. Es könne ja wohl nicht sein, dass man jemandem einen Stellplatz vermiete, der nicht nutzbar sei, meinte der Richter. Dann nahm er unsere Anträge ins Protokoll und die Verhandlung war beendet, das Ganze dauerte fünf Minuten. Der Rückweg ins Büro führte mich die Gneisenaustraße hinunter. Dort gibt es eine Schule und bei dieser eine Tempo-30-Strecke. Ich fuhr mit circa Tempo 45 da hinein. Aus der Heckscheibe eines unscheinbar geparkten Autos wurde ich zehn Meter nach dem Beginn der Tempo-30-Zone geblitzt. Das würde voraussichtlich 25 Euro kosten, wenn ich sofort nach Zustellung des Bescheides bezahlte, ansonsten kämen noch Gebühren für das Bußgeldverfahren in Höhe von 23,50 Euro hinzu.

Gegen 10.40 Uhr war ich wieder im Büro. Ich schrieb dem Mandanten eine E-Mail mit dem Ergebnis der Verhandlung und dem Scan des gegnerischen Schriftsatzes vom Freitag. Der Mandant antwortete mit einer umfangreichen E-Mail. Weder in dem Schriftsatz noch in der Mandanten-E-Mail stand etwas Neues. Einige Tage später verfasste ich eine ergänzende Stellungnahme an das Gericht, in der ebenfalls nichts Neues stand, außer einem deutlichen Hinweis auf die gesetzlichen Vorschriften zur Vereinbarung einer Beschaffenheit und nicht vorbehaltenen Mängeln. Drei Wochen später kam das Urteil. Die Klage wurde abgewiesen, die Gründe waren – etwas feiner formuliert – diejenigen, die der Richter in der mündlichen Verhandlung schon hatte erkennen lassen. Da es sich um einen Streit mit einem Wert unter 600 Euro handelte, war eine Berufung nicht möglich, die Entscheidung also abschließend.

Das Urteil sandte ich dem Mandanten als Scan per E-Mail zu, zusammen mit einer Erläuterung der fehlenden Berufungsfähigkeit aus Streitwertgründen. Wenn es sich bei einem Mandanten um jemanden ohne nennenswerte Prozesserfahrung handelt, hat so etwas grundsätzlich umfangreiche Rückfragen zur Folge, was man nun noch tun könne: eine Dienstaufsichtsbeschwerde gegen den Richter, eine Verfassungsbeschwerde, eine Gehörsrüge, ein Antrag auf Zulassung der Berufung wegen schwerwiegender Gründe oder was sonst noch. Viele Mandanten, die (anders als zum Beispiel eine Hausverwaltung) mit Rechtssachen nicht ständig zu tun haben, googeln in solchen Situationen und finden viel Unsinn, von dem sie denken, das könnte man doch noch probieren. Ich muss ihnen dann erklären, dass das Amtsgerichtsurteil abschließend ist, weil a) die Frage keine grundsätzliche Bedeutung im Sinne der Rechtsprechung des Bundesgerichtshofes hat und b) der Mindestberufungsstreitwert nicht erreicht ist. Einen Ansatz für eine Verfassungsbeschwerde gibt es in solchen Fällen normalerweise ebenfalls nicht. Erklären Sie aber mal jemandem, der nicht wahrhaben will, dass eine Sache zu seinen Ungunsten nach einer Instanz abgeschlossen ist, dass es so ist. Die Folge ist, dass er Sie für einen schlechten Anwalt hält! Manche kommen dann mit Vorwürfen der Art: Wenn das so eindeutig ist, wieso haben Sie überhaupt Klage erhoben? Den Mandanten daran zu erinnern, dass er mir die Einwände des Mieters damals vorenthalten hatte und dass das Gericht hier auch eher nach Geschmack statt nach Rechtslage entschieden hat, gerade weil keine Berufung das überprüfen konnte, ist in solchen Situationen völlig aussichtslos. Die Inhalte zählen nicht mehr, der Anwalt hat verloren, das sagt alles über ihn aus, basta.

Im Anschluss an die Diskussion des Urteils mit dem Mandanten kommt üblicherweise das Kostenfestsetzungsverfahren. Die Gegenseite beantragt, die bei ihr angefallenen Anwaltskosten zu titulieren, das Gericht übersendet uns den Antrag zwecks Gewähr rechtlichen Gehörs. Meist nehmen wir dazu nicht Stellung, weil die Rechnung stimmt. Nur manchmal sind Fahrtkosten oder Gebühren nach falschen Streitwerten oder Ähnlichem berechnet, dann weisen wir das Gericht darauf hin. Das Sekretariat muss aber, um das beurteilen zu können, in jedem Fall den Antrag der Gegenseite prüfen und durchrechnen.

Einige Wochen später kommt der Kostenfestsetzungsbeschluss. In unserem Fall musste der Mandant 89,25 Euro plus Zinsen ab Antragstellung an den Gegner zahlen. Das übermittelten wir dem Mandanten. Manchmal müssen wir anschließend erklären, warum wir nicht verhindert haben, dass Zinsen entstehen (sie entstehen ab Antrag, darauf und auf die Dauer des Kostenfestsetzungsverfahrens beim Gericht, manchmal einige Monate, haben wir Anwälte keinen Einfluss). Wenn der gegnerische Anwalt seine Kontonummer nicht auf dem Briefkopf führt, muss das

Sekretariat ihn anrufen und nachfragen, damit dem Mandanten mitgeteilt werden kann, wohin zu zahlen ist. Zahlt der Mandant nicht, laufen die Mahnungen ebenfalls über unser Büro. Zahlt er, erhalten wir den entwerteten Titel vom Gegner zurück und können ihn abheften. Dann endlich können wir die Akte schließen.

Vom Eingang der Unterlagen in unserem Büro nach Übersendung der Mandatsanfrage bis zur Aktenablage war das Sekretariat in dem Stellplatz-Fall alles in allem rund vier Stunden damit befasst. Ich selbst habe zwei bis drei Stunden Schriftsätze gelesen und geschrieben und war zwei Stunden zum Termin unterwegs. Die Erörterung mit dem Mandanten veranschlage ich mit einer halben bis einer Stunde, sodass meine Arbeitszeit auf irgendwas zwischen vier bis sechs Stunden kommt. Ich bin 20 Kilometer Auto gefahren, habe dabei 25 Euro Bußgeld ausgelöst, wir haben etliche Dutzend Seiten Papier ausgedruckt und einige Briefmarken verwendet.

Eine Stunde Sekretariatsarbeit kostet mich einschließlich Arbeitgeberanteilen auf die Sozialversicherungsabgaben etwa 30 Euro. Der Satz ist so niedrig, weil das ein Durchschnittswert aus den ausgebildeten Kräften und den Auszubildenden ist. Die vorliegende Akte kostete mich demnach 120 Euro für das Sekretariat. Hinzu kamen 25 Euro Bußgeld und Materialkosten, die mit den 12,50 Euro aus der Pauschale vielleicht knapp, aber annähernd bemessen sein könnten. Für die Bearbeitung der Akte habe ich demnach rund 150 Euro bezahlt und 75 Euro eingenommen. Dafür, dass ich selbst ebenfalls einige Stunden daran gearbeitet habe, habe ich folglich 75 Euro bezahlt.

Der Mandant sieht von alledem nicht viel: eine zweiseitige Klageschrift, einen zweiseitigen weiteren Schriftsatz, eine Gerichtsverhandlung von fünf Minuten Dauer. Die beiden Schreiben sind einfach und kurz abdiktiert, das dürfte jeweils nur fünf Minuten gedauert haben. Mehr als diese zusammengerechnet 15 Minuten habe ich daher aus Sicht des Mandanten nicht getan und außerdem habe ich den Prozess verloren. Dafür bin ich mit den von ihm bezahlten 89,25 Euro doch außerordentlich gut bedient. Wenn man das auf eine Stunde hochrechnet, sind das 4 × 89,25 Euro = 357 Euro Stundenlohn. Wir Anwälte verdienen wirklich viel zu gut! Wenn ich Pech habe, erzählt er herum, dass mein Honorar viel zu hoch und ich außerdem ein schlechter Anwalt sei, seinen Prozess habe ich schließlich verloren.

Warum tut uns der Gesetzgeber das an? Ich meine, Sie würden doch auch nicht arbeiten gehen, um das obendrein zu bezahlen. Kein Mensch würde das normalerweise tun. Wieso ist die Gebührentabelle so beschaffen, dass wir in solchen Fällen draufzahlen? Die Antwort ist salomonisch: Bei höheren Streitwerten sind die Gebühren höher, es fällt aber nicht unbedingt mehr Arbeit an. Daraus ergibt sich im Ergebnis eine Mischkalkulation. Bei einigen Sachen zahlt der Anwalt drauf, bei einigen verdient er seine Kosten und bei einigen verdient er mehr als das. Insgesamt bleibt was übrig. Bei einem Streitwert von 100 000 Euro betragen die 2,5-fachen Gebühren eines Prozesses beispielsweise 3385 Euro. Solche Sachen sind meist erheblich komplizierter und umfangreicher, manchmal haben wir drei oder vier Gerichtstermine, die Schriftsätze sind länger, es gibt Beweisaufnahmen, die Stellungnahmen vom Mandanten und Gegner sind wesentlich umfangreicher, die Besprechungen dauern länger. Aber selbst wenn das Sekretariat hier die zehnfache Zeit beschäftigt ist, also 40 Stunden, dann erhalte ich mehr, als Kosten anfallen. Denn 40 x 30 Euro sind 1200 Euro, für mich als Anwalt bleiben dann 2185 Euro. Davon kann ich die Material- und Fahrtkosten zahlen und habe am Ende etwas für meine Arbeitszeit verdient. Wenn ich ebenfalls die zehnfache Zeit, also rund 50 Stunden mit der Akte beschäftigt bin und 2000 Euro Honorar darauf entfällt, bekomme ich 40 Euro pro Stunde. Nach Steuern sind das noch 20 Euro, das ist doch nicht schlecht.

Leider funktioniert das nicht ganz, und die Antwort, warum das so ist, liegt in einer Frage: Wann haben Sie sich das letzte Mal um 100 000 Euro gestritten?

Eben. Die Menschen streiten 100 Mal um kleine Beträge und manchmal streiten sich welche um große. Diese welche müssen den Weg in mein Büro finden und mich beauftragen. Und sie müssen überproportional häufig kommen, damit sich die kleinen und die großen Sachen irgendwie in etwa noch die Waage halten. Stellen Sie sich vor, mich würden ausschließlich Mandanten mit Streitereien beauftragen, die einen Wert von 100 000 Euro haben. Dann würde ich nach Steuern einen Stundensatz von durchschnittlich 20 Euro verdienen. Bearbeite ich hingegen zehn Mindeststreitwerte und einen großen, dann zahle ich bei den zehn kleinen 750 Euro drauf und verdiene an dem einen großen 2000 Euro. Im Schnitt habe ich für 90 Stunden Arbeit also 1250 Euro vor Steuern erhalten, das sind 13,90 Euro brutto oder rund sieben Euro nach Steuern pro Stunde.

Neben den Lohnkosten verbraucht ein Rechtsanwaltsbüro Miete einschließlich Nebenkosten und Reinigung, Computertechnik, laufende Kosten für Bücher, Fachzeitschriften, Datenbanken und Fortbildung, die Abschreibung von Mobiliar, die Berufshaftpflichtversicherung, andere Versicherungen, Beiträge zur Rechtsanwaltskammer, Mitgliedsbeiträge zum Deutschen Anwaltverein und anderen Organisationen, Internetanzeigen zum Beispiel bei Anwalt.de und anderen Portalen und andere laufende Kosten. All das ist in der obigen Kalkulation noch nicht enthalten.

Der Mandant, der mich mit einem Fall zum Wert von 100 000 Euro oder mehr beauftragt, hält übrigens in der Regel nicht viel von Mischkalkulationen. In solchen Sachen werden wir nach Honorarvereinbarungen gefragt, die zu einem Salär führen, das unter den gesetzlichen Gebühren liegt. Das kann zum Beispiel ein Honorar sein, das ausschließlich nach Zeitaufwand berechnet wird. Wenn ich auf solche Anfragen signalisiere, dass ich mich auf sie unter der Bedingung einlasse, dass wir auch für alle anderen (kleineren) Angelegenheiten, die der Mandant bei uns in Bearbeitung hat, die gleichen Konditionen vereinbare, lehnen die meisten Mandanten das Gesamtpaket nach einer kurzen überschlägigen Rechnung ab und sind dann doch einverstanden, dass wir den größeren Fall ebenfalls nach der gesetzlichen Gebührentabelle berechnen. Es ist eben einfach günstiger!

Das Mandat meines Lebens

»Die Größe eines Mannes misst sich an der Größe seiner Gegner.« Das Zitat würde ich spontan Napoleon zuschreiben und es fällt mir in letzter Zeit immer ein, wenn ich diese Akte in den Händen halte. Die, die mich reich und berühmt machen wird. Aber der Reihe nach.

Mein Mandant, Eigentümer eines Charlottenburger Mietshauses, hatte vor einigen Jahren das Glück oder Pech, eine der Wohnungen einem Fußballer vom Hertha BSC zu vermieten. Nennen wir ihn – den Mieter – mal der Einfachheit halber (er ist brasilianischer Abstammung) Senhor Alejandro Javier Antonio Miguel Alvaro Habajo Fernandez Diaz. Der Name stimmt nicht. Wenn Sie sich im Fußball auskennen, werden Sie den richtigen vielleicht erraten, doch für die Zwecke der vorliegenden Geschichte scheint mir Diaz ein schöner und kurzer Nachname für einen brasilianischen Fußballer zu sein.

Senhor Diaz hinterlegte eine Mietkaution in Höhe von einigen Monatsmieten, und zwar in der Form eines verpfändeten Sparbuches. Dazu ging er zu einer Bank am Theodor-Heuss-Platz und eröffnete ein Mietkautionskonto. Über dieses stellte die Bank ein Sparbuch aus und gab es ihm. Dann ließ sie ihn und den Vermieter eine sogenannte Verpfändungserklärung unterzeichnen, in der Senhor Diaz erklärte, dass die Mietkaution etwaige Ansprüche des Vermieters aus dem Mietverhältnis über die betreffende Wohnung absichere und er das Geld daher nicht einfach abheben könne. Die Verpfändungserklärung erhielt im Original mein Mandant bzw. seine Hausverwaltung.

Nach rund zwei Jahren wurde Senhor Diaz von Hertha BSC an einen brasilianischen Fußballklub verliehen. Ich finde erstaunlich, dass so etwas geht, für mich klingt das wie Leibeigenschaft. Aber egal. Auf jeden Fall zog Senhor Diaz nach Brasilien, wo er für ein halbes oder Dreivierteljahr in dem Entleiher-Klub die linke Abwehr übernahm. Dann entschied er sich dafür, ganz dort zu bleiben. Hertha BSC war abgestiegen und wollte ihn nicht mehr oder konnte ihn sich nicht mehr leisten, jedenfalls hatte sich das mit der Wohnung wohl erledigt und man informierte meinen Mandanten, dass Senhor Diaz nicht mehr zurückkäme. Es war allerdings schwierig, ein geordnetes Vertragsende zu bewerkstelligen, denn Senhor Diaz war weg und kümmerte sich um nichts mehr, der bisherige Dolmetscher war nicht mehr zuständig und Hertha BSC fühlte sich nicht als Ansprechpartner. Es wurden auch keine Mieten mehr gezahlt, nur die Schlüssel waren zurückgegeben. Nach deutschem Mietrecht beendet die lediglich Schlüsselrückgabe nicht einfach so den Mietvertrag, also was tun? Ich weiß nicht genau, wie das alles damals abgewickelt wurde, jedenfalls scheint der Vertrag nun irgendwie zu Ende zu sein. Es blieben jedoch einige Beträge offen, etwas knapp unter 3000 Euro.

Nun, kein Problem, dachte sich mein Mandant, ich habe ja die Mietkaution. Also ging er zur Bank, legte die Verpfändungsurkunde vor und bat um Auskehr des Kautionsguthabens. Wenn er das Geld bekommen hätte, gäbe es heute keinen Fall.

Die Bank klärte den Mandanten darüber auf, dass die Vorlage der Verpfändungsurkunde nicht ausreiche, er müsse auch das Sparbuch vorlegen. Das hatte er freilich nicht, sondern Senhor

Diaz. Nach einigem Hin und Her regte die Bank an, dass mein Mandant eine Verlustanzeige über das Sparbuch aufgeben solle. Das tat er. Daraufhin teilte die Bank ihm mit, dass der Mieter sich ebenfalls so erklären müsse, was bedeutet, dass Senhor Diaz zur Filiale am Theodor-Heuss-Platz hätte kommen und schriftlich abzeichnen müssen, dass er das Sparbuch verloren habe. Das half meinem Mandanten verständlicherweise nicht weiter. So blieb der Vorgang eine Weile liegen, die Kaution auf der Bank und Senhor Diaz verschwunden.

Das konnte freilich nicht dauerhaft so bleiben, da die Ansprüche meines Mandanten irgendwann verjähren würden. Also kam er zu mir und fragte, was man machen könne …

Zunächst werden wir Senhor Diaz auf Freigabe der Kaution an meinen Mandanten verklagen, also auf *Abgabe einer Willenserklärung*. Ein der Klage stattgebendes Urteil ersetzt nämlich die verlangte Erklärung, was bedeutet, dass ich mit dem Urteil zur Bank gehen und eine Auszahlung an den Mandanten verlangen kann, die Mietererklärung gilt damit als erteilt. Ich habe bei Wikipedia recherchiert, dass Senhor Diaz jetzt bei einem brasilianischen Fußballklub namens N. C. spielt. Wir werden die Klage also ins Portugiesische übersetzen lassen, und dann darf das Amtsgericht Charlottenburg in Brasilien c/o N. C. zustellen. Ich nehme an, dass Senhor Diaz sich nicht weiter damit befassen wird – warum sollte er sich auch dagegen wehren, dass ein deutsches Gericht eine Erklärung von ihm fingiert, welche Angelegenheiten regelt, die er schon lange vergessen hat? Das ist alles weit weg, er muss nichts tun und das Problem löst sich von selbst. Also wird vermutlich ein Versäumnisurteil ergehen, einfach deshalb, weil er nicht reagiert.

Danach werde ich beantragen, die Verfahrenskosten festzusetzen. Das geschieht mit einem sogenannten Kostenfestsetzungsantrag. Das Gericht spricht meinem Mandanten die Erstattung der Gerichts- und Übersetzungskosten, der Zustellauslagen und der gesetzlichen Gebühren seines Anwalts zu, insgesamt vielleicht 1000 Euro. Wegen dieses Betrages erlässt es einen sogenannten Kostenfestsetzungsbeschluss. Der ist wie ein Urteil, man kann aus ihm vollstrecken. Wir heften ihn ab und warten.

Und dann wird Senhor Diaz in der nächsten brasilianischen Nationalmannschaft zur Fußballweltmeisterschaft in der linken Abwehr aufgestellt. Das Team kommt natürlich ins Finale, und mit Joachim Löw als Trainer werden es auch wir Deutschen erreichen. Wir müssen dann nur noch dafür sorgen, dass das in Deutschland ausgetragen wird. Ich werde einen Gerichtsvollzieher damit beauftragen, Senhor Diaz wegen der offenen Verfahrenskosten die eidesstattliche Versicherung abzunehmen. Wir werden warten, bis beide Mannschaften ihre Nationalhymne gesungen haben. Dann, kurz vor dem Anpfiff, werde ich in meinem besten Anzug zusammen mit dem Gerichtsvollzieher und einigen Polizisten auf das Spielfeld marschieren. Vor laufenden Kameras und den Augen der ganzen Welt werden wir Senhor Diaz abführen, damit er in der Umkleide das Formular zur eidesstattlichen Versicherung ausfüllen kann. Das dauert natürlich eine Weile, einschließlich Dolmetscher sicherlich eine Stunde, vorausgesetzt, er hat alle Unterlagen dabei, die er benötigt, um wahrheitsgemäß, vollständig und richtig über sein Einkommen und Vermögen Auskunft zu erteilen. Andernfalls dauert es sicher länger und er bleibt währenddessen verhaftet. So lange kann der Anpfiff nicht warten, die Brasilianer müssen also umstellen. Ein anderer Spieler muss die linke Abwehr übernehmen, der war aber eigentlich für später vorgesehen. Damit bringen wir ihre gesamte Spielstrategie durcheinander. Und das ist der Schlüssel zum Sieg: Wir Deutschen, also ich und die Nationalelf, gewinnen daraufhin das Finale. Und die ganze Welt hat zugesehen.

Hollywood-Größen mit Villen in Potsdam werden in Zukunft nur noch von mir vertreten werden wollen. Wegen der vielen gut dotierten Interviewanfragen habe ich natürlich nur gegen adäquates Honorar Zeit für schnöde Anwaltstätigkeit, aber bei geeigneten Gegnern werde ich vielleicht schwach. Frau Merkel wird mir das Bundesverdienstkreuz verleihen, immerhin habe ich der ganzen Welt die Verlässlichkeit und Investitionssicherheit des deutschen Rechtssystems demonstriert. Bei Hertha BSC werde ich Ehrenmitglied. In Brasilien wird ein lebenslanges Einreiseverbot gegen mich verhängt, gleichzeitig küren mich die Argentinier zu ihrem neuen Nationalhelden und errichten eine Statue vor dem Estadio Monumental in Buenos Aires. Nutella und Hanuta legen künftig Anwalts-Abziehaufkleber bei, Kinder werden Anwalt als Berufswunsch vor Indianer und Feuerwehrmann nennen und die Hochschulen werden einen Zulauf an Jurastudenten erleben wie nie zuvor. Von der Humboldt-Universität nehme ich den angebotenen Ehrendoktor an, die Bundesrechtsanwaltskammer zeichnet mich aus als einen Kollegen, der wie keiner zuvor dem Berufsstand Ehre, Bewunderung und weltweite Anerkennung verschafft hat. Der Duden wird das neue Verb »scheidackern« aufnehmen, was so viel bedeutet wie »kreative, exzellente, überwältigend beeindruckende Arbeit leisten«.

Derart im Mittelpunkt des Interesses, werde ich meine Anwaltstätigkeit plakativ in den Dienst des Guten und Erhabenen stellen. Ich werde Festreden halten, in denen ich über die Bedeutung des Rechts und die Verkörperung der Moral in ihm sinniere. Moral ist eine mächtige Keule in Deutschland. Wir haben grundsätzlich immer ein schlechtes Gewissen. Ich werde das in meinen Reden nutzen: Wir müssen unseren Berufsstand mit Sorgfalt und Ehrfurcht wahrnehmen, einen hohen moralischen Standard in der täglichen Arbeit anstreben; wir dienen nicht dem Mandanten, sondern Recht und Gesetz, dieses als gemeinsames und übergeordnetes Interesse ist Leitbild in jedem einzelnen Fall; es gibt Kollegen, die die Erniedrigung anderer zu ihrer eigenen Erhebung nutzen, je gemeiner man dem Gegner zusetzt, desto größer ist das Erfolgsempfinden, wir dürfen uns dazu nicht hergeben; eine Welt, in der man Wohlstand und Ansehen erlangt, indem man anderen schadet, möchte ich meinen Kindern nicht hinterlassen, ohne mich bemüht zu haben, das zu ändern; Menschenrechte, Naturschutz, Demokratie und so weiter.

Das ist natürlich nicht uneigennützig. Wenn sich alle an meine Ermahnungen halten, macht mir keiner meinen Platz streitig. Und tut es doch einer, werfe ich ihm seine selbstsüchtige Berufsausübung vor die Füße und nehme ihn mithilfe meiner moralischen Position vor laufenden Kameras auseinander. Das Licht der Aufmerksamkeit soll gefälligst ungeteilt bei mir bleiben, die daraus folgenden Einkünfte natürlich auch …

Fachsprache II

Chris ist ein begabter Hobbykoch und er liebt Gesellschaft. Nun wollte es das Leben so, dass er sich vor einigen Jahren in eine polnische Schauspielerin verliebte, natürlich ohne ein Wort Polnisch zu sprechen. Kurzerhand zog er daraufhin nach Poznań (Posen) und eröffnete dort ein Theaterrestaurant. Seitdem sehen wir ihn nur noch selten.

Vor seiner Auswanderung veranstaltete Chris regelmäßig kulinarische Abende in seiner Wohnung. Dort trafen sich unterschiedlichste Bekannte und Freunde zum Gedankenaustausch und hätte er das institutionalisiert, wäre daraus mit Sicherheit irgendwann ein Salon geworden, eine gesellschaftliche Adresse für Leute mit Namen oder Hirn oder beidem. Ich hatte das Glück, dass Mila eng mit ihm befreundet war, und so lud er auch uns gelegentlich ein. Und an einem dieser Abende musste ich mal auf seine Toilette.

An der Tür selbiger hing ein Einstellungsbescheid der Polizei. Chris war zu schnell gefahren und hatte ein Bußgeld von 25 Euro auferlegt bekommen. Er hatte das überwiesen und die Polizei hatte ihm daraufhin geschrieben, dass das Verfahren damit eingestellt sei. Wieso hängt sich das jemand an die Tür seiner Toilette? Ich verstand das nicht und fragte ihn. Chris sah mich verwundert an, ebenso die Hälfte seiner Gäste. Ob ich denn nicht sehe, wie absurd das Schreiben sei? Nein, sah ich nicht. Also gingen wir gemeinsam hin.

Da stand immer noch, was ich gelesen hatte, nur etwas juristischer als oben formuliert. Die Behörde hieß nicht einfach nur »Polizei«, sondern »Der Polizeipräsident in Berlin«. Sie schrieb, seine Zahlung stelle nach Paragraph sowieso ein Verfolgungshindernis dar, und daher habe man das Verfahren eingestellt. »Der Polizeipräsident in Berlin« schreibe ihm, Chris, wegen eines bezahlten Bußgeldes von 25 Euro, und das sei ein »Verfolgungshindernis« – Chris ließ uns das auf der Zunge zergehen: was für eine absurde, verquere Sprache. Ich fand das immer noch völlig normal, aber mir fiel auf, dass er und fast alle anderen in diesem Raum diesbezüglich offenbar eine andere Wahrnehmung hatten als ich. Die nächsten zehn Minuten debattierte der halbe Raum über die Absurditäten des Klotürzettels. DAS fand nun wiederum ich bemerkenswert und ich begann, über juristische Fachsprache nachzudenken.

Noch immer geschieht es, dass ich Mila etwas erzähle oder einem Mandanten etwas erkläre und damit eine überraschende Reaktion bewirke. Aber ich bin mittlerweile bereits etwas sensibler geworden. Ich fühle, wenn unsere juristische Sprache zu weit von dem gesellschaftlichen Standard abweicht, und versuche dann, den korrekten Terminus umzuformulieren in etwas, das meinem Gegenüber näherliegt. Das gelingt mir nicht immer. Aktuell liegt mir zum Beispiel eine Akte vor, in der es darum geht, dass ein Gewerbemieter (Restaurant) ein halbes Jahr lang seine Mieten nicht bezahlt hat. Die Hausverwaltung, die das Objekt für den Eigentümer betreut, kündigte daraufhin den Mietvertrag und beauftragte mich mit der Klage auf Zahlung der Rückstände und Rückgabe der Mietfläche. Der Mieter verteidigte sich nicht und es gab relativ schnell ein Urteil. Weil der Mieter immer noch nicht reagierte, beauftragten wir einen Gerichtsvollzieher damit, die Rückgabe zwangsweise durchzusetzen. Das ist primär, denn mit jedem Monat, der verstreicht, erhöhen sich sonst die Schulden des Mieters und die Verluste für den Eigentümer. Für die Vollstreckung benötigen wir aber das Original des Urteils. Wenn wir es erst in der Welt herumschicken, um die Schulden beizutreiben, können wir nicht räumen, was bedeutet, dass der Mieter so lange drinbleibt. Vollstreckungen können lange dauern, es könnten weitere sechs oder zwölf Monate Rückstand auflaufen. Also gibt man das Urteil erst dem Gerichtsvollzieher mit dem Auftrag, die Räumung zu vollziehen. Hat man die Mietfläche zurück, entstehen keine weiteren Schulden und den bis dahin erreichten Stand kann man dann in Ruhe beitreiben.

Es gibt allerdings einen Bereich, in dem sich die beiden Vollstreckungsziele überschneiden, und das ist das Vermieterpfandrecht. Dabei handelt es sich um ein Sicherungsmittel aus den Anfängen des heutigen Zivilrechts und es besagt, dass der Vermieter ein »Pfandrecht« an allen Dingen hat, die ein Mieter in die Mietfläche bringt und die dem Mieter gehören. Entstehen Mietschulden, kann der Vermieter die Pfänder verwerten und aus dem Erlös die Schulden des Mieters bezahlen. Im Bankengeschäft ist das praktisch: Wenn der Mieter eines Tresorschließfachs seine Tresormiete nicht bezahlt, kann die Bank auf den Inhalt zugreifen. In der Immobilienpraxis ist das antiquiert, ein Beispiel aus der Zeit um 1900: Der Mieter einer Wohnung in einem kaiserlichen Neubau verschwindet eines Tages spurlos und hinterlässt ein Bett, ein paar Schuhe und etwas Porzellan in der Küche. Er zahlt seine wöchentliche Miete nicht und es sieht so aus, als würde er auch nicht zurückkommen. Vielleicht hat er sich sogar »abgemeldet«. Dann konnte der Vermieter anno dazumal die Sachen aus der Wohnung verkaufen und damit die Mietrückstände bezahlen. Vielleicht hat er sie teilweise sogar an den nachfolgenden Mieter verkauft, der froh war, eine Küche mit Tassen und Tellern darin übernehmen zu können.

Heute ist das anders. Wenn Mieter einfach verschwinden, bleibt in der Wohnung in aller Regel nur Müll zurück. Und zwar richtiger, echter Müll: vergammelte Lebensmittel, leere Bierflaschen, nicht weggeworfene Pizzakartons, ein zerfetztes Stoffsofa oder Ähnliches. Das kann man nur wegwerfen. Aber das Vermieterpfandrecht gilt auch, wenn Mieter nicht einfach verschwinden, sondern noch da sind. Und dann sind in der Wohnung zum Beispiel Flachbildfernseher, Hi-Fi-Anlagen, Sammlungen (Münzen, Briefmarken, Meissner Porzellan) oder Schmuck. Der Vermieter kann daran sein Pfandrecht ausüben und dem Mieter verbieten, das aus der Wohnung wegzuschaffen, damit er, der Vermieter, es verkaufen und daraus die Mietschulden bezahlen kann. Das funktioniert freilich meist nicht. Es reicht ja schon, dass der Fernseher auf Raten gekauft ist. Dann gehört er nämlich so lange, wie die Raten laufen, nicht dem Mieter, sondern der finanzierenden Bank oder dem Geschäft, das ihn verkauft hat. Wenn etwas Wertvolles dem Mieter gehört, kann der Vermieter außerdem nicht wirklich verhindern, dass es aus der Wohnung weggeschafft wird. Schließlich sind persönliche Gegenstände unpfändbar.

Aber es hat eine wichtige rechtliche Konsequenz: Die Räumungsvollstreckung reduziert sich auf die reine Rückgabe der Wohnung, ohne Räumung.

Damit Sie das verstehen, müssen wir kurz schauen, wie eine Räumungsvollstreckung vor sich geht: Der Vermieter beauftragt den Gerichtsvollzieher mit der Räumung und Rückgabe der Wohnung an sich. Der Gerichtsvollzieher schätzt als Erstes, wie teuer das wird, und fordert einen Vorschuss für die Räumungskosten beim Vermieter. Das Teuerste dabei sind die Spedition und die Einlagerung: Für eine Zwei- bis Dreizimmerwohnung können das schon mal 4000 Euro sein. Denn der Gerichtsvollzieher trägt die Sachen ja nicht selbst heraus, sondern er beauftragt ein Umzugsunternehmen damit. Die kommen mit Lkw und einigen Möbelpackern, tragen alles aus der Wohnung und lagern es irgendwo ein. Sodann wechselt ein Schlüsseldienst im Auftrag des Gerichtsvollziehers die Schlösser aus und der Vermieter erhält gegen Quittung die neuen Schlüssel. Notfalls trägt die vom Gerichtsvollzieher gerufene Polizei den Mieter noch mit Gewalt auf die Straße (in der Regel geht er »freiwillig«). Damit ist der Mieter physisch wie rechtlich aus den Räumen raus und der Vermieter wieder drin.

Es ist natürlich ärgerlich, so viel Geld für die Vollstreckung bezahlen zu müssen. Vielleicht betragen die Mietrückstände schon einige Tausend Euro, der Prozess bis zum Urteil war auch nicht billig und jetzt soll man noch einmal Geld hinterherwerfen, nicht selten ohne jede Aussicht, davon je etwas wiederzusehen. Daher entstand in der Praxis ein Bedürfnis, die Kosten zu senken, und das geht mit dem Vermieterpfandrecht. Wenn man das ausübt, kann man verlangen, dass die Dinge in der Wohnung drinbleiben. Der Gerichtsvollzieher ist nur Vollstreckungsorgan, kein Richter, deswegen darf er nicht prüfen, ob und woran ein Vermieterpfandrecht entstanden ist und woran vielleicht nicht. Für ihn gilt dann, dass die Spedition wegfällt und er nur den Schlüsseldienst mit dem Austausch der Schlösser beauftragt. Die Räumungskosten reduzieren sich dadurch auf rund 300 Euro. Der Vermieter kann das in der Wohnung verbliebene Inventar in einen eigenen Keller oder Dachbodenverschlag einlagern, bis der Mieter es sich abholt oder davon auszugehen ist, dass er es nicht mehr zurückhaben will.

Jetzt kommen wir zurück auf unseren obigen Restaurant-Fall. Wir hatten das Vermieterpfandrecht ausgeübt und den Gerichtsvollzieher beauftragt, uns den Besitz an der Mietfläche zu verschaffen, also die Schlösser zu tauschen. Der Gerichtsvollzieher forderte daraufhin einen Vorschuss in Höhe von 500 Euro und der Vermieter zahlte diesen. Daraufhin meldete sich die Mieterin bei der Hausverwaltung und teilte mit, dass sie einen Antrag auf Eröffnung des Insolvenzverfahrens gestellt habe.

Insolvenzrecht ist furchtbar. Es verhindert nahezu alles, was man bis dahin erreicht hat. Zum Beispiel gibt es eine Vorschrift, die anordnet, dass jegliche (Zahlungs-)Vollstreckungen verboten sind, wenn ein Insolvenzantrag gestellt wurde. Man kann mit dem teuer erstrittenen Urteil dann sprichwörtlich die Toilette tapezieren. Für Räumungsvollstreckungen gilt das zum Glück nicht bzw. nicht uneingeschränkt. Jedenfalls ist ein Insolvenzantrag immer eine besondere, schwierige Lage. Und so rief mich die Sachbearbeiterin der Hausverwaltung an und fragte, was denn nun nach Antragstellung mit unserem Vermieterpfandrecht geschehe. Das Telefonat lief etwa so:

Sie: »Herr Scheidacker, die Mieterin ist bereit, uns die Schlüssel zu geben, wenn wir mit Herrn X (Nachfolgemieter) einen neuen Mietvertrag schließen. Sie hat mit dem wohl einen Deal. Geht das?«

Ich: »Ja, natürlich, Sie sollten die Schlüssel auf jeden Fall annehmen, wenn sie sie Ihnen anbietet.«

Sie: »Da steht ein Tresen drin und andere Dinge, die würde Herr X. gern übernehmen. Wir haben daran ja ein Vermieterpfandrecht ausgeübt. Können wir ihm die Sachen verkaufen? Trotz Insolvenzantrag?«

Ich: »Sie haben da ein Recht auf abgesonderte Befriedigung.«

Sie: »Bäh, Herr Scheidacker, das klingt ja furchtbar.«

Irritation. Was meint sie? Dann die Erkenntnis und ich bemühe mich um eine adäquate Reaktion: »Es ist nicht das, was Sie denken. Ihr Vermieterpfandrecht ist eine Sicherung an dem betreffenden Inventar. Das bevorzugt Sie vor anderen Insolvenzgläubigern. Man sagt, Sie können das aus der Insolvenzmasse ›absondern‹, also herauslösen, und dann durch Verkauf die Schulden rückführen, sich also daraus ›befriedigen‹.«

Sie, spöttisch: »Da bin ich ja beruhigt.«

Langenscheidt hat in Zusammenarbeit mit der Bundesrechtsanwaltskammer ein kleines Wörterbuch herausgebracht. Es heißt *Wörterbuch für Ihren Anwaltsbesuch*, Untertitel *Rechtsbegriffe leicht verständlich*. Das ist ganz ernst gemeint. Ich habe vor einigen Jahren ein paar Dutzend Exemplare gekauft und verschenke es gelegentlich an Mandanten, die mit der juristischen Sprache nicht alltäglich zu tun haben. Dort sind einzelne Wörter definiert: Was ist ein »Grundbuch«, was eine »Erbausschlagung«, was ein »Urkundsprozess«. Die Idee ist sicherlich hilfreich, aber ich bezweifle, dass die Lektüre von Definitionen das gegenseitige Verständnis erweitert. Unsere Gedankenwelt ist viel zu unterschiedlich, die sprachliche Logik eine andere. Das Buch ist auch viel zu dünn, keines meiner spezialisierungsbezogenen Fachwörter ist darin erwähnt. So werde ich weiterhin als Übersetzer tätig sein. Und vielleicht hilft Ihnen auch das vorliegende Buch, etwas besser zu verstehen, wie wir Juristen ticken.

Steuerrecht

Steuerrecht ist absurd. Das liegt daran, dass es dabei grundsätzlich darum geht, Menschen ohne Begründung etwas wegzunehmen, was per se ungerecht ist. Dieses Wegnehmen soll aber nach möglichst gerechten Regeln funktionieren. Das ist ein Widerspruch in sich.

Wenn Sie einen Einspruch gegen Ihren Einkommenssteuerbescheid einlegen, wehren Sie sich gegen Details der Veranlagung, die Sie »zu Unrecht« belasten. Die Steuerbehörde und später vielleicht das Finanzgericht befassen sich dann damit, ob Ihre Steuerbelastung nach Recht und Gesetz erfolgte oder Ihnen zu viel abverlangt. Die meisten Menschen gehen sicherlich davon aus, dass diese Prüfung nach Gerechtigkeitsgesichtspunkten geschehen müsste. Das ist aber falsch, da die Grundannahme nicht ist, dass es gerecht sei, Ihnen etwas wegzunehmen. Sondern die Grundannahme ist, dass der Staat Einnahmen braucht. Im Steuerrecht geht es also nicht um Gerechtigkeit, sondern um die Sicherstellung der Staatseinnahmen. Wer diesen völlig anderen Begründungsansatz einmal verstanden hat, versteht auch viele steuerliche Entscheidungen, die andernfalls völlig unzugänglich bleiben.

Zum Beispiel halte ich das Ehegattensplitting für eine der größten Ungerechtigkeiten des Steuerrechts: Weil zwei Menschen verheiratet sind, tut das Steuerrecht so, als wären sie einer, aber mit doppelten Freibeträgen. Das reduziert die Progression, welche jeden zusätzlich verdienten Euro mit einem höheren Steuersatz belegt.

Beispiel: Sie verdienen im Jahr 2012 insgesamt 20000 Euro. Darauf zahlen Sie 2849,55 Euro Steuern, also durchschnittlich 14,25 Prozent. Wenn Sie 30000 Euro verdienen, zahlen Sie 5934,37 Euro Steuern, also durchschnittlich 19,78 Prozent. Die Differenz zwischen 20000 Euro und 30000 Euro kostet Sie 3084,82 Euro, also 30,85 Prozent. Je mehr Sie verdienen, desto höher wird die anteilig darauf zu zahlende Steuer. Wenn Sie allerdings verheiratet sind und Ihr Ehepartner kein Einkommen hat, zahlen Sie bei 30000 Euro Einkünften nur 2975,10 Euro Steuern, also 2959,27 Euro weniger. Ihr Ehepartner zahlt so oder so keine Steuern, da er kein Einkommen hat. Es macht für das volkswirtschaftliche Gesamteinkommen also keinen Unterschied, ob Sie verheiratet sind oder nicht – Ihr Ehepartner verdient nichts und Sie 30000 Euro. Der Unterschied ist nur, dass Sie beide insgesamt unverheiratet knapp 6000 Euro Steuern zahlen und verheiratet nur die Hälfte.

Wo kommt das her? 1891 wurde die preußische Einkommensteuer reformiert. Ehegatten wurden hier gemeinsam veranlagt und die Einkommen zusammengerechnet. Da keine Progression vorgesehen war, beschränkten sich die Auswirkungen im Wesentlichen auf eine Verwaltungsvereinfachung. 1920 wurde das Reichseinkommensteuergesetz geschaffen und die Einkommensteuergesetze der Länder abgelöst. Erstmalig wurde dabei eine Progression vorgesehen. Um Ehepaare hierdurch nicht schlechterzustellen, wurde eine Individualbesteuerung vorgeschrieben. 1934 führten die Nationalsozialisten die gemeinsame Veranlagung wieder ein. Die damit verbundene Benachteiligung (wegen der inzwischen eingeführten Progression) berufstätiger Frauen war beabsichtigt, da es ein politisches Ziel war, dass die Frau keiner bezahlten Arbeit nachgehen, sondern sich um Kinder und Familie kümmern sollte. Makroökonomisch begünstigt eine solche Zusammenveranlagung von Ehegatten sogenannte

Einverdiener-Ehen, was erklärtes Ziel des Gesetzes aus dem Jahre 1934 war.

Die heutige Begründung für die steuerliche Bevorzugung von Eheleuten ist Artikel 6 des Grundgesetzes. Dessen Absatz 1 lautet: »Ehe und Familie stehen unter dem besonderen Schutze der staatlichen Ordnung.« Teil des Schutzes der Ehe ist nach herrschendem Verständnis der steuerliche Vorteil. Und warum man die Ehe so besonders schützen will, wird damit begründet, dass sie die Keimzelle der Familie sei und damit der Ursprung des gesamten staatlichen Lebens, sprich der künftigen Steuerzahler.

Wenn das so ist, verstehe ich nicht, wieso man die »Ehe« steuerlich so bevorzugt, nicht aber die »Familie«. Die ist in Artikel 6 ebenso genannt, genießt aber keinen steuerlichen Vorteil. Warum gibt es kein Familiensplitting? Es ist ungerecht, kinderlose Eheleute steuerlich zu bevorzugen, aber unverheiratete Familien, die es nun wirklich nötig haben, so zu behandeln, als handele es sich um alleinverdienende Singles.

Jede Steuer hat eine sogenannte Lenkungswirkung. Das bedeutet, dass sich die Bevölkerung steuerlich günstig verhält, um die Nachteile einer Steuer möglichst zu vermeiden und die Vorteile zu erhalten, die mit einer Befreiung oder Reduktion von der Steuer verbunden sind. Das hat zur Folge, dass viele Leute heiraten, um Steuern zu sparen. Die Ehen halten dann oft nicht, die Scheidungsquote liegt seit zehn Jahren relativ konstant bei rund 50 Prozent. Anders und vielleicht etwas deutlicher gesagt: Jede zweite Ehe wird geschieden. Aber die Steuerreduktion hilft manchem vielleicht darüber hinweg, dass er doch nicht so ganz überzeugt oder willens ist, es bis zum Tode mit dem anderen auszuhalten. Solange die Ehe hält, ist es eben billiger. Da kann man schon mal heiraten. Ich habe viele Pärchen in meinem Umfeld gesehen, die sich für ihre Beziehung einen standesamtlichen Trauschein geben ließen, aber bis heute keine Kinder wollen. Die Paare, die Nachwuchs produzieren, sind hingegen oft nicht verheiratet.

So wie Mila und ich. Wir haben mittlerweile (2013) drei Kinder. Und ich sträube mich dagegen, Mila zu heiraten, wenn es einen finanziellen Vorteil bringt. Es kommt mir so vor, als würde ich dafür bezahlt werden, sie zu heiraten. Das ist unglaublich unromantisch. Wenn ich sie heirate, dann allein aus Liebe. Nennen Sie mich einen Romantiker oder einen Trottel oder beides, aber solange durch eine Heirat mit ihr ein steuerlicher Vorteil entsteht, kann ich das nicht. Wir reden da über eine Menge Geld: In den letzten fünf Jahren hätten wir jährlich etwa 25 000 Euro Steuern gespart, bislang also rund 125 000 Euro. Das ist eine kleine Eigentumswohnung oder die komplette Schul- und Uniausbildung für eines unserer Kinder. Oder jede Menge Traumreisen. Aber ich kann es trotzdem nicht. Ich habe einfach zu viele Scheidungen erlebt, bei denen man den Eindruck bekam, dass es von Anfang an nur ums Geld ging. Eine meiner ersten Akten als Referendar bei meinem damaligen Anwaltsausbilder war eine Scheidungsakte mit einem zehn Jahre alten Aktenzeichen. So lange haben die sich darum schon gestritten, wie sie sich, ihre Finanzen und ihre Kinder trennen, als ich das erste Mal ihre Akte in die Hand bekam. Das ist für mich eine Horrorvorstellung. Sie resultiert daraus, dass man Liebe und Geld miteinander verknüpft. Das eine hat mit dem anderen aber nichts zu tun. Ich werde Mila heiraten, aber erst, wenn es keinen steuerlichen Unterschied mehr macht – entweder weil ich kein Einkommen mehr habe oder weil wir beide das gleiche Einkommen erzielen.

Die heutige Auslegung von Artikel 6 Grundgesetz durch den Staat ist für uns also eine Eheverhinderungsvorschrift. Zugleich ist sie eine Familienbenachteiligungsvorschrift, weil wir anders als die kinderlosen Ehen ringsum volle Steuern zahlen, während Mila seit Jahren die Kleinkinder betreut und deshalb kaum arbeiten kann. Durch den Steuernachteil können wir finanziell schlechter für unsere Kinder sorgen und weniger Vermögen aufbauen als kinderlose Eheleute. Deren größere Altersvorsorge wird später aller Voraussicht nach von unseren Kindern erarbeitet werden. Das Ganze ist auch sozialpolitisch falsch, denn es fehlt die Lenkungswirkung, Kinder zu bekommen – das, was eigentlich die heutige Begründung für das Ehegattensplitting ist. Es ist daher kein Wunder, dass unsere Alterspyramide zu einem ernsten Problem für die Rentenversicherung wird.

Das alles ist offenkundig ungerecht.

Aber wie gesagt, darum geht es im Steuerrecht nicht. Was würde geschehen, wenn sich unser Parlament dazu durchränge, die seit dem Nationalsozialismus geänderten Lebenswirklichkeiten zum Anlass zu nehmen, das Ehegatten- in ein Familiensplitting umzuwandeln? Man könnte die steuerliche Bevorzugung der Ehe streichen und stattdessen an die Anzahl der Köpfe pro Familie knüpfen, wobei Kinder so lange berücksichtigt würden, wie es für sie Kindergeld gibt. Der Grundfreibetrag, auf den man keine Steuern zahlt, auch Existenzminimum genannt, liegt aktuell bei 8130 Euro pro Person. Wenn Sie zwei Kinder haben, also vier Köpfe, wäre Ihre Familie bis zur Höhe von 32 520 Euro völlig steuerfrei. Bei drei Kindern wie bei Mila und mir wären wir bis zu 40 650 Euro steuerfrei. Erst darüber hinausgehendes Einkommen würde versteuert, und zwar zunächst mit dem niedrigsten Steuersatz und danach mit allmählich ansteigendem, so wie jetzt. Statt der oben berechneten 6000 Euro Steuern des unverheirateten Vaters mit 30 000 Euro Jahreseinkommen erhielte der Staat dann: nichts. Von dem verheirateten Ehegatten ohne Kinder erhielte er statt der heutigen rund 3000 Euro zukünftig 6000 Euro, also nur 3000 Euro mehr. Die Hälfte der Einnahmen wäre weg.

So pauschal kann man das sicherlich nicht berechnen. Aber ich bin mir sicher, dass wir ein ernsthaftes Problem mit den Staatsfinanzen bekämen, wenn wir von einem Ehegatten- auf ein Familiensplitting umstellen würden. Die Fehlbeträge müssten dann anderweitig gedeckt werden, man müsste vermutlich das gesamte Steuerrecht umkrempeln. Ansätze dazu gibt es immer wieder, nicht zuletzt den des hoch geschätzten Paul Kirchhof, der im letzten Schröder-Wahlkampf aus politischen Gründen zerlegt wurde. Aber danach hätte man das trotzdem aufgreifen können. Woran liegt es, dass unsere Politik kluge Ansätze nicht realisiert?

Ich nehme an, dass es mehrere Gründe gibt, die allesamt nichts damit zu tun haben, wie sinnvoll so etwas wäre und wie unbefriedigend die jetzige Situation: Zum einen ist das Thema kompliziert und lässt sich dadurch schlecht in Schlagworten erklären, aber einfach in Schlagworten angreifen. Zum Zweiten lädt es unabhängig davon, wie gut ein Vorschlag in der Sache selbst ist, politische Gegner ein, sich durch Widerstand zu profilieren. Schlimmstenfalls ruiniert das Karrieren. Warum sollte man sich als Politiker freiwillig auf so ein dünnes Eis begeben? Der Fall Schröder./.Kirchhof hat ja gezeigt, dass man sich damit in eine unmögliche Situation bringt. Schließlich haben wir mit einem einfacheren Steuerrecht keine Erfahrungen; durch Beseitigung von Lücken und Nischen verlöre der Staat erheblich Einfluss (Lenkungswirkung).

Wenn man sich nicht bewegen kann oder will, dann muss man es bei den heutigen Ungerechtigkeiten, also zum Beispiel dem Ehegattensplitting, belassen. Denn es geht darum, die nötigen Staatseinnahmen sicherzustellen. So gesehen sind die Willkürlichkeit und Ungerechtigkeit des deutschen Steuerrechts wieder verständlich.

Der andere Grundansatz des Steuerrechts zeigt sich auch in den alltäglichen Kleinigkeiten der Finanzbürokratie. Nehmen wir zum Beispiel folgenden Fall: Sie sind selbstständig und zahlen monatliche Umsatzsteuern. Das Gesetz ordnet hierfür eine Frist von zehn Tagen nach Monatsende an. Wenn Sie die Frist überschreiten, entsteht ein sogenannter Säumniszuschlag von einem Prozent der Steuerschuld pro angefangenem Monat. Schulden Sie für den Monat April 2013 zum Beispiel eine Umsatzsteuer in Höhe von 8000 Euro und erhält das Finanzamt Ihre Überweisung erst nach dem 10. Mai 2013, schulden Sie für jeden angefangenen Monat Verspätung 80 Euro Säumniszuschlag.

Man kann seine Steuern nicht nur per Überweisung bezahlen, sondern auch bar oder mit einem Scheck. Das Problem hierbei ist, dass es bei einem Scheck nicht nur darauf ankommt, wann Sie ihn abgeben, sondern auch darauf, wann das Finanzamt ihn einlöst. Denn Ihre Kontobelastung und der tatsächliche Transfer des Geldes durch die Bank geschehen ja erst infolge der Einlösung. Nun könnte sich das Finanzamt damit Zeit lassen oder die Einlösung gar verbummeln. Dann müssten Sie Säumniszuschläge zahlen. Das kann irgendwie nicht sein. Also gibt es eine Vorschrift, die regelt, dass Scheckzahlungen drei Tage nach Erhalt des Schecks durch das Finanzamt als bewirkt gelten, § 224 AO (Abgabenordnung). Darauf, wann das Geld tatsächlich gutgeschrieben wird, kommt es nicht an.

Eine Frau aus Nordrhein-Westfalen zahlte ihre Steuer am 8. November 2010 per Scheck an das Finanzamt. Dieses löste ihn zügig ein, das Geld wurde am 10. November auf seinem Konto gutgeschrieben. Anschließend erhob das Finanzamt einen

Säumniszuschlag. Die Begründung lautete: § 224 AO ordne an, dass die Zahlung nach drei Tagen als geleistet gilt. Das sei in diesem Fall der 11. November, und der sei einen Tag zu spät. Darauf, wann das Geld tatsächlich geflossen sei, komme es nicht an. Also sei ein Säumniszuschlag zu erheben.

Irgendwie kann das auch nicht sein, es widerspricht jeglichem Gerechtigkeitsempfinden. Aber denken Sie daran: Beim Steuerrecht geht es nicht um Gerechtigkeit, sondern um Staatseinnahmen. Die Frau klagte gegen den Säumnisbescheid bis hoch zum Bundesfinanzhof, und sie verlor. Das oberste deutsche Steuergericht entschied, dass von der Dreitageregelung bei Scheckzahlungen nicht abgewichen werden darf. Die Abgabenordnung bestimmt den Zahlungszeitpunkt klar und eindeutig, sodass das Gesetz in diesem Punkt nicht auslegungsfähig ist. Der Gesetzgeber wollte für Scheckeinreichungen eine generalisierende Regelung treffen und hat dabei in Kauf genommen, dass eine (fiktive) Säumnis entstehen kann, wenn ein Geldbetrag tatsächlich vor dem Ablauf der Dreitagesfrist und rechtzeitig zur gesetzlichen Fälligkeit beim Finanzamt eingeht. Umgekehrt kann sich die Frist ja auch zulasten des Fiskus auswirken, beispielsweise wenn ihm das Geld erst vier oder fünf Tage nach der Scheckeinreichung gutgeschrieben wird. Mit dieser Mir-doch-egal-was-im-Einzelfall-gerecht-ist-Haltung kann man alles begründen, und so wird es im Steuerrecht getan. Zusätzlich zum Säumniszuschlag hatte die arme Frau die gesamten Prozesskosten aller Instanzen zu tragen. Das wird ihr eine Lehre sein, sich mit dem Fiskus anzulegen!

Ein anderes Beispiel betrifft mich ganz persönlich. Im Sommer 2012 gab es eine organisatorische Zäsur, denn ich schloss mich mit neuen Kollegen zusammen und arbeitete fortan unter einer neuen Steuernummer. Mein Steuerberater erklärte ganz ordentlich jeden Monat meine Umsatzsteuern und ich zahlte sie pünktlich an das Finanzamt. Trotz monatlicher Voranmeldung muss man auch noch eine Jahreserklärung abgeben. Das Gesetz schreibt vor, dass Steuererklärungen auf den amtlichen Formularen abgegeben werden müssen. Für das Jahr 2012 gab es bis einschließlich Dezember 2012 noch kein solches Formular für die Umsatzsteuerjahreserklärung. Am 5. Dezember 2012 erließ mein Finanzamt einen Umsatzsteuerjahresbescheid für die Zeit vor dem Zusammenschluss mit den neuen Partnern. Nach diesem hatte ich ein Guthaben von 20 Cent. Weil ich aber noch keine Erklärung eingereicht hatte, wurde ein Verspätungszuschlag von 25 Euro erhoben, sodass ich noch 24,80 Euro schuldete. Hiergegen legte mein Steuerberater Einspruch ein und begründete diesen damit, dass noch kein amtliches Formular für die Steuererklärung existiere, er für mich also noch gar nichts habe erklären können. Was tat das Finanzamt? Es lehnte den Einspruch ab mit der »Begründung«, dass der Verspätungszuschlag »trotz nochmaliger Nachprüfung« bestehen bleibe.

Wenn man gerechte Entscheidungen erwartet, versteht man das nicht: 1) Man muss ein amtliches Formular verwenden. 2) Ein solches Formular gibt es noch nicht, weil das Steuerjahr noch nicht abgelaufen ist. 3) Vor Ablauf des Steuerjahres und ohne Jahreserklärung erlässt das Finanzamt einen Steuerbescheid mit einem Guthaben. 4) Dafür soll ich einen Säumniszuschlag zahlen. Dieser berechnet sich eigentlich so: ein Prozent der geschuldeten Steuer. Ich müsste also eigentlich ein Säumnisguthaben in Höhe von einem Prozent aus 0,20 Euro monatlich erhalten. Wie kommen die auf 25 Euro und wieso jetzt?

Die Antwort, die mir bei so etwas psychologisch hilft, lautet: Es geht ausschließlich darum, dass das Finanzamt Einnahmen generiert. Das kann nur in begrenztem Rahmen »gerecht« sein, denn ich erhalte dafür ja nichts. Also reicht es, wenn man davon ausgehen kann, dass ich wegen 25 Euro nicht klagen werde. Mit dieser Annahme hat mein Finanzamt recht.

Blöd ist nur, dass der Einspruch meines Steuerberaters bei diesem ein Honorar in Höhe von 31,50 Euro zuzüglich Auslagen und Umsatzsteuer verursachte. So bin ich doppelt bestraft. Hätte mein Finanzamt mir einfach einen Brief geschrieben mit der Bitte, völlig begründungslos 25 Euro zusätzlich zu überweisen, wäre es für mich billiger gewesen. Und dadurch auch gerechter – die Einspruchskosten entsprechen einem Paar neuer Schlittschuhe in Kindergröße 31.

Schönheitsreparaturen

Unser geltendes Recht kann sich auf zweierlei Weise ändern, entweder durch den Gesetzgeber oder durch die Gerichte. Die Unterschiede sind gravierend.

Wenn der *Gesetzgeber* das Recht ändert, dann durch ein Gesetz. Das regelt, dass ein bereits bestehendes Gesetz geändert oder aufgehoben wird oder dass ein neues Gesetz in Kraft tritt. Die neue Regel gilt zukünftig ab dem Zeitpunkt, ab dem der Gesetzgeber das so festlegt.

Es ist übrigens aufschlussreich, mal so eine Gesetzesänderung zu lesen. Ein regionales Beispiel: Im Gesetz- und Verordnungsblatt für Berlin, 67. Jahrgang Nr. 6 vom 5. März 2011, Seite 65, heißt es in Artikel II Ziffer 2 zur Verordnung zur Änderung der Verordnung zum Schutz der Landschaft des Tegeler Forstes (südlicher Teil) im Bezirk Reinickendorf von Berlin: »In § 4 Absatz 2 Satz 2 wird das Komma vor Nummer 5 durch einen Punkt ersetzt und Nummer 5 aufgehoben.«

Sie wissen sicher genau, was damit gemeint ist. Ebenso geht es den Abgeordneten, welche im Gesetzgebungsverfahren darüber abstimmen. Für eine Vielzahl von Vorlagen, Änderungen, Ergänzungen, Streichungen, »Vereinfachungen« und so weiter sind Abstimmungen erforderlich, und die können Sie aus Gründen der Demokratie nicht nur mit der Handvoll Experten durchführen, die an der Ausarbeitung beteiligt waren. Um demokratische Mitsprache ernsthaft wahrzunehmen, müssten die Abgeordneten freilich in jedem Einzelfall wissen, was das bedeutet, das da gerade zur Abstimmung steht. Sie können sich vorstellen, dass dabei viel untergeht und dass sich das als Mittel der Politik gut nutzen lässt.

Wenn die *Gerichte* das Recht ändern, dann geschieht das völlig anders. Die Gerichte erlassen keine neuen Gesetze, sondern sie interpretieren den Inhalt der bestehenden. Es kommt vor, dass sich die Interpretationen ändern, weil man – so die theoretische Begründung – das Gesetz heute besser, richtiger versteht als früher. Weil sich nicht das Gesetz ändert, sondern nur sein Verständnis, hat die »neue« Rechtslage auch keine Übergangsfrist, sondern sie galt schon immer, man wusste es nur nicht.

Die wichtigste Instanz für die Neuinterpretation des Mietrechts ist der Bundesgerichtshof (BGH). Dessen Entscheidungen unterstehen keiner weiteren Überprüfung durch eine noch höhere Instanz, von ganz seltenen Fällen der Verfassungsbeschwerde einmal abgesehen. Und weil der BGH das letzte Sagen hat, richten sich alle unteren Gerichte nach ihm. Etwas anderes macht auch keinen Sinn: Interpretiert das Amtsgericht einen Paragraphen anders als der BGH, wird der Prozessverlierer Berufung einlegen mit der Begründung, dass der Amtsrichter das Recht falsch ausgelegt habe. Das Berufungsgericht wird ihm recht geben. Andernfalls würde es eine Revision zum BGH (oder eine sogenannte Nichtzulassungsbeschwerde) riskieren, auf die hin sein Urteil vom BGH aufgehoben würde. Man mag sich nicht den Ruf ruinieren. Also darf zwar jeder Richter eine eigene Meinung haben, aber nur so lange, wie es die des BGH ist.

Es kommt nun durchaus vor, dass der BGH seine Meinung ändert. Von einem für Mietrechtler besonderen Beispiel möchte ich Ihnen hier erzählen: von den Schönheitsreparaturen in Mietwohnungen.

Was das ist, darüber war man sich lange uneins. Heute würde ich sagen, den Schönheitsreparaturen unterfällt alles, was man mit Pinsel und Farbe erledigen kann. Sie sind ein Teil der Instandhaltung der Mietsache. Diese ordnet das Gesetz zunächst dem Vermieter zu: Er muss eine Mietsache in einem gebrauchsfähigen Zustand überlassen und erhalten und der Mieter muss dafür Miete zahlen. Ein Mietvertrag ist so gesehen nichts anderes als eine Vereinbarung über eine Leistung des einen Vertragspartners (eine Mietsache zu überlassen und sie so wie bei Anmietung zu erhalten) und eine Gegenleistung des anderen Vertragspartners (Miete zu zahlen). Man nennt das »Äquivalenzverhältnis«.

Wenn sich der Zustand der vermieteten Sache verschlechtert, ist es Aufgabe des Vermieters, dafür zu sorgen, dass er wieder vollständig seinen Vertrag erfüllt, das heißt, er muss den Missstand reparieren. Wenn also beispielsweise das Dach undicht ist und es hereinregnet, muss der Vermieter das Dach reparieren und den Wasserschaden in der Wohnung beheben lassen, denn er schuldet auf seiner Seite des Vertrags eine unbeschädigte nutzbare Wohnung wie bei der Anmietung. Solange und soweit er seinen Vertrag nicht oder schlecht erfüllt, ist das Äquivalenzverhältnis gestört: Er leistet dann weniger, als er muss. Das Gesetz gleicht diese Störung aus, indem es adäquat die Gegenleistung – die Miete – reduziert, sodass sich beide Seiten wieder gleichwertig gegenüberstehen. Wenn der Vermieter den Schaden behoben hat, ist seine Leistung wieder so viel wert wie anfangs und die Mietminderung endet.

Im Bereich der Schönheitsreparaturen gibt es nun das Problem, dass der Vermieter auf den Zustand der Wandanstriche oder auf den Geschmack des Mieters hinsichtlich der Farben keinen Einfluss hat. Auch hängt es nicht vom Vermieter ab, wie lange es dauert, bis man neu streichen muss, sondern vom Wohnverhalten des Mieters, der Belegung der Räume, der Qualität der verwendeten Farben und anderen Dingen. Daher ist es naheliegend, dass der Vermieter und der Mieter bei Vertragsabschluss regeln, dass sich nicht der Vermieter um den Anstrich kümmern muss, sondern das Aufgabe des Mieters sein soll.

Mit einer solchen Vereinbarung weichen die Vertragspartner jedoch vom Gesetz ab und die erste Frage, die daraus folgte, war die, ob das überhaupt möglich ist. In den 1960er-Jahren bejahte der BGH das, bestimmte aber zugleich, dass weitergehende Instandsetzungen als Schönheitsreparaturen nicht auf den Mieter abgewälzt werden dürfen, weil die Verpflichtung zur Instandhaltung der Mietsache eine originäre Leistungspflicht des Vermieters ist, für die er Miete erhält. 1967 urteilte er zudem, dass der Vermieter einen Anspruch auf Schadensersatz haben kann, wenn der Mieter vertraglich die Ausführung von Schönheitsreparaturen übernommen hat, die Wohnung aber in einem nicht »zu Wohnzwecken geeigneten vertragsgemäßen Zustand« zurückgibt. Der Schaden beläuft sich auf die Kosten, die der Vermieter aufwenden muss, um malern zu lassen. Die Mietvertragsklausel dieses damaligen Falles lautete: »Die Kosten der Schönheitsreparaturen, und zwar auch der 1. Schönheitsinstandsetzung sowie der Instandhaltung der Mieträume, trägt der Mieter. Zu den Schönheitsreparaturen gehört auch die Ausbesserung selbst verschuldeter Schäden am Verputz der Wände und Decken und Bodenbelag.«

Heute würde man das für klar unwirksam halten, aber dazu weiter unten. In den folgenden Jahren gab es viele Aufsätze und Meinungen unter den Juristen. Da zu dem Thema nichts im Gesetz steht, sondern es sich um eine davon abweichende Vertragsvereinbarung handelt, gab es diverse Probleme: Wie weitgehend darf eine solche Abweichung sein? Was gehört alles zu den Schönheitsreparaturen, was nicht mehr? Und was folgt daraus, dass eine solche Vertragsklausel zu weitgehend ist? Mangels weiterer Anhaltspunkte konnte man zunächst nur mit Treu und Glauben argumentieren. Im Jahr 1977 kam die Regierung zu Hilfe und führte das Gesetz zur Regelung des Rechts der Allgemeinen Geschäftsbedingungen (AGB-Gesetz) ein. Danach sind Vertragsklauseln unwirksam, wenn sie den anderen »unangemessen benachteiligen«. Die Rechtsprechung befasste sich demzufolge zunehmend mit der Frage, wann eine unangemessene Benachteiligung des Mieters vorliegt und wann nicht. Der BGH prägte dazu den Leitgedanken, dass es unangemessen ist, wenn der Mieter mehr an Schönheitsreparaturen leisten soll, als es der Vermieter müsste, wenn darüber im Vertrag nichts geregelt wäre.

In den letzten 15 Jahren änderte der BGH zu den Details gelegentlich seine Meinung. 1998 ging es zum Beispiel darum, ob eine Mietvertragsklausel wirksam ist, nach welcher der Mieter in festgelegten Abständen unabhängig vom Wohnungszustand streichen muss. Der Mietvertrag sah vor, dass das in Küche, Bad und Toilette alle drei Jahre der Fall ist, im übrigen Bereich alle fünf Jahre. Die Fristen sollten bei Vertragsbeginn, nach Renovierung ab dieser beginnen. Der BGH hielt das für wirksam, schwenkte in einem anderen Fall im Jahr 2004 aber um und erklärte, dass es nicht auf den Fristablauf, sondern nur auf den Wohnungszustand ankommen könne. Eine Renovierung nach Fristablauf würde der Vermieter nicht schulden, wenn die Wohnung auch dann noch in einem vertragsgemäßen Zustand sei; nichts anderes dürfe für den Mieter gelten.

In einer Vielzahl üblicher Vertragsformulare waren damals solche »starren Fristen« enthalten. Die Folge der neuen BGH-Entscheidung war, dass sie plötzlich alle als unwirksam galten. Da man einen abgeschlossenen Mietvertrag nicht einseitig ändern kann, hatte die Wohnungswirtschaft auf einmal ein erhebliches Problem.

Einige Monate später, im Oktober 2004, lag dem BGH ein weiterer Schönheitsreparatur-Fall vor. In dem dortigen Mietvertrag waren keine »starren« Fristen enthalten, sondern es hieß, dass die Malerarbeiten »im Allgemeinen« nach bestimmten Zeitabständen erforderlich werden oder (in einem anderen Fall) dass der Vermieter zur Verlängerung der Fristen verpflichtet ist, wenn der Wohnungszustand eine Renovierung noch nicht erfordert. Das hielt der BGH für wirksam, weil es dem Mieter nicht mehr auferlegte, als der Vermieter selbst schuldete. Auf einmal waren etliche der vormals für unwirksam gehaltenen Verträge dann doch wieder in Ordnung, weil sie eine solche »Aufweichung« enthielten.

In der Folgezeit gab es viel Streit darum, wann eine »starre« Regelung vorliegt und wann nicht. Wenn in der Klausel das Wort »unverzüglich« vorkam, war es nach anfänglichen Urteilen unwirksam, später hielt man das für in Ordnung. Ein »spätestens« ist ein K.-o.-Kriterium, ein »in aller Regel« wurde vom BGH so interpretiert wie ein »im Allgemeinen«. Das motivierte das Kammergericht in Berlin zu einem Urteil, nach dem das Wort »regelmäßig« anders zu interpretieren sei als die Wendung »in aller Regel«, denn es verstehe »regelmäßig« so, dass »gemäß der Regel« zu malern sei, und die Regel sah fixe Jahresangaben vor. Bei einer Fortbildungsveranstaltung traf ich einmal den für diese Entscheidung verantwortlichen Richter und der erläuterte seine Motivation so, dass der BGH diesen exakten Wortlaut noch nicht entschieden habe, und da habe er eine Vorlage liefern wollen, um die Rechtsprechung abzurunden. 27 BGH-Entscheidungen und Hunderte der unteren Instanzen sind jetzt, da ich dies schreibe, im Wohnraummietrecht zum starren Fristenplan ergangen.

Eine andere Frage, die ebenfalls etwa im Jahre 2003 aufkam, war die, was geschieht, wenn die aufgeweichten, also wirksamen Fristen bei Vertragsende noch nicht abgelaufen sind. Konkret: Sie mieten eine Wohnung und müssen »im Allgemeinen« alle fünf Jahre malern, die Klausel ist wirksam. Wenn Sie nach fünf Jahren und drei Monaten ausziehen, müssen Sie malern. Wenn Sie nach vier Jahren und neun Monaten ausziehen, müssen Sie nicht malern, da die Frist noch nicht um ist. Der Unterschied dürfte aber so groß nicht sein.

Für diesen Fall sahen viele Formularverträge sogenannte Quotenklauseln vor, welche Ihnen zur Wahl stellten, entweder doch zu malern, auch wenn die Fristen noch nicht um waren, oder aber zeitanteilig die Kosten zu bezahlen, die dafür notwendig sind, dass nach Fristablauf gemalert wird. Nach vier von fünf Jahren müssten Sie danach 80 Prozent der Kosten tragen. Eine solche Quotenklausel hielt der BGH Ende 2004 für wirksam. Im Oktober 2006 und März 2007 entschied er abweichend davon, dass das doch unwirksam sei, wenn die zugrunde liegende Fristberechnung starr sei. Die Verlage, welche Mietvertragsmuster herausgeben, versuchten daraufhin, Klauseln zu entwickeln, die eine Quotenabgeltung so schwammig formulieren, dass es nach der BGH-Rechtsprechung wirksam sein könnte. Zu dem Thema gibt es 19 Urteile des BGH und viele Dutzend unterer Instanzen.

Ein weiterer Streit brach aus über die Frage, wie weitgehend inhaltliche Vorgaben sein dürften. Es kam zum Beispiel vor, dass Mieter zwar einsahen, einen Raum streichen zu müssen, aber ihren Vermieter so sehr hassten, dass sie nicht weiße, sondern schwarze Farbe dafür verwendeten. Dem Wortlaut der Mietvertragsklausel hatten sie damit entsprochen, es war frisch gestrichen. Das Ergebnis war gleichwohl nicht so, wie der Vermieter es gern gehabt hätte. Daher kamen in die Formularverträge zunehmend Klauseln hinein, die den Mieter verpflichteten, »weiß« zu streichen oder in »gedeckten« Farben. Das wiederum griff nach den Erkenntnissen des BGH zu tief in das Recht auf persönliche Entfaltung innerhalb der eigenen vier Wände ein, denn wenn ein Mieter in seiner Küche eine terrakottarote Wand haben möchte, warum sollte ein Vermieter ihm das verbieten dürfen? Jener habe doch nur ein Interesse an adäquater Farbwahl bei Rückerhalt der Wohnung, nicht während der Mietdauer. Hieraus entwickelte sich die Formulierung, dass die Wohnung bei Vertragsende in gedeckten, hellen Farben zurückgegeben werden müsse, was nach aktuellem Stand wohl wirksam ist. Elf Entscheidungen des BGH finden sich aktuell zum Thema Farbwahlklausel.

Was muss der Mieter eigentlich alles streichen? In alten Klauseln sind neben den Wänden auch die Türen und Fenster genannt. Das bezieht die jeweilige Außenseite ein, und das geht definitiv zu weit, so der BGH. Klauseln, die den Anstrich nicht auf die Innenseite der Außenfenster und die Innenseite der Außentüren beschränken, sind daher unwirksam. Auch hierzu gibt es einige Dutzend Urteile.

Das war nur ein kurzer Ausflug, den Rest möchte ich Ihnen ersparen. Die richtige Rechtserkenntnis ist jedenfalls manchmal ein steiniger und langer Weg. Sie ist im Bereich der Schönheitsreparaturen so weit fortgeschritten, dass sich lediglich ein Spezialist noch zurechtfindet und auch nur dann, wenn er sich über den aktuellsten Stand informiert – das alles, obwohl oder vielleicht weil sich im Gesetz kein einziges Wort darüber findet.

Für einen Mietrechtsanwalt wie mich ist das normal. Wie ist es aber für alle anderen? In der Praxis läuft das so: Sie mieten eine Wohnung. Nach rund fünf Jahren wollen Sie umziehen, Gründe gibt es viele: Nachwuchs, Arbeitsplatz, eine neue Beziehung oder eine Trennung, egal. Müssen Sie malern? Sie wissen es nicht und gehen zum Anwalt oder zu einer Mieterberatung. Die Antwort hängt dann davon ab, welchen Mietvertragsvordruck Ihr Vermieter bei der Vermietung benutzte. Vielleicht hat er Glück und die Klausel ist wirksam, weil die Fristen von drei und fünf Jahren mit den Wörtchen »im Allgemeinen« eingeleitet sind. Vielleicht haben Sie Glück und da steht ein »spätestens« oder ein zwingendes »weiß«, dann ist sie unwirksam. Das Ergebnis entscheidet darüber, ob Sie malern müssen oder Ihr Vermieter. Wenn Sie beide Pech haben, steht da so was wie »im Allgemeinen spätestens« (inzwischen entschieden) oder etwas anderes, das unklar ist. Die Chance auf verschiedene Meinungen der Spezialisten ist dann hoch. Sie werden womöglich einen Prozess führen und einer von Ihnen wird dafür letztendlich viel Geld bezahlen.

Im Zweifel haben weder Sie noch Ihr Vermieter jemals vorher diese Passage des Formulars gelesen und wenn doch, dann konnte keiner von Ihnen wissen, ob sie bei Vertragsende noch als (un)wirksam angesehen werden würde oder nicht. Ich finde das faszinierend: Alles hat seine innere Logik und doch versteht das Ergebnis intuitiv – außer uns Mietrechtlern – niemand.

Badeordnung

Manchmal staunt man nur, was sich die Leute so alles ausdenken. Es ist ja nicht so, dass nur der Gesetzgeber rechtliche Regeln erlässt. Im Gegenteil: Der Großteil dessen, womit wir Juristen täglich arbeiten müssen, besteht aus Vorschriften oder Vereinbarungen, die sich Private, also Personen oder Firmen, ausgedacht haben und die dann in Verträge, Satzungen, Benutzungsordnungen oder Allgemeine Geschäftsbedingungen hineingeschrieben wurden. Nicht immer handelt es sich bei den Verfassern um Juristen. Deshalb sind die Texte in der Regel mehrdeutiger als nötig. Das wiederum führt erfahrungsgemäß dazu, dass jede beteiligte Seite die für sie günstigste Auslegung »versteht«.

Ein Beispiel aus einer meiner Akten habe ich vor Kurzem am Amtsgericht Pankow-Weißensee verhandelt. Die Mieter waren ausgezogen und gaben die Wohnung an den Vermieter zurück. Bei der Rückgabe wurde ein Protokoll erstellt, auf dem beide Seiten unterzeichneten. Das Protokoll war ein Vordruck mit Überschriften, damit nichts vergessen werden konnte, also Beteiligte der Begehung, Zählerstände, Schlüssel, neue Mieteranschrift und eine Rubrik »Anmerkungen/Beanstandungen«. Dort war handschriftlich eingetragen: »keine Mängelbeseitigungen in allen Räumen«.

Die Mieter gingen nun davon aus, dass das bedeutete, dass sie keine Mängelbeseitigungen mehr ausführen müssten. Der Vermieter ging davon aus, dass er nur erklärt hatte, dass sie noch keine Mängel beseitigt hätten, er die Wohnung also gerade nicht vorbehaltlos zurücknahm.

Welches Verständnis zutrifft, entscheidet den Fall. Denn eine vorbehaltlose Rücknahme ist rechtlich ein Verzicht auf etwaige Ansprüche, die man vielleicht gehabt hätte. Wenn die Auslegung der Mieter stimmte, waren diese also fein raus. Stimmte die Interpretation des Vermieters, hatte er jedenfalls nicht verzichtet, sodass es im nächsten Schritt darauf ankam, ob es noch Mängel gab, und wenn ja, welche, ob die Mieter sie hätten beseitigen müssen, was das kosten würde und so weiter. Der Prozess ginge in diesem Falle weiter.

Was aber stimmt nun? Die Überschrift sagt »Anmerkungen/Beanstandungen«. Ist das Geschriebene eine »Anmerkung«, passt die Sicht der Mieter besser. Dafür spricht, dass andernfalls nahegelegen hätte, die einzelnen Beanstandungen ins Protokoll aufzunehmen und so festzulegen, was noch gemacht werden müsste. Dazu dient eine solche Abnahmebegehung ja schließlich. Wenn es eine »Beanstandung« ist, passt hingegen die Vermietersicht besser, zumindest sprachlich. Dass es (Achtung: dritte Variante) bedeuten soll, dass der Vermieter keine der ausgeführten Mängelbeseitigungen beanstandet, hat hier keiner behauptet.

Wir Juristen müssen in einem solchen Fall entscheiden, was richtig ist. Wir tun das durch Auslegung, vielleicht durch Zeugenbefragung der beteiligten Personen, vielleicht als Beweislastregel nach dem Motto »Wenn es nicht klar ist, geht das zulasten desjenigen, der daraus etwas herleitet oder der es formulierte«. Im Vorfeld weiß man nie, was da herauskommt, es ist ein bisschen wie Kaffeesatzlesen. Das erinnert mich an eine Anekdote aus der Kaiserzeit, die mein Großvater mir erzählte. Der Monarch entschied, wie mit einem Soldaten verfahren werden sollte, der irgendeinen Disziplinarverstoß begangen hatte. Die Anweisung lautete: »hängen nicht laufen lassen«. Nach der Erzählung meines Großvaters gab es zwischen dem »nicht« und dem »laufen lassen« einen

Fliegenschiss auf dem Papier, der ausführende Kommandant las deswegen »hängen nicht, laufen lassen«. Also ließ er den Soldaten laufen. Die Fliege rettete ihm vermutlich das Leben. Dass von einem Komma, das gar nicht existiert, ein Kopf abhängt, ist von unserer Realität als Juristen gar nicht so weit entfernt.

Gelegentlich kommt es vor, dass wir damit beauftragt werden, Formulierungen selbst zu entwerfen. Die Auftraggeber haben entweder schon Erfahrungen mit unserer Zunft gesammelt und wissen, dass sie das besser nicht selbst tun. Oder es geht um richtig wichtige Dinge, zum Beispiel den Kauf einer Eigentumswohnung. So ein Vertragsentwurf stammt entweder aus der Feder des Notars oder der (geschäftserfahrene) Verkäufer hat ihn (mithilfe seines Anwalts) selbst geschrieben und den Notar gebeten, das als Entwurf zu übernehmen. Der Notar folgt dem, denn sonst geht der Verkäufer zu einem anderen Notar. Jedenfalls ist da das Dienstwappen drauf und das erweckt Vertrauen. Sie glauben gar nicht, wie viele Leute eine Eigentumswohnung auf der Basis eines Vertrags kaufen, von dem sie kein Wort selbst formuliert haben. Man ist da unkritisch. Bei einem späteren Streit behandeln die Gerichte das trotzdem als Vereinbarung zwischen Käufer und Verkäufer und überlegen, was diese sich dabei wohl gedacht haben. Was sich der Notar gedacht hat, spielt keine Rolle.

Heute habe ich den Auftrag erhalten, eine Badeordnung zu überarbeiten. Mandant ist eine Wohnungseigentümergemeinschaft, deren Gründung einige Jahrzehnte zurückliegt. Zum Haus gehört ein Swimmingpool und für dessen Benutzung wurde damals eine Badeordnung formuliert, die nicht mehr ganz zeitgemäß wirkt. Die heutigen Eigentümer wollen sie aber nicht vollständig aufheben, denn irgendwie muss das alles ja geregelt sein. Aber die damaligen Vorschriften will heute auch keiner mehr wirklich ernst nehmen, also soll ich mir etwas überlegen.

Das ist gar nicht so einfach. Die damalige Badeordnung teilt sich in drei Abschnitte: 1. Badeberechtigung, 2. Badeverhalten und 3. Badezeiten. Sie ist überschrieben mit »Badeordnung für die Eigentümer der Wohnanlage XY«. Da fängt mein Problem bereits an: Wenn sie nur für die Eigentümer gilt, was ist dann mit Dritten – zum Beispiel Mietern, Besuchern oder vollständig Externen? Die müssen sich wohl nicht daran halten, es sei denn, ich regele in der neuen Badeordnung, dass sie für solche Personen ebenfalls gilt. Kann ich das? Sind die Wohnungseigentümer rechtlich befugt, Vorschriften zu erlassen, die eine Person betreffen, mit der sie in keinerlei Rechtsbeziehung stehen?

Vielleicht kann man das elegant umschiffen, indem man eine Rechtsbeziehung herstellt nach dem Motto »Jeder, der den Swimmingpool nutzt, geht damit zugleich ein zivilrechtliches Nutzungsverhältnis mit dem Betreiber ein, welches den Regeln dieser Badeordnung unterliegt.« So ein Nutzungsverhältnis, also ein Vertrag, kann freilich nur entstehen, wenn es ein Angebot zum Vertragsabschluss auf der einen Seite und eine Annahme desselben auf der anderen Seite gibt. Der Nutzer kann aber nur annehmen, wenn ihm das Angebot gemacht wird, zu nutzen. Die Badeordnung muss demnach also zumindest beim Swimmingpool in lesbarer Form aufgehängt sein, sodass potenzielle Nutzer sie sehen und akzeptieren – oder eben vom Baden absehen – können. Anders als bislang reicht es daher nicht, wenn die Badeordnung nur eine Anlage einer Urkunde aus dem Gründungsdokument ist, welche in irgendwelchen alten Akten schlummert.

Was ist nun aber, wenn der Nutzer die Badeordnung nicht akzeptiert, aber trotzdem badet? Das ist gar nicht so unrealistisch. Die bisherige Badeordnung schreibt zum Beispiel vor, dass nur die Eigentümer der Wohnungen und ihre näheren Familienangehörigen dort baden dürfen. Mieter zählen somit nicht dazu. Soweit ich das erkennen kann, wollen die Mandanten daran nichts ändern. Wenn ich das in die Badeordnung reinschreibe, mache ich den Mietern explizit eben gerade kein Angebot, einen Nutzungsvertrag einzugehen, sondern ich sage ihnen, dass ich mit ihnen keinen Nutzungsvertrag haben will. Wenn die dann gleichwohl baden, gelten dann die übrigen Regeln (zum adäquaten Verhalten im Swimmingpool, zu Ruhezeiten und so weiter) trotzdem? Oder gelten sie mangels Nutzungsvertrag für diese Personen dann nicht? Mieter, die sich nicht an die Regeln halten, weil sie ihnen gar nicht unterliegen, wären somit freier in ihrem Verhalten als die Eigentümer, denen der Pool gehört. Das ist vermutlich nicht das von mir erwartete Ergebnis.

Bei staatlichen Schwimmhallen ist es einfacher. Die erlassen eine Badeordnung als Verwaltungsakt, welche für alle Nutzer gilt, unabhängig davon, ob sie es wollen oder nicht. Privat betriebene Schwimmhallen lassen die Leute, die keinen Eintritt zahlen oder die Regeln nicht akzeptieren, einfach nicht rein. In einer kleinen Wohnanlage wäre es jedoch völlig überdimensioniert, ein vergleichbares Zugangs- und Kontrollsystem zu implementieren, nur um den Anwendungsbereich der Vorschriften zu sichern.

Über all das hat sich der damalige Verfasser der Badeordnung wohl keine Gedanken gemacht. Wozu auch? Der aufteilende Eigentümer wollte eine Badeordnung, also hat man ihm eine geschrieben. Ob die wirksam ist oder nicht und welche Reichweite die hat, war vermutlich egal, Hauptsache, die Wohnungskäufer denken, dass es eine Badeordnung in ihrem Sinne gibt.

Auch die Inhalte der Vorschriften sind eher so, dass man schmunzelt, und zum Teil völlig undurchsetzbar. Zum Beispiel ist nach der Badeordnung »der Hausmeister verpflichtet, Personen, die ihm nicht bekannt sind, auf ihre Badeberechtigung hin anzusprechen«. Nicht geregelt ist, was danach geschieht. Der badende Unbekannte könnte schlicht sagen, er habe keine Ahnung von Badeberechtigungen und komme auch von woanders. Und dann? Kann der Hausmeister nichts machen, denn ihm wurden keinerlei Befugnisse eingeräumt, mehr zu tun, als eben zu fragen. Davon abgesehen könnten ihm wohl auch keine weiteren Befugnisse gegen unbekannte Dritte eingeräumt werden.

Ein weiteres Beispiel: »Lärmende Ballspiele, lautes Rufen, fortgesetztes Hineinspringen in das Becken mit erheblichem Wasserüberlauf sind … nicht gestattet.« Eine Konsequenz, die eintritt, wenn man sich da nicht dran hält, ist nicht geregelt. Zudem ist es Ansichtssache: Was ist »lärmend«, was ist »laut«, was ist »fortgesetzt« und was ist ein »erheblicher« Wasserüberlauf und nicht nur ein unerheblicher? Sie können sich die Freude am eigenen Becken ohne Weiteres dadurch zerstören, dass Sie an ebendiesem Becken Nachmittage lang mit Ihren lieben Miteigentümern darüber diskutieren, ob oder ob nicht man sich daran gehalten hat. Sie können auch die Polizei rufen wegen Verstoßes gegen die Badeordnung durch einen Miteigentümer oder Mieter oder so. Die Beamten werden Ihnen dankbar dafür sein, dass Sie ihnen den Tag aufheitern, und dann werden sie Sie darauf verweisen, dass das eine zivilrechtliche Angelegenheit ist und Sie das untereinander regeln müssen. Es gibt Leute, die erheben wegen solcher Dinge Klagen – und sind dann irritiert, dass wir Juristen nicht genau wissen, wie die einschlägige Vorschrift, in unserem Beispiel der Badeordnung, eigentlich zu verstehen ist. Dass »weibliche Badeberechtigte« gebeten werden, »eine Kappe zu tragen«, ist da nur eine amüsante Ergänzung der in dieser Badeordnung insgesamt angehäuften Absurditäten.

Was mache ich jetzt damit? Es ist absehbar, dass eine neue Badeordnung kaum etwas Sinnvolles zum Zusammenleben beitragen kann, a) weil ich nicht richtig anordnen kann, dass sie für alle gilt, b) weil sie keine brauchbaren Konsequenzen vorsehen kann und c) weil sie mit Begriffen arbeiten muss, die notwendigerweise auslegungsfähig sind. Andererseits möchten die Eigentümer eine neue Badeordnung beschließen und sind so klug, die nicht selbst zu formulieren.

Ich werde mir also was ausdenken müssen. Dabei steht mir mein beruflicher Anspruch im Weg, nicht nur Überflüssiges zu tun. Eine hoch qualifizierte Badeordnung also. Das wird eine schwere Aufgabe. Und außerdem darf es nicht so viel kosten, denn wer will schon für so etwas Nebensächliches wie eine Badeordnung große Beträge ausgeben?

eBay

Es gibt Entscheidungen, die halten wahrscheinlich nur wir Juristen für richtig, für alle anderen sind sie schlicht absurd. Ein Beispiel dafür halte ich gerade in der Hand. Der Fall gehört nicht in mein Fachgebiet, vielleicht fällt er mir deswegen so auf.

Folgendes ist passiert: Der Mandant, Herr Jung, hat Familienzuwachs bekommen, das zweite Kind ist frisch geboren. Da die Familie etwas außerhalb wohnt, braucht sie ein Auto. Das vorhandene war nun jedoch zu klein, also musste ein neues her. Man recherchierte eine Weile und entschied sich letztlich für ein gebrauchtes Importfahrzeug aus den Staaten, einen großen, geräumigen Familienvan. Der wurde über einen Gebrauchtwagenhändler in Süddeutschland geordert, dorthin geliefert und von da hierhergebracht, und zwar direkt in eine Werkstatt, weil Herr Jung vorsorglich checken lassen wollte, ob man noch etwas daran machen sollte oder ob er gleich so losfahren konnte.

Nachdem das neue Auto in der Werkstatt angekommen war, stellte Herr Jung am gleichen Tag, etwas vor Mitternacht, sein bisheriges bei eBay ein, Startpreis ein Euro und Sofort-kaufen-Preis 15 900 Euro, Auktionslaufzeit zehn Tage.

Früh am nächsten Morgen erhielt er eine Nachricht von der Werkstatt, dass es sich bei dem neu gekauften Wagen wohl um ein Unfallfahrzeug handele. Man gab ihm die Fahrgestellnummer, er recherchierte und fand alsbald heraus, dass der Vorschaden aus einem Zusammenstoß mit einem Schienenfahrzeug herrührte. Die Händler in den Staaten hatten das Auto mit korrekter Beschreibung wohl ein Jahr lang angeboten und waren es nicht losgeworden, irgendeiner ließ den Unfall in der Beschreibung dann weg. Und auf den war der Händler aus Süddeutschland hereingefallen, der Herrn Jung das Auto verkaufte.

Damit stand fest, dass Herr Jung das neue Auto so nicht akzeptieren konnte. Folglich war unklar, ob und wie lange die Familie ihr bisheriges Fahrzeug noch benötigen würde. Also stornierte Herr Jung etwa mittags seine eBay-Auktion, die bisher ganze 13 Stunden gelaufen war. In dieser Zeit hatte es zwei Gebote gegeben: eines über 6666 Euro und eines über 8888 Euro. Das aktuelle Höchstgebot stand damit bei 6667 Euro. Ein Auktionsstorno läuft bei eBay so, dass man zunächst auf »Auktion stornieren« klickt. Dann erscheint eine Meldung, die darüber informiert, dass die Auktion nun storniert wird und sämtliche abgegebenen Gebote gelöscht werden, und ob man das auch wirklich will. Man klickt auf »Ja« und erhält eine Bestätigungsseite. Auf der wurde Herr Jung informiert, dass die Auktion beendet sei. Sein Artikel sei leider nicht verkauft, ob er ihn wieder einstellen wolle oder nicht. Er klickte auf »Nein«, damit war der Vorgang beendet.

Einige Wochen später erhielt er Post von einem Anwalt, passenderweise namens Geier. Sein Mandant sei bei Auktionsende Höchstbietender gewesen und bestehe nun darauf, dass ihm das Fahrzeug für 6667 Euro geliefert werde. Herr Jung glaubte zunächst an ein Missverständnis und teilte dem Anwalt mit, dass er die Auktion storniert habe und damit alle Gebote gelöscht worden waren. Der Anwalt schrieb zurück, dass er das anders sehe, und setzte eine Lieferfrist. Außerdem fragte er interessehalber, warum Herr Jung denn die Auktion storniert habe. Herr Jung erklärte daraufhin seine Beweggründe und dass er bei seiner Ansicht bleibe, dass die Auktion ohne Verkauf beendet worden sei, wie es eBay ja auch bestätigt hatte.

Daraufhin schrieb der Anwalt zurück, dass er nun von dem Kaufvertrag zurücktrete und Schadensersatz wegen Nichterfüllung geltend mache. Sein Mandant habe für 6667 Euro ein Fahrzeug erworben, das nach der Einschätzung des Mandanten 15 900 Euro wert sei. Daher entgehe ihm ein Gewinn in Höhe von 9233 Euro, und den hätte er nun gerne ersetzt, zuzüglich seiner Kosten. Als Herr Jung das nicht einsah, klagte der Kollege im Auftrag seines Mandanten den Differenzbetrag ein.

Ich finde das absurd. Zunächst einmal ist völlig klar, dass der Gegner niemals zu diesem Preis das Auto ersteigert hätte, wenn die Auktion die restlichen neuneinhalb Tage weitergelaufen wäre. Der wahre Preis stellt sich bei eBay ja in der Regel erst in den letzten Sekunden heraus und er liegt meist nahe am wirklichen Fahrzeugwert. Aber davon abgesehen hat der Gegner keinen echten Schaden: Es geht ihm nicht schlechter als vor dem Storno, er will nur Geld schinden. Außerdem hängt nach der Rechenmechanik des Kollegen die Höhe des Schadens davon ab, ob und wie viele andere Leute bei eBay bieten. Hätte der andere Interessent sich überlegt, sein Gebot erst einen Tag später abzugeben, wäre sein Mandant mit einem Startgebot von einem Euro stehen geblieben und der »Schaden« beliefe sich nun auf 15 899 Euro. Dass die »Schadenshöhe« nicht davon abhängt, was sein Mandant bietet, sondern davon, was andere Leute auf eBay tun, kann aber irgendwie nicht sein. Und schließlich: Was stimmt denn mit dem Storno nicht?

Noch schräger ist, dass der Gegner offenbar gar keine so schlechte Rechtsposition mit seiner Forderung hat. Denn über diese entscheidet nicht der gesunde Menschenverstand, sondern wir Juristen. Und wir sind da etwas genauer. Die erste Frage, die der gegnerische Anwalt beleuchtete, war, ob Herr Jung die Auktion tatsächlich storniert habe oder ob seine Angebotsrücknahme nicht vielmehr dazu führte, dass ein wirksamer Kaufvertrag mit seinem Mandanten zustande kam. Wenn man die einschlägigen Urteile dazu studiert und die eBay-AGB liest, gelangt man zu der Auffassung, dass es sich bei der unproblematischen Auktionsrücknahme bis zu zwölf Stunden vor deren Ende nur um eine technische Umsetzung handelt. eBay prüft nicht, ob man das darf, sondern erlaubt nur, es de facto zu tun. Ob man das darf, ist woanders geregelt, nämlich in § 10 der Allgemeinen Geschäftsbedingungen. In dessen Ziffer 1 heißt es unter anderem:

> »Bei Ablauf der Auktion oder bei vorzeitiger Beendigung des Angebots durch den Anbieter kommt zwischen Anbieter und Höchstbietendem ein Vertrag über den Erwerb des Artikels zustande, es sei denn, der Anbieter war gesetzlich dazu berechtigt, das Angebot zurückzunehmen und die vorliegenden Gebote zu streichen.«

Man traut seinen Augen nicht: Da steht das genaue Gegenteil von dem, was eBay während des Stornovorgangs suggeriert. Nicht die Gebote werden gelöscht und die Auktion ohne Verkauf beendet, sondern die Auktionsrücknahme führt zu einem Kaufvertrag mit dem bisherigen Höchstbieter, es sei denn, es gibt eine »gesetzliche Berechtigung« zur Rücknahme. Wer vor diesem Hintergrund eine Auktion storniert, kann nur verrückt sein, denn das Risiko ist enorm! Da ist es besser, die Auktion bis zum Ende durchlaufen zu lassen und dann einfach nicht zu liefern – dann reduziert sich der »Schaden« wenigstens noch, weil weitere Gebote eingehen und das letzte Gebot sicherlich höher ist als das zum Stornozeitpunkt.

Für die Definition dazu, was eine »gesetzliche Berechtigung« sein soll, verweist § 10 Ziffer 7 auf »weitere Informationen«. In diesen heißt es, dass ein »triftiger Grund« für die vorzeitige Beendigung vorliegen müsse. Beispielhaft führen die Hilfetexte aus, dass das der Fall ist, wenn der Artikel verloren gegangen oder beschädigt ist oder anderweitig nicht mehr zum Verkauf verfügbar.

Ist das hier so? Verloren oder beschädigt ist das eingestellte Fahrzeug nicht. War das Problem mit dem Ersatzfahrzeug vielleicht ein »triftiger Grund« anzunehmen, dass es »anderweitig nicht mehr zum Verkauf verfügbar« ist? Der gegnerische Anwalt bestreitet das. Auf die Frage, welcher Anwendungsbereich für die Variante »nicht mehr zum Verkauf verfügbar« denn noch bliebe, wenn Verlust und Beschädigung – die ja eigens genannt werden – nicht gemeint seien, erklärte er, dass es sich dabei um rechtliche Umstände handeln könne, so etwa wenn der angebotene Artikel dem Verkäufer gar nicht gehöre. Mal ehrlich, darauf kann nur ein Jurist kommen, oder?

Dass ein Artikel gestohlen wird, ist übrigens kein echter »gesetzlicher« Grund. Andere eBay-Fälle wurden deshalb bis hoch zum Bundesgerichtshof prozessiert, um zu klären, ob das bedeutet, dass ein gestohlener oder beschädigter Artikel nun doch kein zulässiger Grund ist oder ob die Verwendung des Wortes »gesetzlich« durch eBay so ausgelegt werden muss, dass es doch nicht »gesetzlich« meint, sondern so etwas wie »im Umfang der in den Hilfeseiten genannten Gründe« oder Ähnliches. Der BGH entschied, dass die Hilfeseiten Bestandteil der Allgemeinen Geschäftsbedingungen von eBay sind und sich sowohl Anbieter wie Bieter diesen unterwerfen. Sie sind daher zu berücksichtigen. Gestohlen zählt also, beschädigt auch. Aber wie ist das vorliegend?

Ich weiß es nicht. Unser Richter meinte in der mündlichen Verhandlung, es könne sein, dass man danach differenzieren müsse, ob der triftige Grund in der Sache selbst liege oder außerhalb angesiedelt sei. Denn vom reinen Entschluss des Anbieters, die Auktion zu Ende zu führen oder nicht, solle es wohl jedenfalls nicht abhängen, ob er stornieren dürfe. Ich dagegen meine, dass man die Entscheidung, ob der Grund triftig ist oder nicht, in erster Linie dem Anbieter überlassen muss, der Rechtsbegriff dafür ist »Ermessensspielraum«. Diese Sicht hätte zur Folge, dass ein Gericht das nur eingeschränkt, zum Beispiel auf Missbrauch, überprüfen darf. Gibt es einen solchen Spielraum? Lauter gute, intellektuell spannende Fragen.

Für Herrn Jung entscheidet sich daran freilich, ob er über 9000 Euro zahlen muss oder nicht. Die juristischen Aspekte, von denen der Fall abhängt, sind Welten von seiner Sicht der Dinge entfernt, und wenn man die Sache ganz bodenständig mal von außen betrachtet, ist das sehr nachvollziehbar. In Wirklichkeit ist dieser Prozess reine Abzocke. Ich finde es eigentlich unglaublich, dass wir ernsthaft in Betracht ziehen, dass das richtig sein könnte.

Manche Gerichte haben schon früher Wege gesucht und gefunden, um gerechtere Urteile zu fällen. Das Amtsgericht Dieburg fand es im Jahr 2011 zum Beispiel rechtsmissbräuchlich, Schadensersatz nach dem hier erläuterten Schema zu verlangen, wenn eine auf zehn Tage angelegte Auktion nach vier Stunden abgebrochen und nur ein Preis von rund 15 Prozent des tatsächlichen Wertes geboten wurde. Das Oberlandesgericht Koblenz meinte im Jahr 2009, dass entscheidend sei, dass der Anbieter seinen Artikel jedenfalls nicht willkürlich zurückziehe; das müsse man im Einzelfall dann eben prüfen. Das Landgericht Bochum entschied kurz vor Weihnachten 2012, dass die Möglichkeiten zur wirksamen Auktionsbeendigung großzügig ausgelegt werden sollten.

Und sie haben recht. Jurastudenten bekommen zwar vom ersten Semester an eingeimpft:

1. Recht und Moral sind unterschiedliche Dinge und

2. vom Gericht bekommt man keine Gerechtigkeit, sondern ein Urteil.

Letzteres mag sein, aber dass Moral keine Rolle spielt, stimmt einfach nicht. Sie wird namentlich im Gesetz nicht erwähnt, weil wir sie anders bezeichnen, nämlich »Rechtsempfinden«, »Treu und Glauben« oder »die guten Sitten«. Die Sprache ist vielleicht etwas altertümlich, sie ist aber unser Fundament: Man soll einander nicht schaden wollen und sich anständig verhalten. Das ist eine klare Positionierung dahin, dass unser Recht unmoralisches Handeln nicht unterstützen will.

Ist es moralisch, jemanden auf Allgemeine Geschäftsbedingungen festzunageln, die das Gegenteil von dem bewirken, was man während des Auktionsstornos annehmen muss? Und ist es moralisch, einem Familienvater mit einem Neugeborenen, der von dritter Seite betrogen wurde und Schadensbegrenzung versucht, einen »triftigen Grund« abzusprechen, weil dieser nicht »im Fahrzeug selbst« angelegt ist? Durch eine Auslegung dessen, was die eBay-AGB richtigerweise meinen, kann man durchaus zu der Erkenntnis gelangen, dass der Anbieter gefälligst selbst entscheiden soll, ob ein Grund für ihn triftig ist oder nicht. eBay überlässt es uns Juristen zu bestimmen, was seine AGB letztlich bedeuten. Wir haben dadurch die Macht zu entscheiden, ob moralische Aspekte (Rechtsempfinden, Treu und Glauben und so weiter) dabei berücksichtigt werden sollen oder nicht. So, wie das Amtsgericht Dieburg es tat, als es kurzerhand alle Paragraphen beiseitewischte und mit dem Wort »Rechtsmissbrauch« die Lösung anordnete, die es für richtig hielt.

Sie können mir jetzt freilich entgegnen, dass man auf diese Weise jedes gewünschte Ergebnis erreichen kann, was Willkür Tür und

Tor öffnet. Das will ja auch keiner. Also muss man damit sicherlich sensibel umgehen. Das macht es schwer und man macht sich angreifbar. Deshalb erhält man solche Urteile meistens entweder vom Amtsgericht von Richtern kurz vor der Pensionierung, die viel Berufserfahrung haben, bestimmt nicht mehr befördert werden (wollen) und denen es egal ist, was das Landgericht von ihrem Urteil hält. Oder man bekommt solche Urteile vom Bundesgerichtshof, dem obersten Gericht in der Nahrungskette, denn die brauchen ebenfalls nicht zu fürchten, dass eine höhere Instanz, die es für sie ja nicht mehr gibt, es besser weiß. Die mittleren Instanzen sind nach meiner Erfahrung weniger geneigt, die Vorschriften beiseitezulassen, wenn sie zu gefühlt falschen Entscheidungen führen.

Herrn Jungs Fall ist derzeit noch nicht beendet. Ich werde sehen, was dabei herauskommt. Sie werden leider im Unklaren bleiben, da der Redaktionsschluss für mein Buch nicht erlaubt, das abzuwarten. Ich tue Ihnen damit einen Gefallen: Solange man keine Antworten erhält, hört man nicht auf nachzudenken.

Die Magie des Rechts

Für Juristen sind Dinge möglich, die für andere Menschen nicht gehen. Zum Beispiel können wir bewirken, dass ein Haus größer oder kleiner wird, ohne dass man daran baut. Und das geht so: Wenn Sie eine Wohnung vermieten, dann schreiben Sie in den Vertrag hinein, wie groß die ist. Danach berechnet sich zum Beispiel die Miete oder der Anteil an den Betriebskosten. In Berlin gibt es viele Altbauten (womit wir Häuser um die Jahrhundertwende bis etwa zur Vorkriegszeit meinen). Damals nahm man es mit den Innenmaßen nicht so genau wie heute und es galten auch andere Regeln. Meist sind die alten Bauzeichnungen, falls es sie überhaupt noch gibt, nicht maßstabsgetreu oder jedenfalls nicht exakt, und um Aufmaße für Vermietungszwecke hat sich damals keiner gekümmert. Bestenfalls wurde geschätzt. Wie groß die Wohnfläche einer Wohnung wirklich ist, regelt heute die Wohnflächenverordnung. Nach dieser zählen Balkone zum Beispiel mit 25 bis 50 Prozent ihrer Grundfläche, je nach Nutzbarkeit. Bereiche unter einem Meter lichte Höhe zählen gar nicht, ebenso kleine Wandnischen und so weiter. Die Regeln haben sich im Laufe der Jahrzehnte ab und zu geändert.

Die Mietverträge in einem Mietshaus stammen normalerweise aus unterschiedlichen Zeiten. Selbst wenn bei jedem einzelnen Vertragsabschluss ein exaktes Aufmaß nach den jeweils geltenden Regeln vorgenommen worden wäre (was ich noch nie erlebt habe), so würden doch für viele Verträge im gleichen Haus unterschiedliche Regeln anwendbar gewesen sein. Und dann gibt es noch Aufmaßfehler, Betrügereien oder eben die Tatsache, dass man die Wohnfläche zur Bauzeit eher geschätzt hat und die folgenden Generationen häufig diese Schätzung einfach übernahmen, ohne sie je zu prüfen. Abweichungen zwischen den Angaben im Mietvertrag und der tatsächlichen Wohnfläche sind nach der Rechtsprechung des Bundesgerichtshofs unbeachtlich, solange sie weniger als zehn Prozent betragen. Dann ist die im Mietvertrag genannte Fläche maßgeblich. Ist die Abweichung größer als zehn Prozent, gilt die tatsächliche Fläche und die Mietvertragsangabe ist irrelevant.

Nun passiert es, dass ab und zu Mieter aus- und neue einziehen. Wenn noch nie ein Aufmaß für die Wohnung angefertigt wurde, ist der Eigentümer gut beraten, diese Gelegenheit zu nutzen und die Räume, wenn sie leer sind, vermessen zu lassen. Dabei kommt dann vielleicht heraus, dass es keine 60 Quadratmeter sind, sondern nur 58,55. Bei einer anderen Wohnung kommt womöglich heraus, dass sie nicht 95 Quadratmeter groß ist, sondern 105,17. Und so weiter.

Im Mietvertrag mit dem neuen Mieter wird sinnvollerweise die richtige Größe verwendet. Das führt dazu, dass sich auch die rechnerische Gesamtfläche des Hauses ändert. Sehen können Sie das an Ihren jährlichen Betriebskostenabrechnungen. In denen wird Ihnen die Gesamtfläche mitgeteilt und berechnet, wie hoch Ihr Anteil an den Kosten im Verhältnis zur Gesamtfläche ist. In manchen Häusern ändert sich die Fläche seit Jahren mit jeder Betriebskostenabrechnung erneut, mal sind sie größer, mal kleiner als im Jahr zuvor. Es ist, als würden die Häuser atmen. Und voilà: Niemand hat gebaut, um das zu erreichen.

Eine andere magische Fähigkeit ist, dass wir unseren Mandanten quantenphysikalische Eigenschaften verschaffen können: Bei Bedarf sind sie wie Schrödingers Katze gleichzeitig tot und lebendig und wir legen erst den Zustand fest, wenn jemand nachschaut. Wir können sogar mehr als die Quantenphysik: Wir können uns den gewünschten Zustand aussuchen. Ein schönes Beispiel hierfür geschah einem Mandanten von mir, der sich eine Solaranlage aufs Dach bauen wollte. Er beauftragte im Jahr 2009 die Firma Solardächer Berlin GmbH (ich hoffe, den Namen gibt's nicht wirklich, bei Google habe ich ihn nicht gefunden; wenn doch, hat die Firma mit dieser Geschichte nichts zu tun!) damit, alles zu konzipieren, die Module und die Anlage aufs Dach zu setzen und das Ganze anzuschließen. Die Firma war seit über 20 Jahren im Geschäft, hatte einen seriösen Auftritt, eine Webseite, einen Firmensitz in einem ansehnlichen Gebäude in einem Gewerbepark am Stadtrand, ein paar Dutzend Mitarbeiter, Fuhrpark und so weiter. Sie kam auch tatsächlich zum Objekt (Sommer 2010), machte etwas und der Mandant zahlte insgesamt mehr als 100 000 Euro dafür. Die Anlage wurde aber nicht wie ausgemacht fertig und sie funktionierte nicht dauerhaft. Es wurden Reparaturen nötig (ab Frühjahr 2011), es fielen Zusatzkosten an und so weiter. Die wollte der Mandant natürlich erstattet haben und schrieb daher die Solardächer Berlin GmbH erst einmal selbst und später mit einem Anwalt an. Mangels Reaktion erhob er irgendwann Mitte 2012 Klage auf Schadensersatz. Nach der Zustellung meldeten sich gegnerische Anwälte bei Gericht, beantragten eine Klageabweisung und begründeten das damit, dass die verklagte Solardächer Berlin GmbH mit all dem nichts zu tun und nie einen Vertrag mit dem Mandanten geschlossen habe.

Wie kann das sein? 2009 hatte es eine Firma namens Solardächer Berlin GmbH gegeben, welche im Handelsregister des AG Charlottenburg zur Registernummer HRB 12345 eingetragen war. Mit der hatte der Mandant den Vertrag geschlossen und die hatte im Sommer 2010 angefangen zu bauen. Da es aber Liquiditätsschwierigkeiten und offenbar auch andere Probleme gab, wurde sie von ihren Inhabern abgewickelt und gelöscht. Parallel dazu gründeten die gleichen Personen eine neue Firma namens Solardächer Berlin GmbH, diese aber mit rechtlichem Sitz in Neustadt, eingetragen in dem dortigen Handelsregister zur HRB 54321. Dann verlegten sie den Sitz nach Berlin an die bisherige Anschrift der vorherigen gleichnamigen Firma. Die alte Firma übertrug aus der Liquidationsmasse an die neue noch die Webadresse und die Telefonnummern, und fertig war die neue Fassade. Rechtlich handelt es sich dabei um zwei völlig verschiedene Unternehmen. Sie heißen eben nur gleich und haben die gleichen Telefonnummern, die gleiche Webadresse und auch den gleichen Geschäftsführer. Am Telefon meldet sich die gleiche Sekretärin, aber rechtlich hat sie den Arbeitgeber gewechselt. Aufgrund der Sitzverlegung von Neustadt nach Berlin ist auch das gleiche Handelsregister zuständig, nämlich Berlin-Charlottenburg. Der einzige Unterschied ist der, dass die neue Firma eine andere Registernummer hat.

Es ist nun in der Tat so, dass man nicht ohne Weiteres auf Firmenvermögen der »neuen« Firma zugreifen kann, wenn man Ansprüche gegen die »alte« hat. Denn es sind ja verschiedene Firmen. Formal ist das alles äußerst schwierig. Manche Akteure sichern das noch zusätzlich ab, indem sie die »neue« Firma nicht in Deutschland ansiedeln, sondern zum Beispiel als Ltd. in London. In unserem Beispielsfall hieße sie dann Solardächer Berlin Ltd. Oder man ändert geringfügig den Namen, zum Beispiel in Solardach Berlin GmbH. Mal ehrlich, wäre Ihnen der Unterschied bei ansonsten gleich bleibendem Briefkopf, Design und Daten aufgefallen? Ich kenne keinen Nichtjuristen, der das zur Kenntnis genommen hätte. Und voilà: Bis jemand hinsah, war die Solardächer Berlin GmbH zugleich tot und lebendig, erst danach klärte sich das in die benötigte Richtung auf. Ich bin sicher, ihr Vermieter in dem Gewerbepark hat bis heute nichts davon mitbekommen.

Wir haben noch viele weitere Zauber auf Lager. Der Vorrat ist unerschöpflich und es bedarf eines lebenslangen Studiums, um ein guter Magier zu werden. Ich möchte Ihnen davon nicht allzu viel verraten, denn Sie wissen ja: Ein Kunststück, das man versteht, ist entzaubert, die Magie verschwindet mit der Erklärung.

Aber eines erlaube ich mir noch, weil Sie es vermutlich bereits kennen: die Tarnkappen-Blockade. Und das geht so: Sie sind eine Firma und lassen sich von jemandem ein Darlehen geben. Im Darlehensvertrag vereinbaren Sie, dass die Rückzahlung am Firmensitz zu leisten ist. Dann verlegen Sie den Sitz zum Beispiel nach Litauen. Der arme Tropf, der Ihnen das Geld gegeben hat, muss nun erst einmal ein deutsches Gericht finden, das sich für zuständig hält, seine Rückzahlungsklage zu prozessieren. Und wenn ihm das gelingen sollte, muss er Ihnen die Klage zustellen. Der Firmensitz in Litauen wird dazu führen, dass man die Klage wohl dort zustellen muss, und das litauische Recht wird vermutlich vorschreiben, dass gerichtliche Zustellungen nur über die Botschaft möglich sind. Die wiederum wird Vorschriften haben, dass sie das nur macht, wenn das zuzustellende Schriftstück nebst aller Anlagen in litauischer Sprache abgefasst ist; die Übersetzung muss natürlich von einem amtlich bestellten Dolmetscher stammen. Oder so ähnlich. Wenn der arme Tropf, der all das vorfinanzieren muss, es wider Erwarten im Laufe der Jahre schaffen sollte, all die Hindernisse zu überbrücken, kann die Firma ihren Sitz als Nächstes nach, zum Beispiel, Oman verlegen. Oder woandershin, wo der Dartpfeil im Zuge der Umzugsentscheidung halt gerade die Landkarte trifft. Sie können Zielübungen auf Ihre Lieblingsländer anstellen, das ist sehr erheiternd. Und falls der Pfeil ins Meer fällt, wickeln sie sie eben über eine Insolvenz ab.

Die Abtauch-Strategie ist auch privat sehr beliebt. Wenn Sie sich beim Einwohnermeldeamt abmelden, sind weder Ihr bisheriges

Finanz- noch Ihr Arbeitsamt mehr für Sie zuständig. Sie erhalten dann zwar keine Leistungen und können Ihren Pass nicht verlängern und so weiter, aber es belästigt Sie auch niemand mit behördlichen Angelegenheiten. Wenn dort, wo Sie wohnen, kein Namensschild an der Klingel, am Briefkasten und an der Wohnungstür ist, kann man Ihnen nichts zustellen. Wenn Sie sich abmelden, heiraten, dabei einen neuen Familiennamen annehmen und hinterher umziehen, können Sie Schulden in fast beliebiger Größenordnung ignorieren, kaum jemand wird Sie finden. Und wenn doch, wird er jeden einzelnen Schritt der Änderungen bei Gericht nachweisen müssen, um den Anspruch plausibel zu begründen oder, falls schon vorhanden, den Titel auf Ihre aktuellen Daten umschreiben zu lassen. Hat er das geschafft, können Sie das Schild von der Klingel und dem Briefkasten entfernen, sodass Zustellungen scheitern. Wenn all das nicht mehr hilft, müssen Sie heimlich ein Jahr Urlaub in Südfrankreich machen und bei der Gelegenheit dort Privatinsolvenz anmelden. Das französische Insolvenzrecht ist das »fortschrittlichste« in Europa: Nach nur einem Jahr erhalten Sie Restschuldbefreiung, die wirkt europaweit und damit auch in Deutschland. So sind Sie Ihre Schulden los und können von vorn anfangen.

Ich bin kein Strafrechtler und kann nicht einschätzen, was von diesem Verhalten illegal ist oder wie schwer die Vergehen sind. Ich möchte Ihnen davon auch sicher nichts empfehlen. Ich erzähle nur, was vor meinen staunend beobachtenden Augen gelegentlich abläuft. Für ein Strafverfahren braucht es freilich neben einer Anzeige auch einen Staatsanwalt, der ermittelt. Damit wird er nur beginnen, wenn er für den Fall zuständig ist …

Zuständigkeiten

Die oberste Pflicht eines deutschen Beamten ist es, seine Zuständigkeit zu prüfen. Denn wenn er unzuständig ist, darf er den betreffenden Vorgang nicht bearbeiten. Für die Justiz hat das besondere Relevanz. Das Grundgesetz verbürgt in Artikel 101 wörtlich: »Niemand darf seinem gesetzlichen Richter entzogen werden.« Die Vorschrift soll Ausnahmegerichte wie zu Zeiten der Nazis verhindern, alles soll korrekt nach dem Gesetz geschehen. Gesetzlicher Richter ist freilich nur derjenige, dessen Zuständigkeit das Gesetz anordnet. Es gibt eine sachliche und eine örtliche Zuständigkeit. Die sachliche Zuständigkeit orientiert sich an inhaltlichen Fragen, zum Beispiel an Wertgrenzen zur Zuordnung des Falles an das Amts- oder an das Landgericht. Die örtliche Zuständigkeit orientiert sich an geografischen Anknüpfungspunkten, zum Beispiel in welchem Amtsgerichtsbezirk die Wohnung liegt, um die es geht. Mit diesen beiden Dingen kann man spielen, was ich Ihnen an dem folgenden Beispiel einmal zeigen möchte.

Wer Robert kennt, begegnet irgendwann auch James. Er ist ebenso pferdevernarrt, aber anders als Robert ist das zusätzlich sein Geschäft. Er betreibt ein Gestüt, auf dem man reiten lernen, sich Pferde ausborgen, eigene Pferde einstellen und versorgen lassen kann und welches ab und zu Rennen oder Turniere veranstaltet. Das sind dann regelrechte gesellschaftliche Anlässe: Man begegnet weiß gekleideten Damen mit Ein-Meter-Durchmesser-Hut und Gedeck nach Jahreszeit obendrauf, Männern in Jagdkleidung, die so aussieht, als wäre noch nie mit ihr gejagt worden, Windhunden, Kindern in Tweed-Anzügen und mit Krawatte, Jockeys, die wohl nicht mehr als 45 Kilogramm wiegen, und sämtlichen Spitzenmodellen der Fahrzeugindustrie, zumeist mit Chauffeur.

James wurde vor rund fünf Jahren verklagt. Eine Dame, die in Luxemburg wohnt, sagte, sie habe ihm ein Pferd geliehen, der Leihvertrag sei abgelaufen und jetzt wolle sie es zurückhaben. James sah das anders. Die Dame beauftragte eine Kanzlei in Koblenz mit der gerichtlichen Durchsetzung. Diese erhob im Mai 2008 Klage auf Herausgabe des Pferdes am Amtsgericht Königs Wusterhausen, begründete das kurz damit, dass der Leihvertrag ausgelaufen sei, und fügte folgende Dokumente bei: eine Kopie des Pferdepasses auf zwei Seiten und eine Kopie des Leihvertrages auf einer Seite. Letzterer war handschriftlich auf einem Zettel festgehalten und enthielt weder ein Vertragsrubrum (also eine Angabe der Vertragsparteien) noch Unterschriften. Auch inhaltlich war nur sehr wenig angeführt; immerhin hatte James sich verpflichtet, eine Lebensversicherung für das Pferd abzuschließen, solange es in seinem Stall stand, Versicherungswert 5000 Euro. Als Streitwertvorschlag nannte die Koblenzer Kanzlei in ihrer Klage indes 8000 Euro. Da die Gerichtskasse nicht in die Anlagen der Schriftsätze schaut, sondern nur ins Klagerubrum, werden nach den dort bezeichneten Werten in der Regel die Gerichtskosten abgefordert, so auch hier. Nach Einzahlung ging die Akte zum Richter.

§ 23 Gerichtsverfassungsgesetz schreibt vor, dass bei Streitigkeiten mit einem Wert bis zu 5000 Euro die Amtsgerichte sachlich zuständig sind, darüber die Landgerichte. Der Richter am Amtsgericht Königs Wusterhausen sah anhand der Klageschrift, dass die Wertgrenze, für die er zuständig war, überschritten war. Daher schrieb er der Koblenzer Kanzlei im Juni 2008 einen Hinweis und regte an, dass sie die Verweisung an das Landgericht beantragen sollte. Das taten die Kollegen und nach seinem Sommerurlaub verwies der Richter im September 2008 die Sache an das nach seiner Ansicht sachlich zuständige Landgericht in Potsdam.

Dort angekommen, wurde der Fall gerichtsintern der zuständigen Kammer, das sind drei Berufsrichter, vorgelegt, welche feststellten, dass ihnen kein ausreichender Anhaltspunkt dafür vorlag, dass sie örtlich zuständig seien. Also fragten sie im November 2008 bei den Koblenzer Kollegen nach, wieso das Landgericht in Potsdam zuständig sein sollte und nicht etwa ein anderes. Die Kollegen hatten bereits Jahresendstress und beantragten mehrmals Fristverlängerung für ihre Stellungnahme, die letzte über Weihnachten und das Jahresende hinaus bis Mitte Januar 2009. Das Landgericht Potsdam bewilligte alles, und so antworteten die Kollegen nach dem Jahreswechsel, dass das Gestüt in der Nähe von Potsdam liege und einen ausreichenden örtlichen Anknüpfungspunkt biete.

§ 12 der Zivilprozessordnung sieht vor, dass der örtliche Gerichtsstand dort ist, wo die zu verklagende Person ihren Wohnsitz hat. Für spezielle Fälle gibt es Ausnahmen, aber ein solcher lag hier nicht vor. Daher schrieb das Landgericht Potsdam die Koblenzer Kollegen im Februar 2009 an und fragte, ob James denn in seinem Gestüt wohne. Das wussten die Kollegen nicht. Sie stellten deshalb eine Anfrage beim Einwohnermeldeamt. Die ergab, dass James in Berlin wohnt. Das teilten die Kollegen dem Landgericht Potsdam mit und beantragten hilfsweise gleich Verweisung an das Landgericht Berlin.

Für jeden Rechtsakt unserer Justiz muss der durch sie Betroffene Gelegenheit erhalten, sich dazu zu äußern, und zwar am besten bevor der betreffende Rechtsakt ergeht. Dieser sogenannte

Anspruch auf rechtliches Gehör findet sich ebenfalls im Grundgesetz, und zwar in Artikel 103. Das Amtsgericht Königs Wusterhausen hatte das einfach unterlassen, die Potsdamer Landrichter waren da etwas genauer. Daher übersandten sie die Klageschrift nebst Kopien aller bisherigen Gerichtsschriftstücke und der Stellungnahmen der Koblenzer Kollegen zu James nach Hause und forderten ihn auf, sich zu dem Verweisungsantrag an das Landgericht Berlin binnen zwei Wochen zu äußern. Das war im April 2009.

Ausgerechnet zu diesem Zeitpunkt gab es im Umkreis von James' Anwesen diverse Vandalismusfälle. Jemand demolierte Fahrzeuge, sprühte Graffiti und so weiter. Unter anderem hatte jemand den Sockel besprüht, in dem das Klingelschild mit James' Namen montiert war. Der Reparaturbetrieb kam und nahm die defekten Platten mit, um Format, Material, Schrifttype etc. möglichst exakt nachzubilden. Als der Postbote mit der Zustellung des Landgerichts Potsdam bei James ankam, war dort deshalb gerade kein Schild vorhanden. Der Bote sandte den Umschlag kurzerhand als unzustellbar an das Landgericht Potsdam zurück. Dort wurde in der Akte vermerkt, dass die Zustellung an die Anschrift, die die Koblenzer Kollegen mitgeteilt hatten, nicht möglich war.

Daraufhin forderte das Landgericht Potsdam die Kollegen auf, eine korrekte Anschrift mitzuteilen. Diese veranlassten eine erneute Einwohnermeldeamtsanfrage, die das gleiche Ergebnis brachte. Daraufhin regten sie bei Gericht an, man möge die Klage doch beim Gestüt zustellen. Dort gibt es freilich keinen Briefkasten, man muss also hineingehen und die Post in der Verwaltung abgeben. Als der Briefträger kam, war die zu, und so konnte er nicht nachfragen, ob er den Brief für James dort lassen dürfe. Also nahm er ihn wieder mit und informierte das Landgericht Potsdam, dass eine Zustellung im Gestüt gescheitert war. Das

Landgericht informierte daraufhin die Koblenzer Kollegen und die fragten bei ihrer Mandantin in Luxemburg nach, ob sie noch eine Idee habe. Die erklärte ihnen, dass es eigentlich nicht sein könne, dass James nicht dort wohne, wo er wohnt. Also baten die Koblenzer Kollegen das Landgericht Potsdam, es noch einmal an seiner Wohnanschrift zu versuchen. Mittlerweile waren drei Monate vergangen und das neue Klingelschild war längst montiert, sodass im August 2009 schließlich die Aufforderung bei James einging, sich binnen zwei Wochen zum Verweisungsantrag zu positionieren.

James schrieb dem Landgericht Potsdam, dass er nichts dagegen habe, dass der Fall nach Berlin abgegeben werde.

Das Problem hierbei ist, dass James das nicht darf. § 78 der Zivilprozessordnung schreibt nämlich vor, dass man sich in Prozessen vor dem Landgericht und höheren Instanzen von einem Anwalt vertreten lassen muss, genannt Anwaltszwang. Sinn dessen ist, dass die Justiz rechtlich vernünftig aufbereitetes Material bekommt. Immerhin wird am Landgericht jeder Fall von drei Berufsrichtern bearbeitet. Da kostet jeder Schritt Zeit und vor allem viel Geld. Man überlässt es uns Anwälten, den Mandanten zu kommunizieren, was geschieht, und die nötige Übersetzungsarbeit zwischen unserem Fachjuristisch und der Allgemeinsprache zu leisten.

James ist kein Anwalt. Das Gericht muss daher besondere Hinweis- und Aufklärungspflichten erfüllen und schrieb ihm deshalb zurück, dass es sein Stellungnahmeschreiben leider nicht berücksichtigen dürfe, weil es nicht von einem Anwalt stamme. Da Robert offenbar genug von meinen Fähigkeiten geschwärmt hatte, kam James zu mir. Ich schrieb dem Landgericht Potsdam, dass keine Bedenken gegen eine Verweisung nach Berlin bestünden. Im November 2009 verwies das Landgericht Potsdam den Streit daher an das Landgericht in Berlin.

Es dauerte eine Weile, bis die Eingangsregistratur des Berliner Landgerichts den Fall in die Hand nahm. Zum Jahresende gehen die meisten Klagen des Jahres ein. Viele Leute wollen Verjährungen unterbrechen, den Schreibtisch aufräumen oder für die Steuer vor Jahresende noch ohnehin absehbare Kosten vorziehen. An normalen Tagen ist der Postwagen des Landgerichts Berlin wohl zwei Meter hoch und drei Meter breit beladen. Ende November und im Dezember ist es mehr. Manchmal viel mehr. Außerdem sind dann Feiertage, die letzte Woche des Jahres fährt nur mit Notbesetzung, wer kann, geht in Urlaub. Die Richter der intern für unseren Fall zuständigen Kammer des Landgerichts Berlin haben die Akte wohl im Januar 2010 vorgelegt bekommen und dann nach drei Wochen die ersten prozessleitenden Verfügungen veranlasst. Das bedeutet, dass sie ihre Geschäftsstelle anwiesen, James die Klage erstmals förmlich zuzustellen und ihn aufzufordern, binnen zwei Wochen mitzuteilen, ob er sich verteidigen wolle. Wenn ja, solle er binnen weiterer acht Wochen inhaltlich zur Klage erwidern. Da ich bereits mitgeteilt hatte, James zu vertreten, wurde mir das zugestellt. Ich erhielt es Mitte Februar 2010. Das Pferd lebte immerhin noch.

Ende Februar 2010 teilte ich mit, dass James sich verteidigen werde. Ende April 2010 beantragte ich, die Klage als unzulässig abzuweisen, weil das Landgericht Berlin nicht zuständig sei. Entsprechend der Anlage der Klage hatte das Pferd nämlich einen Wert von maximal 5000 Euro. Mit diesem Betrag hielten die Verleiherin und James es schließlich für ausreichend versichert. § 23 des Gerichtsverfassungsgesetzes ordnet aber wie bereits gesagt an, dass bis zu diesem Wert nicht das Landgericht, sondern das Amtsgericht sachlich zuständig ist. Ich bestritt, dass das Pferd 8000 Euro wert sei. Außerdem bestritt ich, dass das Pferd 5000 Euro oder mehr oder weniger wert sei. Mehr musste ich als Beklagtenanwalt dazu nicht sagen, insbesondere mich nicht auf einen eigenen Wertvorschlag festlegen, denn es ist ja nicht meine Aufgabe, für den Kläger die gerichtliche Zuständigkeit zu klären.

Im Juni 2010 forderte das Landgericht Berlin die Anwälte in Koblenz auf, dazu Stellung zu nehmen, insbesondere zum Wert des Pferdes genauere Angaben zu machen.

Die armen Kollegen taten mir schon etwas leid. Jedenfalls antworteten sie, dass sie dann eben hilfsweise Verweisung an das zuständige Amtsgericht Charlottenburg beantragten. Da hatten sie aber nicht mit dem Landgericht Berlin gerechnet: Das erwiderte mit dem Hinweis, dass sich eine sachliche Zuständigkeit weder des Amts- noch des Landgerichts feststellen lasse, solange unklar sei, welchen Wert das Pferd habe. Daher sei eine Verweisung nicht möglich. Die Kollegen wurden erneut ersucht, zum Wert des Pferdes Stellung zu nehmen.

Die Koblenzer Anwälte reagierten darauf, dass sie nichts weiter vortragen könnten. Das Landgericht schrieb zurück, dass es die Klage nun abweisen müsse, wenn nicht binnen zwei Wochen ein geeigneter Beweis für seine sachliche Zuständigkeit angeboten werde. Notgedrungen schrieben die Koblenzer Anwälte darauf, dass sie weiterhin davon ausgingen, dass das Pferd einen Wert von 8000 Euro habe, und boten zum Beweis ein Sachverständigengutachten an.

Wir erhielten das wieder zur Stellungnahme. Gegen das Gutachten hatte ich keine Einwände. Vorsorglich bestritt ich weiterhin den Streitwert.

Daraufhin ordnete das Landgericht Berlin an, dass über den Wert des Pferdes ein Sachverständigengutachten eingeholt werden solle, um seine Zuständigkeit zu klären. Voraussetzung hierfür sei, dass die Klägerin binnen zwei Wochen einen Vorschuss für die Gutachterkosten in Höhe von 1500 Euro an die Justizkasse einzahle. Es fragte außerdem an, ob die Klägerin oder James einen geeigneten Gutachter vorschlagen wollten. Im September 2010 zahlte die Klägerin den Gutachtervorschuss ein und schlug dem Gericht zwei Personen als Gutachter vor, die auch auf Pferdemessen als Gutachter tätig waren und eine gewisse Reputation hatten. Ohne uns noch einmal zu fragen, bestellte das Gericht den einen der beiden als Sachverständigen und übersandte uns alles zusammen zur Kenntnis.

Hier tat sich nun ein neues Problem auf: James kannte diesen Gutachter und der kannte James. Man hatte schon das eine oder andere Geschäft miteinander abgewickelt. James fragte mich, ob wir das dem Gericht mitteilen sollten. Ich fand das notwendig: Zum einen wird der Gutachter seinerseits darüber informieren, zum anderen sollte man grundsätzlich jede Mauschelei und auch jeden Anschein einer solchen tunlichst vermeiden. Also schrieb ich dem Gericht einen kurzen Dreizeiler mit dem Hinweis, dass der Gutachter vielleicht befangen sein könnte, weil er und James in der Vergangenheit gute Geschäfte miteinander gemacht hätten.

Das Gericht leitete das zur Kenntnis und mit der Bitte, noch zu warten, an den Gutachter und zur Stellungnahme an die Koblenzer Anwälte weiter, die zurückschrieben, dann solle man eben ihren anderen Vorschlag berücksichtigen. Diesmal erhielten wir die Angaben vor einer entsprechenden Veranlassung durchs Gericht und ich fragte James, ob er etwas gegen den anderen Gutachter einzuwenden habe. Er hatte offenbar mittlerweile Gefallen an dem bisherigen Prozessverlauf gefunden und meinte mit einem Augenzwinkern, der gehe überhaupt nicht, den lehne er ab. Also schrieb ich dem Gericht einen weiteren Dreizeiler, dass wir den anderen Gutachter entschieden ablehnten, die Gründe seien der Klägerin bekannt. Natürlich hatte sie keine Ahnung von den Gründen, die hatten wir ja selbst nicht. Aber ich dachte mir, wenn es Ablehnungsgründe geben sollte, dann würde zumindest die Klägerin sie kennen und sich vielleicht wundern, woher wir davon wüssten. Ich hatte auch tatsächlich recht, die Klägerin ließ sich nicht auf einen Streit um ihren Zweitvorschlag ein, sondern ließ durch die Koblenzer Anwälte ausrichten, dann solle das Gericht einen vorschlagen oder wir.

Das Gericht fragte daraufhin bei uns an, ob wir einen Gutachter vorschlagen wollten, Frist zwei Wochen. Ich ließ die Frist zweimal um drei Wochen verlängern – schließlich waren Weihnachten und Jahresende – und teilte dann mit, dass wir trotz verlängerter Frist keinen gefunden hätten. Das war Mitte Januar 2011.

Sodann geschah einige Monate lang nichts. Im April fragte der Koblenzer Kollege förmlich nach dem Sachstand. Im Juni schrieb das Landgericht zurück, dass ein Dezernentenwechsel stattgefunden habe. Das bedeutete, dass der bisher zuständige Richter auf eine andere Stelle gewechselt und sein Dezernat mit einem anderen Richter neu besetzt worden war. Der Neue musste sich natürlich zunächst einmal in alle laufenden Akten einarbeiten, so etwas braucht eine Weile. Im August 2011 kam dann ein neuer Beweisbeschluss, mit dem ein Juror aus dem Raum Hannover zum Sachverständigen bestellt wurde. Dieser war hier unbekannt, sodass wir das so stehen ließen.

Der Sachverständige meldete sich Ende August 2011 bei James und fragte, wann und wo er das Pferd sehen könne. James vereinbarte mit ihm einen Termin für Anfang Oktober 2011. Der Sachverständige lud mit Schreiben vom 5. September alle Beteiligten, also die Klägerin und ihre Anwälte, James und mich, für den 4. Oktober in das Gestüt von James, um das Pferd in Augenschein zu nehmen. Ich schrieb ihm daraufhin zurück, dass ich am 4. Oktober wegen eines Gerichtstermins nicht teilnehmen könne, und regte an, vor einer Neufestsetzung eines Termins diesen mit meinem Sekretariat abzustimmen. Darauf rief uns der Gutachter an und fragte, ob ich denn wirklich dabei sein müsse, immerhin sei ich Anwalt und wir schauten uns ein Pferd an. Ich bestand darauf. Also vereinbarten wir einen neuen Termin am 24. Oktober. Der fand statt, wobei ich gestehen muss, dass ich nicht dabei war. Ich habe von Pferden ohnehin keine Ahnung …

Nach dem Termin geschah wieder eine Weile nichts. Weihnachten, Silvester. Im März übersandte der Sachverständige sein Gutachten. Danach hatte das Pferd einen Marktwert in einer Spanne zwischen 4500 und 5500 Euro, genauer konnte er das nicht sagen. Auch sei es in letzter Zeit nicht verkauft worden und ein aktuelles Kaufangebot liege nicht vor und damit auch keine weiteren Anhaltspunkte, mit denen man das hätte weiter einengen können.

Das Gericht übersandte das beiden Seiten zur Stellungnahme. Daraufhin rief mich der Koblenzer Kollege an, ob wir uns nicht einfach auf eine gerichtliche Zuständigkeit einigen könnten. Da musste ich ihn leider enttäuschen. James bestand darauf, dass alles seinen korrekten Gang nahm. Dafür schrieb ich eine Stellungnahme zum Gutachten an das Gericht. In dieser legte ich dar, dass das Gutachten offensichtlich falsch sei. James gab mir ein paar Fachwörter an die Hand, die so klangen, als wüsste ich, worüber ich schrieb. Im Ergebnis bestand ich auf einer Neubegutachtung.

Der Landrichter agierte pragmatischer. Er beraumte eine mündliche Verhandlung an, zu der er den Koblenzer Kollegen, mich und den Gutachter lud. Thema der Verhandlung sollte die Klärung der gerichtlichen Zuständigkeit sein. Die mündliche Verhandlung wurde angesetzt auf den 19. Juli 2012.

Früher gab es Gerichtsferien. Die sind mittlerweile abgeschafft, aber wenn ein Termin in die Monate Juli oder August fällt, kann man binnen einer Woche beantragen, dass der verlegt wird. Eine Begründung ist dafür nicht erforderlich, die ergibt sich einfach daraus, dass Sommer ist. Das vereinfacht die Urlaubsplanung mit der Familie erheblich. Mila und ich hatten noch nicht entschieden, ob und wann genau wir im Sommer verreisen wollten, sodass es durchaus sinnvoll war, den Kalender frei zu halten. Daher beantragte ich kurzerhand Verlegung. Der Richter setzte den nächsten Termin auf vier Wochen später im August, auch zu diesem beantragte ich Verlegung. Schließlich legte der Richter den Termin auf Anfang September 2012.

Im Termin erschien der Gutachter und erklärte auf Befragen, dass das Pferd eher weniger als mehr wert sei. Er könne zwar nicht ausschließen, dass sich ein Verrückter finde, der mehr als 5000 Euro zu bezahlen bereit sei. Er selbst taxiere es aber eher zurückhaltend und würde es für mehr als 4500 Euro nicht kaufen.

Damit stand fest, dass das Landgericht Berlin sachlich nicht zuständig war. Auf Antrag des Koblenzer Kollegen wurde der Rechtsstreit jetzt an das Amtsgericht Charlottenburg verwiesen, welches das für den Wohnsitz von James örtlich zuständige Amtsgericht ist.

Im Oktober 2012 erhielten wir von dort die erste Post in dieser Akte. Das Amtsgericht Charlottenburg setzte einen Termin zur mündlichen Verhandlung auf den 15. Januar 2013 und Schriftsatzfristen bis zum 2. Januar 2013. Alles, was wir später als bis dahin einwenden würden, könnte das Gericht als Prozessverschleppung betrachten und vielleicht zurückweisen. Daher schrieb ich am 2. Januar 2013 die erste inhaltliche Einwendung dieses Falles: Die Klägerin hatte das Pferd nicht James geborgt, sondern dem Gestüt, einer GmbH. James war der falsche Beklagte.

Erneut rief der Koblenzer Kollege bei mir an. Diesmal regte er sich furchtbar auf. Das hätte man ihm ja schon viel früher mal sagen können. Ob man das bei uns im Osten immer so handhabe. Unglaublich, unkollegial, dreist, Unverschämtheit, er schnaubte und wieherte durch den Hörer wie unser Streitgegenstand. Ich entgegnete ihm, dass seine eigene Mandantin doch selbst wissen müsse, wem sie ihr Pferd verliehen habe. Wenn die Kommunikation zwischen ihnen nicht funktioniere, so sei das nicht unser Problem.

Letztlich hatte er keine andere Wahl, als die Klage gegen James zurückzunehmen. Der Termin vor dem endlich zuständigen Amtsgericht Charlottenburg entfiel dadurch.

Die neue Klage gegen die GmbH muss übrigens an deren Sitz zugestellt werden. Das ist in der Nähe von Königs Wusterhausen. Deshalb ist hier das Amtsgericht Königs Wusterhausen zuständig.

Strafrecht

Ab und zu fragt mich ein Mandant, wieso ich eigentlich nicht im Strafrecht arbeite; ich wäre doch sicher ein hervorragender Strafverteidiger geworden. Meine Standardantwort ist dann, dass ich keinem Mörder helfen will, seiner gerechten Strafe zu entgehen. Das kann jeder nachvollziehen und bleibt zugleich so schön an der Oberfläche, dass ich eine Diskussion darüber nicht führen muss. Die Wahrheit liegt aber viel tiefer.

Ich denke nämlich, dass es gar nicht so schwer ist, jemanden zu vertreten, der wirklich etwas angestellt hat. Viel schwerer ist es, jemandem helfen zu wollen, der unschuldig ist. Oder vielleicht unschuldig ist, so genau weiß man das ja nie. Und genau da liegt das Problem!

Im Zivilprozess, also der Klage eines Bürgers gegen einen anderen Bürger, haben wir Beweislastregeln, die uns wunderbar die Arbeit erleichtern: Jeder muss das beweisen, was ihm günstig ist, und das widerlegen, was ihm ungünstig ist. Damit lassen sich sämtliche Zivilverfahren lösen. Sie wollen Miete von Ihrem Mieter? Dann beweisen Sie, dass Sie mit ihm einen Mietvertrag haben. Wenn Sie das nicht können, dann haben Sie Pech und verlieren Ihre Klage. Der Mieter wendet ein, dass er bereits bezahlt hat? Wenn er es nicht belegen kann, dann hat er Pech und muss eben noch einmal zahlen. Wie ein Prozess enden wird, lässt sich aufgrund dieser Beweislastregeln im Vorfeld und anhand der (vollständigen) Unterlagen häufig prognostizieren und letztendlich geht es auch um vergleichsweise wenig: um Geld meistens oder Äquivalente zu Geld. Aber selbst die schlimmste Insolvenz ist nicht so gravierend wie eine Woche im geschlossenen Vollzug, am besten noch in einer Zelle mit einem Mithäftling, der Gefallen an Ihnen findet und wegen Vergewaltigung verurteilt wurde oder weil er jemanden stranguliert hat. Ich wünsche eine gute Nachtruhe.

Im Strafprozess haben wir eine grundsätzliche Beweislastregel zulasten des anklagenden Staates: im Zweifel für den Angeklagten. Das Problem hierbei ist, dass das nicht funktioniert, wenn man zu häufig Zweifel hat. Wenn Sie als Strafrichter alles glauben würden, was man Ihnen erzählt, würden Sie nie jemanden verurteilen. Der strafende Staat wäre dann ein zahnloser Tiger. Das Gleiche gilt, wenn Sie Beweise verlangen, die nicht mehr angreifbar sind. In den seltensten Fällen ist eine Beweislage nämlich unbezweifelbar. In den meisten Fällen müssen Sie mit Wahrscheinlichkeiten arbeiten und damit, ob Sie jemandem glauben oder nicht: Hat der Zeuge die Wahrheit gesagt? Welche Motive hätte er für eine Falschaussage? Kann er sich wirklich erinnern? Oder hat sich sein Gehirn in der Zeit zwischen dem Vorfall und der Vernahme vor Gericht die Unklarheiten plausibel zurechtgebogen und die Wahrnehmungslücken gefüllt? Reichen Ihnen die 75 Prozent Wahrscheinlichkeit, die der Gutachter dafür benennt, dass die Unterschrift echt ist? Und wie ist das, wenn er mit der gleichen Wahrscheinlichkeit annimmt, dass sie nicht echt ist? Wusste der Autoverkäufer von dem zurückgedrehten Tacho, war er gar selbst dafür verantwortlich? Jedenfalls hat er davon profitiert, der Verkaufspreis war höher.

Die Menschen, die in der Strafjustiz tätig sind, sehen jeden Tag überproportional viel Kriminalität. Ihnen, werter Leser, wird vielleicht einmal im Leben die Wohnung aufgebrochen und ausgeräumt, und mit etwas Glück hat Sie noch nie jemand krankenhausreif geschlagen. Strafrichter, Staatsanwälte oder Polizisten sehen zehn, 20 solche Fälle am Tag, jeden Tag, jahrelang, einschließlich der Beteiligten und der Konsequenzen all der Taten. Ich glaube, dass das auf Dauer die Wahrnehmung prägt. Die Welt fühlt sich krimineller an, als sie in Wirklichkeit ist. Ich habe das während meiner Zeit als Referendar selbst erlebt: drei Monate beim Staatsanwalt, die anschließenden drei Monate in der Verwaltung eines Gefängnisses. Innerhalb weniger Tage änderte sich mein Blick vollständig, was vielleicht auch daran lag, dass unser Ausbilder der Leiter der Berliner Mordkommission war: Drogenleiche hier, Schusswechsel dort, Obduktion, Schlägerei mit Kopfverletzung, Überfall, erfrorener Körper – Identität noch unbekannt. Identität geklärt, wo ist die dreijährige Tochter? Was passiert morgen Nacht? In enger Folge wechseln immer neue Ereignisse die vorherigen ab und neben dem Versuch zu retten, was möglich ist, muss der Papierkram erledigt, die Verwaltungsebene bedient werden. Die weniger harte Kriminalität ist noch zahlreicher: Betrügereien, Fälschungen, Diebstähle, Steuerhinterziehung – die Leute sind zwar außerordentlich kreativ, aber letztlich ist es doch immer dasselbe. Denkt man.

Wenn man überproportional viel Kriminalität sieht, fühlt sich die Welt zwangsläufig gefährlicher und schlechter an, als sie in Wirklichkeit ist. Da ist man auch schneller davon überzeugt, dass jemand was anstellt, zum Beispiel den Tacho zurückdreht, sich bei der Steuererklärung absichtlich verrechnet, vor Gericht lügt. In der Folge hat man weniger und seltener Zweifel.

Nun kommt noch eine gewisse Alltagsroutine hinzu. Stellen Sie sich vor, Sie sind Strafrichter und hören über die Jahre Hunderte oder gar Tausende von Zeugenaussagen sowie deren Interpretationen durch Anwälte. Jedes Mal müssen Sie sich überlegen, ob der Zeuge sich wohl korrekt erinnert und wenn ja, ob er eher die

Wahrheit gesagt oder eher gelogen hat und was seine Motive für das eine oder andere sein könnten. Und dann müssen Sie entscheiden. Dabei dürfen Sie nicht verlangen, restlos ohne jeglichen Zweifel zu sein, eine hohe Wahrscheinlichkeit genügt. Und jetzt sagen Sie mir: Können Sie davon ausgehen, dass Sie immer richtig entscheiden? Können Sie dessen sicher sein? Ehrlicherweise nicht.

Zwangsläufig werden einige Ihrer Entscheidungen falsch sein, selbst wenn Sie sich die größtmögliche Mühe geben. Vielleicht geht Ihnen ein Fall besonders nahe, vielleicht sind Sie müde oder hungrig, vielleicht haben Sie heute schon zu viele ähnliche Betrugsfälle gesehen und das ist nur ein weiterer. Der Anwalt wird sowieso gegen Ihr Urteil Berufung einlegen; sollte Ihre Einschätzung falsch sein, ist das also nicht so schlimm, die nächste Instanz kann sich das dann ja noch einmal ansehen und gegebenenfalls korrigieren.

Aber es ist trotzdem schön, sicher zu sein. Am ehesten können Sie das, wenn der Angeklagte ein Geständnis ablegt.

Ein Geständnis hat viele Vorteile. Zum Beispiel wird die Beweisaufnahme überflüssig. Zeugen müssen nicht mehr anreisen, Gutachten nicht mehr eingeholt werden, man muss nicht so lange verhandeln und kann zum nächsten Fall übergehen. Damit der Angeklagte ein Geständnis ablegt, wären Sie deswegen bereit, ihm etwas entgegenzukommen, einen Deal mit ihm auszuhandeln. Das Geständnis zeigt zugleich, dass er Reue empfindet – da kann man bei der Höhe der Strafe schon deutlich nachlassen.

Jetzt wechseln wir die Seiten, Sie sind nun Angeklagter: Vorstehende Handhabung kann dazu führen, dass es wahrscheinlicher ist, dass Sie verurteilt werden, wenn Sie unschuldig sind, als wenn Sie schuldig wären:

- Wenn Sie die angeklagte Tat wirklich begangen haben, sind Sie froh über den Deal und lassen sich vermutlich auf ihn ein. Vielleicht können Sie dadurch eine formelle Vorstrafe abwenden, jedenfalls aber das Strafmaß senken. Sie zahlen weniger oder sitzen kürzer, als Sie bei Nachweis Ihrer Missetat befürchten müssen.

- Wenn Sie unschuldig sind, sieht das ganz anders aus. Dann werden Sie in den seltensten Fällen einsehen, dass Sie eine Strafe für etwas akzeptieren sollen, das Sie gar nicht begangen haben. Also lehnen Sie einen Deal ab. Aus Sicht des Gerichts sind Sie dann aber nicht unschuldig, sondern wahrscheinlich nur stur und uneinsichtig. Da kann es durchaus sinnvoll sein, dass die Strafe schon mal etwas höher ausfällt, damit Sie Gelegenheit zur Reue erhalten.

Während meines Referendariats ist genau das einige Male geschehen: Die gravierendsten Strafen im Verhältnis zur Tat wurden bei denjenigen Angeklagten verhängt, die bis zuletzt darauf bestanden, unschuldig zu sein. Fragen Sie mich nicht, ob sie es wirklich waren. Bei einigen war ich davon überzeugt, bei anderen hatte ich so meine Zweifel. Bei keinem war ich jedoch absolut sicher, dass er getan hatte, was man ihm vorwarf.

Wenn man das weiß, muss man als guter Strafverteidiger vielleicht gerade dann einen Deal in Betracht ziehen, wenn der Mandant fest seine Unschuld beteuert. Allein dass der Staatsanwalt ihn angeklagt hat, zeigt schon, dass es jemanden gibt, den das nicht überzeugt. So eindeutig kann die Aktenlage also nicht sein. Und jetzt schauen Sie, worum es hier geht: um handfeste Dinge! Vorstrafen, Freiheitsentzug, Opferschutz.

Das ist der eigentliche Grund, warum ich nicht als Strafverteidiger arbeiten kann. Ich kann bei derart ernsthaften Dingen keine Kompromisse eingehen, keine halboptimalen Ergebnisse ertragen. Sicherheit gibt es nicht, weder in die eine noch in die andere Richtung, jedes Ergebnis trägt das Potenzial in sich, falsch zu sein. Das würde mich auf Dauer zerreiben, zum Zyniker machen. Und die Welt wäre vermutlich ein trauriger Ort. Da bleibe ich doch lieber bei meinen Mietakten.

Auf dem Mond

Hat Ihnen schon einmal jemand ein Grundstück geschenkt? Mir schon. Ich war ganz überrascht, als Mila mir ein notariell beglaubigtes Zertifikat überreichte, nach dem uns seit dem 4. Juni 2007 ein gemeinsames, 1000 Quadratmeter großes Grundstück gehört – auf dem Mond. Ihr muss klar gewesen sein, dass das für mich als Immobilienjuristen, na, ich sage mal: schwierig ist, und meine erste Frage war denn auch spontan, was sie dafür bezahlt hat (Gott sei Dank nur Webmeilen, was auch immer das ist). Aber geht das überhaupt? Kann jemand wirksam Mondgrundstücke verkaufen?

1967, zu den Anfängen der Raumfahrt, verabschiedeten die Vereinten Nationen ein Gesetz namens »Outer Space Treaty«, welches besagt, dass keine Regierung das Eigentum an extraterrestrischen Grundstücken beanspruchen darf. Das bindet Privatpersonen allerdings nicht, was 1980 einen US-Amerikaner namens Dennis Hope auf die Idee brachte, sich die Rechte am Mond zu sichern. Dabei half ihm ein Gesetz aus der amerikanischen Pionierzeit, welches besagt: Wer ein Stück Land für sich beansprucht, muss es im Grundbuchamt eintragen lassen, und wenn dann acht Jahre lang niemand widerspricht, gehört es dem Antragsteller. Aus alten Westernfilmen kennt man den Begriff »Claim« – das meint sowohl das Stück Land, das sich der Cowboy abgesteckt hat, als auch den englischen Begriff für »Anspruch« oder das Verb »beanspruchen«. Genau so hat es Mr Hope hier getan.

Er ließ sich also die Eigentumsrechte am Mond im Grundbuchamt von San Francisco eintragen und informierte gleichzeitig schriftlich die Vereinten Nationen und die Sowjetunion darüber. Man nahm ihn nicht ernst, niemand widersprach. Nach amerikanischem Grundstücksrecht gehört ihm damit seit 1989 der Mond. Zwischenzeitlich hat er sich außerdem die Rechte an Mars und Venus gesichert und vermarktet weltweit einzelne Grundstücke darauf.

1984 erstellten die Vereinten Nationen den »Moon Treaty«, der auch die Aneignung und kommerzielle Nutzung des Mondes durch Privatpersonen und Firmen untersagt. Er ist allerdings bislang nicht wirksam geworden, weil erst zehn von 185 UN-Mitgliedsstaaten unterzeichnet haben. Die übrigen wollen abwarten, wie sich »die öffentliche Meinung« hierzu entwickelt, nehmen die Frage also doch irgendwie ernst. Aber selbst wenn der Moon Treaty irgendwann in Kraft tritt, genießen dann nicht bereits entstandene »Rechte« vielleicht Bestandsschutz?

Wie auch immer: Jedenfalls muss ich nun mein Leben lang immer an Mila denken, wenn ich zum Mond hinaufblicke, egal wo ich mich befinde.

Mit diesem romantischen Gedanken möchte ich mein Buch schließen. Ich hoffe, Sie empfanden die Lektüre nicht als Zeitverschwendung. Empfehlen Sie es weiter,

Ihr Tobias Scheidacker

Danksagung

Ohne die Mandanten, die mir erlaubt haben, ihren Fall oder ein Zerrbild ihres Falles als Vorlage zu verwenden, wäre das Buch nicht möglich gewesen. Haben Sie alle vielen Dank!

Ebenso bedanke und entschuldige ich mich bei meinen Kindern, die mir spätestens als Jugendliche vorwerfen werden, dass ich so hervorragende Vorlagen für andere Jugendliche geliefert habe, sie zu ärgern. Mögen sie dieses Buch niemals in die Hände bekommen.

Außerdem möchte ich mich bei Frau Dr. Sybille Wallner bedanken. Sie ist Lektorin beim mvg Verlag und war so freundlich, meine Geschichten interessant genug zu finden, um mich zum Weiterschreiben zu bewegen. Ohne sie gäbe es dieses Buch nicht. Ebenso danke ich Frau Caroline Kazianka. Sie hat als Lektorin mit bewundernswerter Kompromisslosigkeit in den Formulierungswunden meines Skripts gebohrt. Anschließend war es deutlich besser lesbar.

Den letzten und größten Dank schulde ich der besten nichtehelichen Lebensgefährtin von allen und Mutter unserer Kinder. Sie hat mir erst verständlich gemacht, dass mein beruflicher Alltag mitunter kurios ist, und sie hat mich ermuntert, das aufzuschreiben. Und dann ist da natürlich noch alles andere, das ich hier nicht aufzähle, weil es Sie nichts angeht.

224 Seiten
Preis: 9,99 € (D)
ISBN 978-3-86883-272-3

Mirko Trompetter

DAS LEBEN IST EIN BAUMARKT

Ein Verkäufer erzählt Verbohrtes, Schräges und Behämmertes aus dem Heimwerkerparadies

Männer lieben Baumärkte. Auch diejenigen, die zwei linke Hände haben und einen Hammer nicht von einer Kettensäge unterscheiden können, verfahren gern nach dem Motto: selber machen! Aber wer kennt sich schon mit all dem Zeug aus, von dem viele sich nicht mal die Namen merken können, geschweige denn wissen, wozu es gut ist? Egal, dafür gibt es ja die Verkäufer, die können einem doch alles erklären! Mirko Trompetter kennt sie gut, die selbst ernannten Heimwerkerkönige. Er erzählt in diesem Buch von seinen besten, lustigsten und eigenartigsten Erlebnissen aus dem Baumarktalltag.

riva